La otra orilla

El caso Neruda

Roberto Ampuero

El caso Neruda

La otra orilla

www.librerianorma.com

Bogotá Barcelona Buenos Aires Caracas
Guatemala Lima México Panamá Quito San José
San Juan San Salvador Santiago de Chile Santo Domingo

Ampuero, Roberto
     El caso Neruda / Roberto Ampuero. -- Bogotá : Grupo
Editorial Norma, 2008.
     336 p. ; 23 cm. -- (La otra orilla)
     ISBN 978-958-45-1189-8
     1. Novela chilena I. Tít. II. Serie.
Ch863.6 cd 21 ed.
A1166499

© 2008, Roberto Ampuero
c/o Guillermo Schavelzon & Asoc., Agencia Literaria
info@schavelzon.com

© 2008, de la presente edición en castellano para todo el mundo de habla hispana
Editorial Norma, S. A. para *La otra orilla*
Primera edición: septiembre de 2008

Imagen de la cubierta: Retrofile / Getty Images - Photosimages
Adaptación de cubierta: Paula Andréa Gutiérrez
Armada: Blanca Villalba Palacios

Impreso por Cargraphics S.A.
Impreso en Colombia - *Printed in Colombia*

ISBN 978-958-45-1189-8
CC 26000553

Contenido

Para mis padres.
Por los sesenta y cinco años de su gran historia de amor.

Yo te pregunto, ¿dónde está mi hijo?

Pablo Neruda de "La Pródiga"
(Los versos del capitán)

JOSIE

1

¿Qué inquietaba a los dueños de Almagro, Ruggiero & Asociados, que lo invitaban a comparecer con tanta premura en sus oficinas?, se preguntó Cayetano Brulé al dejar esa cálida mañana de febrero su despacho del entretecho del edificio Turri, ubicado en pleno centro financiero de Valparaíso, y bajar en el ascensor de jaula hasta la calle Prat. Desde el retorno a la democracia AR&A se había convertido en la consultora más influyente del país y se murmuraba que no existía estipulación o licitación pública de envergadura que no se agenciara gracias a su rúbrica. Sus tentáculos abarcaban desde el palacio presidencial hasta las sedes neogóticas de los empresarios, y desde el Congreso a la Contraloría General de la República, pasando por ministerios, partidos políticos, embajadas y tribunales. Sus abogados podían conseguir leyes y decretos, subvenciones y condonaciones, exenciones y amnistías, y también lavar deshonras y pulir el prestigio de personalidades de capa caída. AR&A actuaba desde los pasillos y las sombras, y aunque sus máximos ejecutivos frecuentaban las recepciones y cenas claves de la capital, sus propietarios eran prácticamente invisibles, y en contadas ocasiones asistían a reuniones sociales o concedían entrevistas a periodistas. Pero cuando se decidían a aparecer en el gran escenario político-empresarial de la nación, deslumbraban con sus trajes italianos y sus corbatas de seda, sus sonrisas de triunfadores y modales cosmopolitas, opinando de todo de un modo críptico, como el oráculo de Delfos. Cuando Cayetano alzó la vista por entre los edificios de Prat, el reloj del Turri marcaba las once y cuarenta y cinco, sus campanas repicaban melancólicas y las gaviotas planeaban graznando bajo el cielo cristalino. Recordó *Los pájaros*, la película de Alfred Hitchcock que había visto en las matinés dominicales del teatro Mauri, antes de sumergirse silbando y a buen paso en el estrépito cotidiano.

Fue en la plaza Aníbal Pinto donde el rumor de sus tripas lo obligó a arrimarse a una mesa del Café del Poeta. Que perdiera allí unos minutos no importaba. Los capos de AR&A no se inmutarían por su atraso, al contrario, inquietos imaginarían que otros clientes demandaban a esa hora también sus servicios, pensó, mientras se colaba, por entre sus bigotes a lo Pancho Villa, el aroma a café tostado del local. De este le deleitaban, fuera del cortadito y los sándwiches, desde luego, el piso de viejas tablas enceradas, las vitrinas con juegos de té de porcelana inglesa, los óleos con motivos porteños y la acogedora luz que irradiaban sus lámparas de bronce. Prefería la mesa junto a la entrada, porque desde allí podía contemplar las palmeras centenarias de la plaza y la escultura de Neptuno sentado entre las rocas de la fuente con peces de colores, e incluso el cementerio en lo alto del cerro Cárcel, un caprichoso camposanto que con cada terremoto vomitaba una avalancha de ladrillos de mausoleo, cruces de madera y desvencijados ataúdes con sus cadáveres sobre el centro de la ciudad. Desde esa mesa podía ver también el paso de los *trolleys* importados, de segunda mano, desde Zurich, que circulaban con sus letreros originales en alemán como si aún lo hiciesen entre las fachadas nítidas de los silenciosos barrios helvéticos, y jamás hubiesen desembarcado en las calles con baches, perros vagos, papeles y vendedores ambulantes de Valparaíso.

En fin, los ilustres Almagro y Ruggiero tendrán que armarse de paciencia, concluyó Cayetano Brulé arreglándose el nudo de su vistosa corbata violeta estampada con guanaquitos verdes mientras esperaba a que la dependiente, una *goth* pálida, de cabellera azabache y vestida de negro, con el audífono y el micrófono a lo Kanye West que la comunicaba con la cocina, se animase a tomarle el pedido. Desplegó el diario local y se enteró por su portada de la nueva derrota futbolística del sufrido Wanderers, del degüello de una modelo en los jardines del casino de Viña del Mar y de una inquietante alza del desempleo en la región. Esto último no lo sorprendió. La decadencia de Valparaíso era conocida. En el XIX había sido el puerto más importante y próspero del Pacífico; Enrique Carusso y Sarah Bernhard actuaban en sus teatros, Gath & Chaves y exclusivas tiendas europeas se instalaban en sus calles, y la cuarta parte de su población, extranjera, no hablaba español. Pero el feroz terremoto de la noche del dieciséis de agosto de 1906 devastó la ciudad y sepultó a más de tres mil de sus habitantes bajo los escombros de edificios, casas y mansiones en cuestión de segundos. Esa misma noche millares abandonaron la ciudad para siempre, y quienes permanecieron en ella comenzaron a vivir desde entonces evocando el esplendor y los oropeles del pasado, la belleza de la ciudad desaparecida, persuadidos de que en un día no lejano un milagro traería de vuelta el progreso. Pero exactamente ocho años más tarde el mentado progreso se encargó de propinarle otro golpe brutal: la apertura del Canal de Panamá, celebrada el quince de agosto de 1914, estranguló a Valparaíso. De la noche a la mañana la bahía quedó desolada, las bodegas portuarias vacías, las grúas del muelle quietas, y los bares, tiendas y restaurantes clausuraron sus puertas para siempre, arrojando a empleados, putas y cabrones a un paro perpetuo.

Sin conocer esa historia trágica, ese declive incesante, que más parecía un castigo divino que fruto de la fatalidad y cautivado por la arquitectura y topografía delirantes de la ciudad y el carácter afable y taciturno de sus habitantes, Cayetano decidió radicarse en Valparaíso al llegar a Chile, en 1971, del brazo de su mujer de entonces, María Paz Ángela Undurraga Cox. Eran los días de Salvador Allende y la Unidad Popular, de una efervescencia social desenfrenada que no desembocaría en lo que el pueblo había soñado sino en la dictadura del general Augusto Pinochet. ¿Cuántos años habían pasado ya desde aquello, desde que se había instaurado esa época que muchos preferían olvidar? ¿Treinta y cuántos años? En todo caso, los porteños, siempre dignos, y él se consideraba ahora uno de ellos, creían que la buena y la mala suerte esperaban agazapadas a la vuelta de cualquier esquina o tras la curva de alguna escalera de piedra, y por eso todo era relativo y pasajero en la vida. Para los porteños, acostumbrados a bajar y subir cerros, la existencia era como su ciudad: a veces uno viajaba gozoso y confiado en la cresta de la ola, a veces yacía uno deprimido y descoyuntado en el fondo de un barranco. Siempre se podía ascender o descender. Nada era seguro ni para siempre. Ninguna circunstancia era eterna. La existencia acarreaba incertidumbres, y solo la muerte no tenía ajuste. Por ello, y porque era un optimista incorregible mientras no le faltasen el café y el pan, y de vez en cuando una cerveza helada o su medida de ron, y aunque escaseaban las oportunidades de trabajo para un investigador privado en ese último confín del mundo, convertido ahora en respetable potencia exportadora de frutas, vinos y salmones, donde cada vez más familias adquirían un segundo automóvil, veraneaban en La Habana y Miami, o se endeudaban sin límites, a él no le molestaba hacer esperar a los dueños de AR&A.

Dieciséis años atrás, en 1990, los chilenos habían reconquistado mediante protestas pacíficas la democracia, y ahora en ese país supuestamente gris y conservador, en donde hasta hace poco no existía ley de divorcio, gobernaba una mujer divorciada, madre soltera y socialista, y atea. Aquello era claro indicio de que ese estilete de tierra, que se extendía desde el desierto de Atacama, el más árido e inhóspito del planeta, hasta el Polo Sur, equilibrándose entre el bravo oleaje del Pacífico y las eternas nieves andinas, siempre a un tris de desplomarse con su gente y bártulos al fondo del océano, era un sitio único, irrepetible y cambiante, que transitaba vertiginoso de la euforia a la depresión, o de la solidaridad al individualismo, una especie de esos enrevesados jeroglíficos del arqueólogo Heinrich Schliemann, que nunca nadie lograba descifrar del todo, y que se amaba u odiaba según las circunstancias, los cambios de ánimo y el color de las estaciones.

—Aquí nadie se muere para siempre —barruntó Cayetano divisando desde su mesa los nichos blanqueados que refulgían como salar atacameño desde el camposanto, en lo alto del cerro Cárcel–. Al primer terremoto vuelven todos de sopetón al reino de los vivos.

–¿Qué se sirve el caballero? –le preguntó la *goth*.

Ordenó un cortadito doble y la carta de sándwiches, que esperó ansioso, atusándose las puntas del bigote.

Ahora lo recordaba con precisión. Había arribado a Valparaíso hacía treinta y cinco años, tras desembarcar en Santiago del Boeing de Lan Chile con Ángela, chilena medio aristocrática y de convicciones revolucionarias, que estudiaba en un exclusivo *college* para señoritas de Estados Unidos. Mientras hacían una noche el amor bajo los cocoteros en la arena aún tibia de una playa de Cayo Hueso, ella lo había convencido de sumarse a la construcción del socialismo que impulsaba Salvador Allende en el Cono Sur. Ambas experiencias –la de Allende y la amorosa– terminarían por cierto de forma abrupta y calamitosa con el golpe de Estado de Pinochet, el once de septiembre de 1973. Ella había buscado refugio en el exilio de París con el charanguista de un grupo folklórico mientras él encallaba como una vieja barcaza en Chile. Debió ocultarse de los izquierdistas, que lo despreciaban como *gusano* de Miami, y de los derechistas, que lo desdeñaban como un infiltrado castrista. Durante la dictadura tuvo que probar suerte en varios oficios: vendedor de libros y seguros, promotor de cremas de belleza Avon y asistente de un receptor judicial que recorría a pie los cerros más bravos y peligrosos de Valparaíso, notificando a sujetos que eran rateros, reducidores o contrabandistas. Un título de detective, otorgado por un oscuro instituto de estudios a distancia de Miami, le salvaría más tarde la vida, pues atraería a gente que deseaba encargarle investigaciones de poca monta –como el seguimiento de una mujer casquivana, el robo de la caja del día de una fuente de soda, o las amenazas de muerte de un vecino belicoso–, lo cual le permitió no solo sobrevivir con cierta dignidad sino también ejercer el oficio que mejor calzaba con un espíritu independiente, soñador y gozador como el suyo.

—Aquí tiene —le anunció la *goth* desplegando ante sus ojos miopes una carta con fotos a todo color de los sándwiches y pasteles que ofrecía el local.

La carta no solo buscaba abrir el apetito del cliente, sino proyectar también una dimensión cultural, pues intentaba narrar la portentosa historia de esa ciudad con siete vidas, conocida otrora como "La Joya del Pacífico". En rigor, se trataba ya de una gema con bastante desgaste, jamás fundada por autoridad alguna, ni civil ni eclesiástica, con medio millón de sufridos habitantes y cincuenta cerros habitados de modo tan pródigo como anárquico, con una bahía en forma de herradura que era un anfiteatro deslumbrante, con destartalados *trolleys* de la posguerra y una decena de quejumbrosos funiculares en los que la gente arriesgaba la vida cada vez que iba al trabajo o volvía de él a sus casas, que contaban con miradores, balcones y jardines en declive, y que habían logrado encumbrarse airosamente en las cimas o aferrarse en precario equilibrio de las laderas. Declarada patrimonio de la humanidad por la UNESCO debido a su arquitectura y topografía, Valparaíso comenzaba ahora, de nuevo, a dar señales de recuperación gracias a los jubilados estadounidenses, canadienses y europeos que, disfrazados de adolescentes y con los bolsillos forrados en dólares y euros, desembarcaban en masa de los transatlánticos que recalaban a diario en la bahía durante el verano.

No era mala la vida en Valparaíso, pensó satisfecho. Arrendaba una casa amarilla, de estilo neovictoriano, en el paseo Gervasoni, del cerro Concepción, y desde allí podía contemplar el Pacífico y, en las mañanas prístinas y tibias del estío, hasta incluso figurarse que estaba en La Habana, retozando frente a la corriente del Golfo, con el Malecón a sus espaldas. En sus pesquisas como investigador privado lo asistía Suzuki, un porteño de origen japonés que por las noches atendía la Kamikaze, una minúscula fritanguería de su modesta propiedad. Quedaba en el barrio del puerto, entre la plaza de la Aduana y la de la Matriz, en una callejuela con adoquines y bares, que le permitía estar al tanto de lo que murmuraban las putas y sus rufianes, quienes volvían a gozar, al igual que los carteristas y atracadores, de las bondades del auge turístico. Aunque ya cincuentón, Cayetano confiaba todavía en encontrar a la mujer de su vida y en llegar a ser padre de un niño o una niña, lo mismo le daba, mientras fuese sanito, antes de quedarse completamente calvo y volverse un jubilado artrítico y cascarrabias. Y si bien al inicio le había resultado difícil adecuarse a la severidad de los chilenos y los rigores climáticos de su tierra montañosa, ahora la isla de Cuba, su gente y su clima eran más bien una evocación pálida y distante, porque la nueva patria, con todas sus luces y sombras, había terminado por conquistarlo, a pesar de que no era verde ni tampoco isla, o tal vez lo fuese aunque de forma diferente.

–¿Ya decidió qué va a comer? –le preguntó la *goth* sirviéndole el cortado. Tenía los brazos translúcidos, surcados por venas gruesas y azules.

–Un Barros Luco con doble ración de palta –pidió, y trató de imaginarse cómo sería remontar con la yema de sus dedos esos surcos azules hasta alcanzar sus vertientes perfumadas y recónditas.

Y fue después de endulzar y saborear la bebida que sus ojos tropezaron en la contraportada del menú con la foto de Pablo Neruda apoltronado en un sillón de su casa de Valparaíso. Sintió que el corazón se le paralizaba, sorbió lentamente hasta que se le empañaron las dioptrías y le arrancó una tenue sonrisa. Le pareció que de pronto las palmeras, las cruces en la cúspide de los mausoleos y hasta el propio Neptuno comenzaban a oscilar como los espejismos del desierto. Entonces su memoria lo trasladó a la mañana del invierno de 1973, la de su primera investigación, aquella que jamás revelaría a nadie pues constituía el secreto mejor guardado de su vida, el secreto con el que lo subirían con los pies por delante hasta ese cementerio donde los muertos, durante las tibias noches de verano, se contoneaban felices al ritmo de tangos, cumbias y boleros, anhelando que el próximo terremoto los arrojara de nuevo sobre las pintorescas y enrevesadas calles de Valparaíso.

Cerró los ojos y percibió que de pronto comenzaban a desvanecerse el rumor de los motores, el canto de los ciegos acompañados del acordeón y la pianola, y hasta los gritos de los vendedores de yerbas, aguacates y boletos con premio garantizado de la lotería, y que de pronto surgía ante él, como por artilugio y con nitidez prodigiosa, la textura áspera y rústica de la puerta de tablas del pasaje Collado…

2

Allí estaba la puerta de tablas con nudos resecos, pero nadie le abría. Acarició esta vez la vieja aldaba de bronce, introdujo después sus manos en los bolsillos de la chaqueta de chiporro y se dijo que ahora solo le restaba esperar. Expulsó vaharadas de aliento blanco contra la mañana nublada del invierno porteño y pensó, divertido, que era como si fumara, como si fumara en una ciudad donde ya no había fósforos ni cigarrillos.

Acababa de perder una hora en la Alí Babá, una fuente de soda que estaba a la vuelta de la esquina, sobre la avenida Alemania, en diagonal al teatro Mauri. Allí había leído la columna de Omar Saavedra Santis en *El Popular* y la de Enrique Lira Massi en el *Puro Chile* mientras el turco Hadad le preparaba un café y un *gyrus* maldiciendo el desabastecimiento, las colas y los desórdenes callejeros, aterrado de que la división política desmembrase al país y lo arrojase al tarro de la basura. Cuando consultó de nuevo el reloj eran pasadas las diez. Tal vez aún no ha vuelto de la capital, se dijo paseando la mirada por la bahía, que asomaba entre la neblina.

Se habían conocido días antes, durante un curanto a la olla celebrado en la residencia del alcalde de Valparaíso, hasta donde lo había arrastrado su mujer para que se codeara con políticos e intelectuales progresistas de la zona. Debía conocer, según Ángela, a los diputados Guastavino y Andrade, a los cantantes Payo Grondona y Gato Alquinta, al pintor Carlos Hermosilla y a poetas bohemios del puerto, como Sarita Vial o Ennio Moltedo, gente innovadora, creativa y comprometida con el proceso. Bien conectada como estaba, Ángela no cejaba en el empeño de ayudarle a conseguir trabajo en esa época turbulenta, algo nada fácil de obtener para un caribeño como él, con apenas dos años en Chile. Pero detrás de ese empeño casi maternal Cayetano percibía otro tipo de inquietud: el deseo de poner en orden una cuestión irresuelta para pasar a ocuparse de otros temas, postergados tal vez solo por ese único asunto que no funcionaba. Los proyectos de Ángela no se orientaban hacia una vida conyugal sino política, y sin un compromiso o al menos un puesto público en aquel país al que la había seguido, él era una pieza que no acababa de encajar; exactamente así, fuera de sitio y fuera de juego, se sentía en esa fiesta a la que nadie lo habría invitado de no ser por ella y a la que él, como pensó con creciente malhumor, tampoco había pedido invitación alguna. Sin ánimo para mezclarse con los portadores de los nombres recomendados y menos aún para sumarse al corro que se había formado en torno al dueño del nombre más célebre, el más cubierto de elogios y rodeado de leyendas, turbiamente desengañado, Cayetano prefirió replegarse a la biblioteca de esa casa de comienzos de siglo, revestida con planchas de zinc pintadas de amarillo, que refulgía como una moneda de oro sobre la bahía. La biblioteca, con piso de madera, vigas de roble a la vista y estantes con libros finamente empastados en cuero, ofrecía el refugio de una luz casi penumbrosa y, tal como Cayetano había imaginado, estaba desierta. Se acomodó en un *bergere* frente a la ventana que daba al jardín, donde varios invitados fumaban y conversaban sin importarles el frío y, aspirando la fragancia intensa del Pacífico, recordó otro mar, y a otra Ángela.

Así se quedó hasta perder la noción del tiempo. Nadie lo echaba de menos, evidentemente. Pero entonces, cuando ya la reunión chilena le parecía transcurrir muy lejos y casi en otra época, o más bien a lo largo de un sueño impreciso, escuchó a sus espaldas unos pasos que lo sacaron de su modesto limbo. Alguien había entrado; afortunadamente, tampoco había encendido otra luz. Como él, el intruso prefería la penumbra; quizás también añoraba la soledad. Se quedó quieto y evitó hacer cualquier ruido. Tal vez el otro se había equivocado de sitio, o al no ver a nadie lo dejaría en paz. Pero los pasos se siguieron acercando, lentos, como si los pies dudaran del suelo que pisaban, hasta detenerse por fin cerca suyo.

–¿Cómo está, caballero?

El acento irónico pero amable del recién llegado, como si ya lo conociera y compartieran una broma, y la manera inusual de saludarlo, tan personal y afable, lo sorprendieron tanto que en un principio no atinó a responder. Como el silencio hizo que la frase aislada le pareciera aún más irreal, se apresuró a encontrar una respuesta.

–Se está muy bien aquí –comentó–. Si se ha cansado con tanto alboroto –y pensó, al recordar el ritmo sosegado de sus pasos, que se trataba de un hombre mayor–, es perfecto para reponer fuerzas. –¿Por qué había dicho eso, como invitándolo a quedarse, si quería que el extraño se largara? Al menos no se giró a mirarlo y continuó con la vista fija en el horizonte que enmarcaba la ventana. Pero el otro, cuya presencia sintió a sus espaldas, se sumó a su contemplación.

–Me recuerda la Birmania de mi juventud –le oyó decir, y se preguntó qué tendrían en común ese frío país del sur y aquella Asia remota que adivinaba hundida en un calor selvático–. La noche del soldado. El tipo tirado lejos por el océano y una ola –hablaba como ensimismado, pero parecía describirlo a él. ¿De dónde había salido? La brisa batía las cortinas y Cayetano miraba ahora el oleaje. Adivinaba que el otro hacía lo mismo–. Un hombre solo delante del mar es como si estuviera en el medio del mar.

Cayetano necesitó poner un límite.

–¿De quién está hablando?

–¿No eres extranjero? –el tuteo lo sorprendió, pero no lo molestó; quería estar solo, y sin embargo aquella voz lograba hacerse aceptar en su intimidad–. Cuando uno está lejos de su tierra no tiene casa y va a la deriva. También a mí me gustaban rincones como este.

–Y todavía le gustan –sintió que ahora era él quien había sorprendido a su interlocutor; este rio y lo sintió aún más cerca.

–Tienes razón, todavía me gustan –la atmósfera se relajó; sin embargo, como queriendo preservar la distancia en que se sostenía su diálogo, evitaron mirarse a la cara y continuaron contemplando el Pacífico–. Ahora tengo varios refugios, amigos en todas partes, y sin embargo aún necesito a veces rincones como este. ¿Tú eres cubano, verdad?

Pensó que el acento lo delataba. Ofreció un perfil más preciso.

–Habanero.

–Entonces eres el esposo de Ángela Undurraga –Cayetano se sintió súbitamente desnudo; como un amigo, el desconocido se apresuró a cubrirlo–. No te sorprendas, ella es muy conocida aquí. Todos sabemos que se casó con un cubano de la Florida.

¿Quiénes eran esos todos? Por primera vez sintió la tentación de girar a ver a su interlocutor. Pero se contuvo: desde su entusiasta periplo al sur del mundo tras las caderas de su mujer y al cabo de dos años de pasos en falso había aprendido a no precipitarse.

–Un habanero extramuros –enfatizó con cautela.

A sus espaldas, el otro rio.

–Tienes una bella mujer. Inteligente y emprendedora. Debes sentirte orgulloso.

No era así como se sentía. Y se notaba, seguramente. Amparándose en la distancia, en el oleaje lejano que distraía sus miradas, fingió.

–Sí, me la envidian mucho. Se preguntarán qué no encontró aquí que debió ir a buscar hombre al norte.

Esta vez el chileno no rio.

–El mal de amores en todas partes tiene el mismo clima –declaró brusco, súbitamente sombrío. Una antigua tristeza, arrastrada durante más años de los que Cayetano podía contar, pareció instalarse en cuestión de segundos en la voz cultivada y amable que apenas un momento atrás reía y bromeaba con sosiego. Aunque apenas hizo una pausa antes de continuar, al volver a hablar esa voz sonó como si levantara una gran carga–. Perdóname la franqueza, muchacho, pero sé cuánto duele llevar esas máscaras que mis ojos atraviesan en cuanto las ven. Desde que te vi sentado delante de esta ventana, lejos del jardín donde deberías estar llevando a tu mujer del brazo, reconocí la escena. He visto a demasiados alejarse como para no reconocer el lugar que dejan vacío.

Cayetano mismo era ahora ese sitio silencioso. Elocuente, calló. Su raro interlocutor parecía tener mucho que decir.

–A mis años uno creería que ya lo ha visto todo, que los engaños ya no hieren, que las traiciones ya no sorprenden… Pero no, al contrario, basta un empujón, cualquier traspié inesperado en el camino que uno recorre todos los días, y el equilibrio que creía asegurado se acaba. Además se han perdido reflejos y el tiempo escasea –la voz, apasionada, se contrajo bajo esa amenaza; luego volvió a empinarse–. Lo que quema sigue quemando y no se tiene con qué apagarlo, ni siquiera con qué ignorarlo… –vaciló– …ni fuerzas para explorarlo. –Buscó otro final–. Cuando uno es joven desespera rápido, y enseguida teme que si alguien falta a una cita no volverá más. Pero este mundo da muchas vueltas…

A pesar de la nebulosidad de esta última alusión, Cayetano comprendió que el hombre hablaba de sí mismo. Pero sintió que de algún modo sus palabras, después de todo, valían también para él. Tuvo una intuición.

–¿Usted es escritor? –preguntó.

–Tienes madera de detective, muchacho –dijo el desconocido, burlón a medias–. Cuando te canses de tu oficio siempre puedes colgar un letrero en la puerta de un pequeño despacho en desorden y esperar a que alguien te pague por investigar.

Cayetano hubiera sido incapaz de decidir si el hombre a sus espaldas le tomaba el pelo o le indicaba un destino. Pero igual le siguió el juego.

–Lo recordaré, señor…

–…Reyes. Ricardo Reyes –le pareció que sonreía–. Cayetano, ¿verdad? ¿A qué te dedicas?

–En estos días, a lo que salga. Espero una pega, pero después de dos años así estoy empezando a pensar que Ángela no tiene tan buenos contactos.

Ahora Reyes no dijo nada. De pronto comenzó a toser. Cayetano permaneció inmóvil, avergonzado por la queja que había deslizado sobre su mujer, pero algo en él volvió a despertar una dosis de cortesía.

–¿Quiere que cerremos las ventanas?

–No te preocupes. Esto no se debe a las ventanas –repuso Reyes y carraspeó, reprimiendo la tos–. Así que buscas trabajo –continuó. Entonces los tacones de una de mujer irrumpieron en la sala.

–La gente preguntando por ti, y tú escondido como una ostra aquí –era una mujer de cabellera trigueña, enérgica y vital–. Vamos, que tu caldillo de congrio ya está, y el alcalde quiere pronunciar unas palabras en honor tuyo. Andando, andando.

La interrupción había logrado que Cayetano al fin girara. Así advirtió que el hombre no estaba a sus espaldas sino de pie casi a su lado. Y, asombrado, lo reconoció. Durante la fiesta no se había atrevido a acercársele, inhibido no solo por el estrecho círculo de admiradores que lo rodeaba sino también por la autoridad que atribuía a esa figura gruesa de movimientos lentos, cuya lánguida mirada de grandes párpados de saurio había ido del mar a él y de vuelta al mar durante esa conversación en que él ni siquiera se había dignado a mirarlo. Y ahora el gran poeta y distinguido embajador de Salvador Allende en Francia, se alejaba tironeado por aquella mujer. Nunca había estado a solas con un nobel. La emoción sacudió de pronto su cuerpo y le agolpó la sangre en la cabeza.

–Donde manda Matilde, no manda marinero –dijo el poeta guiñándole un ojo. Allí iba, con su poncho chilote, el *jockey* de siempre y las mejillas manchadas de grandes lunares–. En fin, ya sabes, si en estos días te sobra tiempo, anda a verme a La Sebastiana. Tengo antiguas postales de tu ciudad, muchacho. Solo basta con que me llames.

No se habría atrevido a llamarlo. Pero fue el poeta quien dio con él, quien llamó a su casa y le pidió que lo visitara. Y por eso estaba allí, en el pasaje Collado, y por fin abría alguien ahora, con chirrido de goznes oxidados, esa puerta de tablas y nudos resecos.

3

Era el poeta.

—Disculpa, estaba leyendo y me quedé dormido. Además, Sergio, mi chofer, anda viendo qué consigue en los almacenes, y me cuesta un mundo bajar las escaleras. Ya verás que todo aquí es algo enrevesado. Ven, sígueme, por favor.

Cruzaron el minúsculo jardín de la construcción adosada al teatro Mauri. A través de los arbustos Cayetano distinguió la ciudad y la escuadra de guerra atracada al molo de abrigo, y más allá las montañas andinas. El poeta comenzó a subir pesadamente una escalera, y él lo siguió. En el segundo piso atravesaron un pasillo y continuaron ascendiendo, esta vez por una escalera curva y estrecha. A través de un ojo de buey Cayetano vio techos luminosos y pasajes en sombra, como si la casa planease sobre Valparaíso.

Sin aliento llegó el poeta al tercer piso. Llevaba la misma gorra de hace unos días y, sobre los hombros, una manta café de Castilla. ¿Qué querría? ¿De qué necesitaba hablarle, que lo invitaba a su hogar, precisamente a él, un tipo hosco y extranjero, que lo había dejado de pie a sus espaldas durante la única conversación que habían sostenido en su vida, sin la menor consideración por sus años ni sombra de la admiración o al menos del respeto que todos los demás le profesaban? El poeta lo guio hasta un *living* de paredes de un azul intenso con un generoso ventanal que dominaba toda la ciudad, y le indicó que se sentara en un sillón floreado, frente a uno negro, de cuero. Era una sala amplia y clara, con un caballito verde de carrusel en su centro, y al lado estaba el comedor, ribeteado también por el mismo ventanal. Al otro extremo había un bar con botellas y copas, una campana y un letrero de bronce que anunciaba "C'ici Pablo". Cayetano no pudo menos que comparar una vez más la hospitalidad que lo recibía con su propia torpeza social, apenas corregida en parte durante su repentino contacto telefónico del día anterior.

—Gracias por venir —dijo el poeta y se sentó en el sillón de cuero. Ahora parecía levitar sobre los campanarios de la ciudad—. No te voy a andar con rodeos, Cayetano. Te preguntarás por qué te invité, y la respuesta es muy simple: porque pienso que puedes ayudarme. Es más, creo que eres la única persona en el mundo que puede ayudarme.

Aunque había decidido mostrarse amistoso, Cayetano mantuvo la guardia alta.

—Por favor, don Pablo, no me asuste con tanta responsabilidad —dijo con un respeto que le salió casi devoto, aunque al percibir la ironía implícita en sus palabras procuró ser aún más humilde—. ¿Cómo puede ayudarlo alguien como yo?

—Déjame decirte que algo sé de ti, pero que es a tu mujer a quien ubico mejor. Ella simpatiza con el gobierno de la Unidad Popular, e imagino que tú también. En estos tiempos no se puede confiar en cualquiera…

Cayetano contempló las manos hinchadas, la nariz larga y el rostro demacrado del poeta. Era de complexión robusta, pero el cuello de la camisa le quedaba ancho, como si hubiese adelgazado de golpe en los últimos meses. Entonces recordó su súbita melancolía y su sombría alusión al tiempo que se acortaba. Solo que ahora, entre sus cosas, a la clara luz del día que atravesaba su casa, se lo veía decidido, entusiasta. Aunque no sabía adónde quería llegar.

—Soy cubano, pero de Florida —dijo, tratando de atemperar el brío del poeta con algo de humor—. Igual sigo sin entender…

—Precisamente por ser cubano puedes ayudarme —cortó don Pablo.

Cayetano se acomodó los anteojos y se acarició los bigotes, nervioso.

—¿Por ser cubano?

—Vamos por partes —añadió el poeta, cambiando el tono—. Veo que no dejas de mirar la sala. Lo primero es que esta casa se llama La Sebastiana en honor a Sebastián Collado, el español a quien se la compré en 1959. Él diseñó para la azotea una gran pajarera y una pista de aterrizaje para naves espaciales.

Ahora Cayetano temió ser víctima de una broma.

—¿Habla en serio, don Pablo?

—Completamente —agregó cerrando circunspecto sus grandes párpados—. Algún día aterrizará aquí un Odiseo del cosmos. De las cuatro casas que tengo, ninguna flota como esta. La de Santiago se oculta en los faldeos del San Cristóbal, la de Isla Negra es una bella barcarola dispuesta a zarpar, y la Manquel, que fue una caballeriza de piedra y ladrillo, y que compré con el dinero del Nobel, vive extraviada en los bosques de la Normandía. Pero La Sebastiana enhebra como una pulsera el aire, la tierra y el mar, Cayetano. Por eso es mi casa predilecta. Pero no es como constructor sino como poeta que te he llamado.

Cayetano quedó estupefacto. ¿Qué tenía él que ver con la poesía? ¿En qué podía ayudar a un poeta célebre? Una gaviota pasó volando frente al ventanal.

—Pero la cosa no es para ponerse nervioso —añadió don Pablo—. Uno en persona es siempre menos imponente que su imagen en los diarios y la tele. Además los años, el próximo cumplo setenta, comienzan a pasarme la cuenta, aunque todavía no me privan del deseo de escribir ni de amar.

Cayetano quiso ir al grano.

—¿Cómo puedo ayudarlo, don Pablo?

El poeta guardó silencio con las manos enlazadas sobre su barriga, bañado por la luz metálica que despedía la mañana endureciendo las fachadas de las casas y los contornos de los cerros.

—Necesito encontrar a una persona –dijo tras pensar unos instantes con la vista baja–. Y debe buscarla alguien discreto. Es algo personal. Me hago cargo de todos tus gastos extras, y te pago, obviamente, lo que me pidas –precisó mirándolo con desasosiego.

–¿Quiere que le busque a alguien?

–Así es.

–¿Quiere contratarme –recordó lo que el poeta le había dicho en su primer encuentro– como detective privado?

–Exactamente.

–Pero yo no soy detective, don Pablo. Todavía no, al menos –agregó con una leve, inútil sonrisa–. Peor: no tengo idea de cómo actúa un detective.

Las manos del poeta cogieron de una mesita unos libros empastados en plástico rojo.

–¿Has leído alguna vez a Georges Simenon? –una mirada zorruna le alisó mejillas y le arrugó la frente–. Es un gran escritor belga de novelas policiacas.

–No, nunca, don Pablo –sintió vergüenza de su escasa cultura literaria; se disculpó como si esa ignorancia pudiera ofender a su anfitrión–. Lo siento. Solo conozco algunas novelas de Agatha Christie y de Raymond Chandler y, claro, a Sherlock Holmes...

–Es hora de que leas al belga, entonces –continuó el otro, avasallador–. Porque si la poesía te transporta al cielo, la novela policiaca te introduce en la vida tal como es, te ensucia las manos y tizna el rostro como el carbón al fogonero de los trenes del sur. Te prestaré estos tomos para que aprendas algo del inspector Maigret. No te aconsejo leer a Poe, que inventó el relato policiaco y fue un gran poeta; ni a Conan Doyle, el papá de Sherlock Holmes. ¿Sabes por qué? Porque sus detectives son demasiado estrafalarios y cerebrales. No podrían resolver ni el caso más simple en nuestra caótica América Latina. En Valparaíso los carteristas les robarían la billetera en el *trolley*, los muchachos de los cerros los agarrarían a peñascazos y los perros los perseguirían a dentellada por los callejones.

Aquello le sonó descabellado. ¿Detective a la fuerza, y encima aprendiendo el oficio a través de novelas policiacas? Si lo contaba, lo catalogarían de inmediato de loco. No solo al poeta, también a él mismo.

—Así que llévate estos libros y léelos —agregó don Pablo con total autoridad y los introdujo, no sin cierta dificultad, en una malla de cordel.

A un nobel no se le dice que no, menos a un nobel enfermo, pensó Cayetano al recibir la bolsa. Eran seis tomos, pequeños, nada pesados, con portadas de plástico rojo y papel de cebolla, agradables al tacto. Si aprendía algo con ellos ya era harina de otro costal. La bolsa le serviría al menos para recoger en la JAP la ración de carne, si es que llegaba, porque la carne de vacuno y el pollo estaban perdidos desde hacía semanas, al igual que la mantequilla, el aceite y el azúcar. Y los precios en el mercado negro eran un abuso.

—¿A quién hay que encontrar? —se escuchó decir, como si su voz fuera ya la de otro.

—No esperaba otra cosa de ti, Cayetano —dijo el poeta agradecido y soltó un resuello. Arrastró sus pantuflas hasta la puerta del *living* para cerciorarse de que nadie los espiaba—. Por eso, ahora préstame atención, que trataré de explicarte el asunto en pocas palabras…

4

–Se trata de que ubiques a un compatriota tuyo, de quien fui amigo y perdí la pista hace mucho –dijo el poeta con su voz reposada y nasal, y un repentino resplandor, esperanzado, aunque definitivamente infantil, en los ojos.

–Hace mucho que no pongo un pie en Cuba –ripostó Cayetano–. Salí de la isla cuando era un muchacho.

–No soy tan ingenuo como para suponer que conoces a todos tus compatriotas, pero que seas cubano puede facilitarte la tarea. Ya verás. Le he dado vueltas a esto durante meses, sobre todo desde que se me resintió la salud en París. Pensé en acudir a compañeros del Partido, incluso a un buen amigo de la Embajada en La Habana, pero lo deseché porque a estas alturas no me conviene que ciertas cosas trasciendan. Tú sabes, la política...

Cayetano Brulé observó al poeta sin saber qué decir.

–Seguro te estás preguntando por qué confío en un desconocido –continuó el poeta–, y es simplemente por intuición. Cuando hace poco escuché de ti en una reunión de camaradas en esta casa, me dije: es la persona que necesito. No conoce a nadie en Chile y, por lo tanto, no le queda más que ser discreto. Además es cubano, y puede visitar la isla sin despertar suspicacia. Y como está cesante, un encargo así le vendrá de perilla.

–Por eso fue a verme a la biblioteca el otro domingo, durante el curanto, ¿verdad?

–¡École! Fue con premeditación y alevosía.

Cayetano sonrió incómodo. Sus manos sudaban mientras el poeta mantenía sus pies embutidos en calcetines de lana sobre la banqueta de cuero blanco. Difícilmente podría ayudarlo, pensó, pero si al menos no lo intentaba lo defraudaría y nunca más volvería a dirigirle la palabra. No era bueno perder así como así la amistad, por incipiente que fuese, con un poeta de tal envergadura. De alguna manera sus ojos melancólicos y sus largas patillas le evocaban a su padre, al trompetista de orquesta tropical, amigo de la bohemia y querendón de su familia, que había muerto en los cincuenta, después de un concierto en una noche nevada del Bronx, donde había tocado durante años para Xavier Cugat e incluso el mismísimo Beny Moré, el bárbaro del ritmo, el que cantaba "Hoy como ayer" y bailaba como si, en lugar de haber sido amamantado con leche, lo hubiesen hecho con conga y bolero. Tras la muerte del padre, ocurrida en un confuso incidente nocturno en Canal Street, la isla de Cuba se había vuelto inalcanzable para su madre, que se ganaba sus pesos haciendo de costurera en Union City.

–¿Cómo se llama el cubano, don Pablo?

–Si quieres entrar al área chica, debes prometerme primero que harás el trabajo guardando el secreto.

–Puede confiar en mí, don Pablo. Seré... Seré su Maigret privado.

–Así se habla, muchacho –repuso el poeta con entusiasmo, y luego, dirigiendo su mirada hacia el bar de paredes rosadas y campana de bronce, preguntó–. ¿Te animarías a un whisky en las rocas? Pero uno bueno, de al menos dieciocho años. Mira que soy el mejor barman de Chile. ¿Lo prefieres doble o triple?

Se fue al bar sin esperar respuesta. Se instaló detrás de la barra, cogió un vaso, arrojó en él cubitos de hielo y fue generoso al escanciar de la botella de Chivas Regal. Cayetano pensó que no era la mejor forma de iniciar el día, pues aún le faltaba conseguir conservas de carne de chancho chino en la JAP del cerro San Juan de Dios, pero admitió que no todos los días un nobel le preparaba a un mortal un trago tan distinguido ni lo contrataba como investigador privado.

—No puedo brindar contigo por el tratamiento que recibo en el Hospital van Buren —dijo el poeta aspirando encantado la fragancia del vaso de whisky y pasándoselo después en la mano—. Aunque por las noches, y si estoy de ánimo, me zampo una que otra copita de Oporto sin que Matilde lo note. Si me pilla, pone el grito en el cielo, cuando yo sé que no hay mejor medicina que un Oporto. Un Oporto no puede hacerme daño. ¿No crees?

Con los cubitos de hielo tintineando en el vaso, Cayetano se preguntó cómo pudo alguna vez mostrarse hosco con ese hombre. Ahora, de pronto, por un simple impulso que nacía de la simpatía que le despertaba, solo quería corresponder a su confianza.

—Si no se le pasa la mano, don Pablo, no puede caerle mal...

—No te preocupes, muchacho, a estas alturas los excesos ya no me seducen —sus ojillos escrutaron el rostro de Cayetano mientras este bebía. Otra gaviota pasó frente al ventanal con sus alas extendidas y las patitas recogidas, moviendo la cabeza para uno y otro lado, graznando alerta. Planeó sobre los techos cercanos y luego regresó a la bahía como indicando un camino.

Cayetano sintió que el primer sorbo le bajaba por las entrañas como un reguero de pólvora encendida. No estaba acostumbrado a beber por las mañanas.

—¿Cómo está? —preguntó el poeta.

—Soberbio, don Pablo —era lo menos que podía decir.

—No me falla la mano. Poeta que no sabe de tragos ni comidas, no es poeta.

Cayetano dejó el vaso sobre la barra, bajo la campana que colgaba de un brazo de bronce.

—¿Y entonces? ¿Cómo se llama?

—Chivas. Chivas Regal. Dieciocho años.

—No, don Pablo. ¿Cómo se llama el cubano que debo encontrar?

—Ángel. Doctor Ángel Bracamonte.

Puso el vaso sobre la barra, y acarició la campana de bronce que pendía sobre ella.

—No me suena para nada —comentó Cayetano mirándolo, y al decirlo creyó advertir un rictus de repentina desilusión en el rostro del poeta.

Pero este siguió adelante.

—Lo conocí en 1940, en Ciudad de México, cuando yo era cónsul allí. Él era oncólogo. Se dedicaba a estudiar las propiedades curativas de unas yerbas que los indígenas de Chiapas empleaban para combatir el cáncer. Bracamonte debe tener mi edad, o tal vez más. Perdí su pista en 1943, tras regresar a Chile con Delia del Carril, mi mujer en aquel tiempo. Tal vez vive aún en México.

Entonces era cierto lo que se rumoreaba: el poeta padecía de cáncer. Por fin armaba el rompecabezas. Don Pablo enfermo de cáncer confiaba en que él diera con el oncólogo cubano y este lo sanara, pensó mientras vaciaba de un viaje el resto del vaso para envalentonarse. El cangrejo explicaba entonces su agotamiento, su respiración agitada, sus protuberantes ojeras y el color cera de su rostro. Tal vez nunca reasumiría su cargo de embajador en París y moriría en su terruño, en la revolución de Allende, por la cual había luchado, imaginó observando a través del ventanal hacia su casa, en la Población de la Marina Mercante, que se alzaba en el cerro de enfrente con sus muros amarillo cuero bajo el deslavado cielo de invierno.

—Discúlpeme, don Pablo, pero ¿no ha pensado que a usted le bastaría poner un anuncio en el *Excelsior* para tener a Bracamonte al día siguiente al teléfono? Con la salud no se juega.

—¿Y quién te dijo que es un asunto de salud? —preguntó don Pablo con cierta mal disimulada tensión en el rostro.

—Pues, como él es médico... —supuso de inmediato que el poeta, por dignidad, quería ocultarle el motivo de la búsqueda. Él era joven, pero no ingenuo. No había ingenuos en Cuba. Tontos, descarados y oportunistas sí los había, y por millares, pero no ingenuos. Era evidente que el poeta necesitaba al oncólogo y sus yerbas para derrotar el cáncer.

–No lo busco por mi salud. Debe de estar en México. Necesito que lo ubiques y me avises, pero escúchame bien –aclaró serio, apuntándolo con el índice erguido–: no puedes mencionarle a nadie ni una sola palabra de esto. ¡A nadie! ¡Ni a él mismo! Cuando averigües su paradero, debes contármelo solo a mí. Después te diré cómo proseguir. ¿Entendiste?

–Absolutamente.

–Mira que a un poeta no se lo engaña fácilmente. Menos a un poeta enfermo.

–¿Comienzo entonces indagando en la embajada mexicana, don Pablo?

–¡Qué andar husmeando en embajadas ni ocho cuartos como un bibliotecario, Cayetano! Lo que debes hacer ahora es coger un avión para Ciudad de México y empezar a investigar allá. ¡Necesito que ubiques al doctor Ángel Bracamonte lo antes posible!

5

No pudo volar a México de inmediato, pues no había asientos disponibles. Decidió matar el tiempo hojeando las novelas de Simenon, que lo atraparon de inmediato con sus personajes que deambulan por callejuelas, bistrós y mercados de París, y buscando gente que pudiera contarle algo sobre el poeta, algo que trascendiera lo que todos sabían sobre él, sus viajes y sus amores. Conociéndolo mejor se sentiría más cómodo, pues Neruda comenzaba a resultarle un tipo misterioso, que ocultaba facetas de su vida como la camanchaca de primavera ciertas escaleras y ascensores de Valparaíso. Fue cauto, eso sí, al indagar acerca de la vida de su cliente. Nadie debía imaginar el encargo que el poeta le había confiado. Era cierto que esa llama de desconfianza que ardía en su pecho lo hacía sentirse ruin, pero necesitaba conocer al artista a través de terceros recurriendo al mismo método que empleaba el acucioso Maigret, que espiaba sin empacho pero con harto disimulo incluso a sus informantes más confiables y colegas más cercanos.

Dos días más tarde, mientras almorzaba una contundente paila marinera en Los Porteños, en el mercado Cardonal del barrio del puerto, consiguió un dato esperanzador de Pete Castillo, que entró por casualidad en el mismo sitio a servirse unas machas al perejil. Un pescador acababa de acarrear las "ostras del pobre" en un canasto de mimbre. Sus conchas alargadas refulgían como la arena de playa en las mañanas despejadas. Pete era dirigente sindical y habitaba una casa de madera construida sobre palafitos en una quebrada del cerro

Monjas, cerca de la casa de Cayetano. Había interrumpido sus estudios en el pedagógico en tercer año, después del triunfo de Salvador Allende, para dedicarse de lleno al activismo político de barrio, pero seguía devorando novelas latinoamericanas, pues era un apasionado de Julio Cortázar, Juan Carlos Onetti y Ernesto Sábato, y también de Jorge Luis Borges, a quien consideraba un reaccionario despreciable aunque de pluma soberbia.

—Neruda no está entre mis santos –precisó Pete con voz profunda, rociando con sus manos toscas y oscuras el limón sobre una macha abierta, cuya lengua rosada se encogió adolorida–. Sus cantos a Stalin en *Las uvas y el viento*, y su rechazo a la vía armada para construir el socialismo en Chile me causan una profunda desconfianza. Se nos aburguesó demasiado ese poeta.

—Déjate de ver la paja en el ojo ajeno y dime, ¿quién puede informarme sobre él? Me refiero a su vida personal.

—Tal vez el comandante Camilo Prendes podría ayudarte –agregó Pete después de pensarlo mucho. Succionó la lengua de la macha, dejando limpia, impecable, su concha lisa, y enjuagó después el manjar con un sorbo de vino blanco de la casa–. El comandante está a cargo de la brigada de los estudiantes más radicales en la Escuela de Arquitectura de la Universidad de Chile y, si no me falla la memoria, tiene una prima especialista en poesía, una enciclopedia en dos maravillosas piernas, dicen. Algo debe saber ella sobre Neruda, además que nada se pierde con conocerla porque la mujer esa viene con yapa.

—¿Y dónde encuentro al muñeco ese?

—En la fábrica de galletas Hucke.

—¿Está dedicado a hacer galletitas para el *five-o'clock-tea* en esta época? –En su sopa marinera Cayetano pescó una presa de corvina, tan blanca y consistente como las mejillas de las princesas en los cuentos de los hermanos Grimm.

—No te burles del comandante, Cayetano. Prendes tira para arriba. La Hucke está en manos de los obreros, que exigen su expropiación, y él los dirige. Ha conseguido expropiar varias fábricas y algunos fundos de menos de cincuenta hectáreas, pese a la oposición del Gobierno. Prendes participó en las revueltas del París del 68, donde conoció a Daniel Cohn-Bendit, y se preparó con todas las de la ley en La Habana. Le quiebra la mano a los reformistas que infestan La Moneda. También medio aburguesado, pero sabe de hierros.

Esa misma noche, Cayetano se dirigió a la Hucke. Con sus ventanas iluminadas y el estrépito de la maquinaria, la fábrica parecía un transatlántico navegando por un océano espeso y calmo, o al menos así le pareció a Cayetano, mientras caminaba cortando la neblina del barrio industrial. Desde los muros colgaban banderas del partido socialista, del MAPU y el MIR, y lienzos que demandaban la ampliación del área estatal de la economía y el fin del capitalismo. Pese a la toma, la fábrica seguía funcionando, aunque según Pete, la escasez de insumos comenzaba a afectarla. Cayetano se acercó al portón, donde unos guardias con cascos y armados con palos fumaban en silencio.

—Vengo de parte del compañero Pete Castillo —dijo enseñando el salvoconducto que este le había garrapateado en una servilleta de papel en la mesa de Los Porteños—. Necesito hablar con Camilo Prendes.

Uno de los guardias examinó el documento y apuntó las señas de Cayetano en una libreta y, tras consultar por teléfono, lo dejó pasar. Tuvo una sensación de orfandad al cruzar el patio vacío de esa fábrica ahora en poder de sus trabajadores, y se acercó a una oficina, donde otro guardia le entregó una caña de bambú larga y flexible.

—Únase al grupo del acceso norte. ¿O prefiere un linchaco?

—Nunca he tenido uno en mis manos.

—Quédese entonces con la caña. Empléela como lanza —le dirigió una mirada huraña—. Y tome por la izquierda. Al fondo le darán instrucciones.

Allá unos tipos de casco y linchaco, sentados junto a un portón metálico, le dijeron que si veía desplazamientos sospechosos, debía golpear el portón con el martillo que estaba en el suelo.

—En caso de alarma, todos saben qué hacer. Por el comandante Prendes no se preocupe. Recorre cada noche todas las postas y habla con los compañeros. Suerte.

Se alejaron llevando sus armas artesanales y Cayetano se sentó sobre unas cajas y encendió un Lucky Strike, el aroma lo reconfortó en medio de la noche incierta. Era una suerte haber conseguido cigarrillos con Sergio Puratic, comerciante del barrio del Puerto, pues ya no quedaban, y un cartón costaba un ojo de la cara en el mercado negro. Aspiró el humo lentamente, dejándolo que calentara su cuerpo, y pensó en el poeta, en la curiosa misión que le encargaba, y también en las historias del inspector Maigret. Su vida estaba adquiriendo un sesgo irreal, atada a un curioso secreto que lo apartaba de los demás. ¿No estaría acaso soñando? ¿No estaría soñando que esperaba, caña en mano, a un revolucionario en un país amenazado por el fantasma de la guerra civil? ¿No estaría soñando que vivía en Valparaíso, y en realidad dormía a mil millas de ahí, en su antigua casa de Hialeah, cerca de Miami, o a lo mejor en la mismísima Habana? Sus dedos palparon el tomo de Simenon que portaba en el chaquetón. Había leído algunas novelas esos días, no porque creyese que podría aprender de ellas a ser detective, sino porque Simenon sabía contar historias de forma entretenida, y el inspector Maigret le resultaba honesto y convincente. El tomo de tapas plásticas y hojas de papel cebolla, dobladas en las puntas, era la prueba de que había conversado con Neruda y no soñaba.

Un vehículo se aproximó al portón. Cayetano aplastó la colilla con el pie y se parapetó detrás de un pilar. No le convenía que lo avistaran desde fuera. Se decía que los miembros del Movimiento Nacionalista Patria y Libertad o del Comando Rolando Matus disparaban a quemarropa. Contuvo la respiración. El empedrado de la calle resplandeció bajo los faroles de un vehículo que se acercaba lentamente. Por fin lo vio. Era un *jeep* con soldados. Hace poco militares habían baleado a los obreros de una fábrica tomada, y después se habían negado a

45

entregar a la justicia a los asesinos. El *jeep* pasó a la vuelta de la rueda, sin que sus ocupantes lo notaran.

—¿Qué lee? —preguntó de pronto una voz a su espalda.

Al volverse, se encontró con un joven pálido, de pelo largo y barba, que llevaba boina, chaquetón y botas. Dos sujetos de chaqueta verde olivo lo acompañaban a cierta distancia.

—A Simenon —le enseñó la portada.

—¿Le gustan las novelas policiacas?

—Me entretienen —Miró hacia la calle. Ni rastros del *jeep*.

—Lo leí por primera vez en París, cuando estudiaba allá —dijo el joven y tomó asiento sobre la horquilla de un montacargas. Era un tipo alto, delgado y bien parecido, con un innegable aire al Che Guevara. Extrajo una cajetilla de Hilton y le ofreció un cigarrillo a Cayetano. Fumaron escuchando el fragor de las maquinarias de la fábrica—. Es un escritor prolífico y popular, amante de la defensa del statu quo francés. Por cierto, soy Prendes. Y usted es Cayetano Brulé y me busca, según me han dicho los compañeros.

—Así es.

—Y le gusta la policiaca…

—Aunque prefiero la poesía.

—¿Ah sí? ¿La de quién, por ejemplo?

—La de Neruda —mintió para ir directo al tema.

Prendes bajó la vista acariciándose la barba con movimientos reposados. Preguntó:

—¿Y usted de dónde es?

—De Cuba.

—Fidel no traga a Neruda.

Cayetano se atusó los bigotes y se reacomodó las gafas para ganar tiempo. Recordó una venenosa carta de los escritores cubanos criticando a Neruda por rechazar la vía armada al socialismo y por haber visitado universidades estadounidenses.

—Allá tienen a Nicolás Guillén. *Sóngoro cosongo* y todo eso —continuó Prendes.

–¿Usted prefiere a Guillén? –preguntó Cayetano, sintiendo que ingresaba en un ámbito en el que era un completo ignorante.

–Prefiero el orden de cosas allá: partido obrero, ejército revolucionario, todos comen lo mismo, van a las mismas escuelas y tienen trabajo, sin patrones. Así debería ser aquí. Pero de Neruda –continuó después de aspirar el humo del cigarrillo y soltar una bocanada–, ¿le gusta su poesía amorosa o la política?

–La amorosa.

Prendes musitó, burlón:

–"Puedo escribir los versos más tristes esta noche. / Escribir, por ejemplo: 'La noche está estrellada, y tiritan, azules, los astros a los lejos'. / El viento de la noche gira en el cielo y canta…"

Un disparo resonó como un latigazo cósmico, arrastrando un eco distante, seguido de varios disparos más.

–¡Máuseres! Son del Regimiento Maipo –masculló el barbudo con ceño adusto–. Quieren intimidar al pueblo con sus oxidados fusiles de la Segunda Guerra Mundial….

Aspiraron inmóviles el aire blanquecino de la noche, escuchando el ladrido de los perros en los cerros, y el eco de cadenas que llegaba de la bahía. La fábrica enmudeció de golpe.

–Son los malditos repuestos, tendré que irme –anunció Prendes y se puso de pie. Arrojó la colilla al suelo y la apachurró con sus botas de caña alta–. Si los camaradas búlgaros no nos envían pronto los repuestos que nos prometieron, se acabarán las galletitas…

–A falta de pan, buenas son las tortas.

–No suena mal como consigna, pero el pueblo prefiere las galletitas –comentó sobándose las manos.

–Pete Castillo me dijo que usted conoce a una persona que sabe mucho de Neruda –dijo Cayetano antes de que Prendes se le fuera.

–Debe referirse a una prima mía. Se llama Laura –sonrió ensimismado. El asunto lo apartaba al menos momentáneamente de los avatares de la fábrica–. Estudió en Moscú, en la Universidad Patricio Lumumba. Desde hace tiempo escribe su memoria sobre el poeta, pero ahora trabaja en la distribución de alimentos para las Juntas de Abastecimiento y Precios. Anote su teléfono...

6

La noche era negra como un féretro. Abajo, frente a los negocios cerrados de la calle Serrano, pasó lentamente un micro Verde Mar, vacío. Del bar La Nave subían ritmos tropicales, y en el molo de abrigo la escuadra se mecía a oscuras y en silencio. Unos tacones resonaron en la oscuridad. Cayetano viró y divisó junto al Museo de Lord Cochrane a una mujer de chaquetón y bufanda, que se acercaba por el adoquinado con las manos en los bolsillos.

La mañana anterior había llamado al número que le había dado Camilo Prendes. A Laura Aréstegui la había sorprendido que alguien se interesase por su tesis académica en esos días turbulentos, en que nadie hablaba de rimas, sino solo sobre la conquista del poder, la dictadura del proletariado y la vía chilena al socialismo, días vertiginosos en que todos citaban a Lenin, Trotsky o Althusser o los manuales sobre materialismo histórico y dialéctico de Marta Harnecker. Acordaron verse a las ocho de la noche en el museo, después de una reunión de partido a la que ella debía asistir. Eran las ocho y veinte.

—Disculpe el retraso, siempre hay algún camarada que sale con algo a última hora —dijo Laura.

Era atractiva, acababa de pasar de las Juventudes Comunistas al Partido. Tenía un lunar junto a la boca y ojeras profundas, como alguien que duerme poco por insomnio, exceso de trabajo o de sexo, pensó Cayetano. Supuso, sin saber por qué, que Laura era experimentada en el amor y sus ojeras se debían a la pasión. Bajaron las escalinatas frente al Hotel Rudolf, llegaron al plano desierto de la ciudad y caminaron hasta la plaza Aníbal Pinto para cenar en el tradicional Cinzano.

—Así que a un habanero le interesa Neruda —comentó Laura divertida cuando se sentaban en el restaurante. Un hombre de sienes plateadas e impecable terno azul cantaba tangos, acompañado de un bandoneonista pálido y enjuto, reclutado ya por la muerte. Dos parejas bailaban entre las mesas llenas de comensales.

—Como le conté, pretendo escribir un reportaje sobre la vida de Neruda en México —dijo Cayetano—. Se sabe poco de esos años. Viajaré al Distrito Federal en los próximos días.

—¿Escribe para el *Granma* o para *Bohemia*? —preguntó Laura. Tenía las cejas finas y arqueadas como Romy Schneider. Pero era una Romy Schneider del Cono Sur, pensó Cayetano entusiasmado.

—Primero escribo los artículos, después los ofrezco —temió no haber sonado convincente.

Ordenaron una botella de tinto y cazuela de ave, y de entrada la infaltable Palta Reina de todo restaurante chileno desde la independencia. El Cinzano tenía garantizado de alguna forma el suministro de comida, pero a precios que se iban a las nubes, pensó Cayetano mientras oteaba con disimulo la melancolía que flotaba en el ambiente, una sensación de fin de mundo, que subyugaba la noche. El local era uno de los centros de reunión predilectos de la legendaria bohemia revolucionaria porteña, integrada por poetas y escritores que se autoeditaban con fe ciega y perseverancia admirables, profesores de literatura e historia mal pagados aunque dignos y vehementes, sesudos estudiantes universitarios de letras enamorados de utopías extremas, y por políticos, en su mayoría locales, que al menos esa noche, viéndose reflejados en el gran espejo colgado detrás de la barra, más allá de las bandejas con machas, almejas y congrios, procuraban olvidar que el país había terminado por convertirse en el abrumado Titanic del Pacífico.

Había sido, después de todo, un día productivo, pensó Cayetano mientras Laura pasaba al baño. Por la mañana, tras terminar de leer otra de las novelas de Simenon, que por fortuna eran breves y sumamente entretenidas, había confirmado el vuelo y obtenido una lista de hoteles en Ciudad de México con tarifas razonables. Pese a que el poeta le había dicho que no se fijara en gastos, él no quería abusar. Después, a la hora de almuerzo, Ángela le había avisado por teléfono que prolongaría su visita a Santiago, donde postulaba al cargo de interventora de una fábrica textil tomada por los obreros. Tal vez la distancia, suponía ella, les ayudaría a superar la crisis de pareja por la que atravesaban. Si así lo creía, allá ella, se dijo Cayetano escéptico, y apartó el asunto, convencido de que ahora lo que correspondía era averiguar algo más sobre el poeta.

–Neruda vivió entre 1940 y 1943 en Ciudad de México, como cónsul –le explicó Laura más tarde, cuando picaban aceitunas y bebían vino tinto–. Andaba tratando de escapar de su etapa de cónsul en Rangún, Batavia y Singapur, los peores años de su vida. No entendió el Asia, no conoció allá a nadie. Solo tuvo amantes a destajo, muchas de ellas putas, y una mujer entre inglesa y javanesa, llamada Josie Bliss, que intentó apuñalarlo. Después se casó con una holandesa que le dio una hija, Malva Marina Trinidad.

–Chica, pero tú te conoces la vida y milagros de Neruda.

–Llegó a México del brazo de Delia del Carril, su segunda mujer, una argentina culta y rica, que fue clave en su vida –continuó Laura, satisfecha de escapar al menos por unas horas del quebradero de cabeza que le causaba el desabastecimiento de alimentos en Valparaíso–. En Europa ella lo había presentado a la intelectualidad de izquierda y convencido de apoyar a los republicanos en la guerra civil. Fue ella quien lo hizo comunista. Sin Delia, Neruda habría seguido escribiendo poemas herméticos, como Residencia en la Tierra, y no se habría hecho de izquierda ni convertido en el poeta que conocemos.

–¿Ella era mayor que él, no?

—Cuando se conocieron, él tenía treinta, ella cincuenta.

—Era obvio que eso iba a durar menos que un pastel en la puerta de una escuela...

—¿Piensas escribir sobre Neruda e ignorabas eso? —exclamó Laura recelosa—. Él se aprovechó de ella, de sus relaciones sociales, su solvencia económica y su ideología, y de su necesidad de compañía. La abandonó en 1955 por Matilde Urrutia, su esposa de ahora, entonces una joven cantante de cabaret, dueña de un cuerpo formidable, una mujer que intelectualmente no le llega ni a los talones a Delia.

Duplicadas en el espejo biselado del Cinzano, varias parejas bailaban entre las mesas el tango "Volver", mientras los bohemios discutían apasionadamente, entre copas de vino, prietas hervidas y papas fritas, sobre la revolución y la contrarrevolución, sobre Allende, Altamirano y Jarpa, el Partido Comunista, el Socialista y el MIR, sobre las lecciones de la Sierra Maestra, la resistencia vietnamita y la revolución de Octubre. A través de los visillos de la ventana Cayetano vio pasar por la calle Esmeralda un *jeep* militar. Bebió otro sorbo de vino con la vista baja y una sensación de desamparo trepándole por la espalda.

—Es lo que pienso francamente de Neruda después de husmear en su vida —comentó Laura.

—Digamos que no es santo de tu devoción —Recordó al poeta en lo alto de la escalera, mirándolo en silencio mientras él bajaba la escalera de La Sebastiana con el sobre de los dólares en la mano.

—No tengo nada contra él como artista. Se merecía el Nobel. Lo que no me gusta es la representación de la mujer en su poesía ni el modo en que nos trata. Me carga eso de "me gustas cuando callas porque estás como ausente". Puro machismo. El sueño del pibe: que la mujer sea un animal dócil y pasivo.

Cayetano guardó silencio. No era quién para discutirle a Laura de poesía. Se echó una aceituna a la boca, y luego dijo:

—Pero lo mío es otra cosa, chica. En México me interesan los lugares que solía frecuentar, las amistades con que se codeaba. ¿Conoces a un mexicano bien informado allá, que pueda ayudarme en esto?

7

Golpeó en el número 237 del pasaje Collado y esperó con las manos en los bolsillos del chaquetón. El frío trepaba por los cerros desde el Pacífico, sepultado a esa hora de la mañana en la bruma, que la sirena del faro Punta de Ángeles escindía con su gemido de toro agónico. Volvió sobre sus pasos por el pasaje mientras desde un balcón con claveles en tarros cantaba un jilguero entumido. En la Alí Babá, el turco Hadad le preparó un cortado y un *gyros* en hallulla, y él se dedicó a hojear los diarios. Una columna de Mario Gómez López denunciaba que la derecha planeaba un golpe de Estado contra Salvador Allende con el apoyo de la Embajada de Estados Unidos, pero advertía que la intentona encontraría la resistencia resuelta del pueblo. Leyó dos veces la columna, le gustaba como escribía ese periodista. La radio transmitía "Todos juntos", de Los Jaivas, y en el almacén de enfrente la gente hacía cola esperando aceite.

Tal vez el poeta andaba en el Hospital van Buren, pensó. Necesitaba recibir su visto bueno definitivo para el viaje. Lo agobiaba la posibilidad de que no diera el ancho para cumplir la misión. Las lecciones de las novelas de Maigret no bastaban para garantizar el éxito. En eso el poeta pecaba de ingenuo. ¿Cómo iba a ubicar a un médico viejo, de apellido Bracamonte, en una metrópoli con millones de habitantes, que nunca había visitado? Trató de infundirse ánimo. Quizás con la ayuda del colegio médico mexicano y las orientaciones de Laura Aréstegui, que al final no conocía a nadie en Ciudad de México, podría orientarse en el Distrito Federal. A su mujer le contaría que se marchaba a cumplir una misión secreta, cosa que a ella le encantaría, pues adoraba las conspiraciones políticas revolucionarias. Pero la misión en México era un secreto solo entre él y el nobel de literatura, algo de lo que nadie se enteraría jamás, se dijo y musitó luego de memoria los versos que Neruda había escrito en honor a La Sebastiana:

Yo construí la casa.
La hice primero de aire.
Luego subí en el aire la bandera
y la dejé colgada
del firmamento, de la estrella, de
la claridad y de la oscuridad.

–¿Hablando solo? – Hadad estaba a su lado, con la taza desbordante de café. Sus ojos negros brillaron con sarcasmo, y en su calva de Buda refulgió la ampolleta desnuda de la fuente de soda como un reflejo fantasmal–. Si comienza a desvariar a estas alturas del partido, no sé cómo terminará. Pruebe mejor mi café: Nadie prepara otro igual en Valparaíso.

Observó las briznas de espuma girando en la taza, encendió un Lucky Strike y dejó que el líquido le entibiara las tripas. Sabía pasable, pero mejor ni mencionarle aquello a Hadad, que cortaba concentrado lascas de carne detrás de la barra con un cuchillo grande y afilado. A través de la ventana vio unos perros durmiendo enroscados en el *foyer* del Mauri, junto a un cartel de *Valparaíso, mi amor.* Pensó que en ocasiones él se sentía como un perro vago, perdido en el sur del continente, sin mujer, o mejor dicho, acompañado de una con la cual no se entendía, que era peor que no tener ninguna. A Maigret no le ocurría nada de eso, por el contrario, él vivía una luna de miel tan perpetua como desapasionada con su mujer, que le cocinaba y aderezaba con manos de ángel sus platos predilectos y no se inmiscuía en política, y menos todavía en afiebradas aventuras guerrilleras caribeñas. Maigret tenía además departamento propio en París y trabajo asegurado en la Policía. Él, en cambio, alquilaba una casa en el 6204 de la avenida Alemania y estaba desempleado, y, asunto inconfesable, aspiraba a convertirse en detective leyendo novelas, y todo porque el poeta, que depositaba demasiadas esperanzas en la literatura, creía que la lectura del género policiaco podría convertirlo a él, a Cayetano, en un investigador privado.

–¡Te lees un par de novelas de Georges Simenon, te inscribes en cualquier cursillo de investigador, y estás al otro lado! –le había dicho el poeta en el bar de La Sebastiana mientras arrojaba cubitos de hielos en el whisky.

Volvió a sorber el café recordando que el poeta se había casado, decenios atrás, con una mujer veinte años mayor que él, como afirmaba Laura. Delia del Carril debió de haber sido entonces una mujer extraordinariamente seductora, se dijo mientras Hadad le servía un plato con un *gyrus* humeante y grasoso. ¿Era posible que el poeta jamás se hubiese planteado qué iba a ocurrir en su lecho cuando él cumpliese cincuenta años? ¿Jamás lo había imaginado o, intuyéndolo, había optado por emparejarse con esa mujer simplemente por oportunismo? ¿Cómo sería acostarse con una mujer de cincuenta?, se preguntó. ¿Cómo se palparían sus carnes y sabría su boca? Un eximio jugador de dominó del Bar Inglés le había dicho que si a primera vista eran más excitantes las jóvenes de carnes firmes, las mayores y experimentadas las superaban ampliamente en la cama por el placer que procuraban. Más sabe el diablo por viejo que por diablo, había afirmado el jugador de dominó guiñándole un ojo, recomendándole que conquistara una mujer de cincuenta en la plaza de la Victoria. En las mañanas de primavera y verano resultaba más fácil seducirlas, porque el calor, el cielo azul y el canto de los pájaros estaban de su lado, le había dicho entreverando las fichas. En fin, alguna vez iría a la plaza Victoria para salir de dudas, se dijo Cayetano, pero no ahora, cuando lo atraían muchachas de rostros tersos, vientres lisos y pantorrillas firmes. ¿Así que el poeta de la voz nasal y monótona, de cuerpo grueso y mirada melancólica, de quien podía considerarse casi amigo, había sido, en verdad, un *gigolo* en su juventud? ¿Había embaucado a una mujer madura para que le abriera las puertas a los salones de los intelectuales, editores y políticos europeos? ¿Y después la había abandonado por una cantante treinta años más joven?

Saboreó el *gyrus* y lo aprobó asintiendo con un movimiento de cabeza frente a Hadad, que aguardaba su veredicto detrás de la barra, con las manos en jarra y una mirada intimidante. Si quería trabajar para el poeta, era preciso conocerlo a fondo, pensó. Si iba a viajar a México por encargo suyo, debía saber al menos con quién estaba tratando. Haber obtenido el Nobel de literatura solo implicaba que uno era un grandísimo escritor, no necesariamente una buena persona. ¿Cómo sería amar a una mujer veinte años mayor que uno?, volvió a preguntarse. ¿Podía haber deseo entre dos seres tan apartados por la edad? ¿Y qué sería ahora de Delia del Carril? Según Laura, vivía en la capital, vieja, sola y pobre, ya dilapidada su fortuna familiar, dedicada a la pintura, pintando corceles briosos e indomables, enamorada aún de Neruda.

Fue entonces cuando lo vio enfilar junto a su chofer por el pasaje Collado. Caminaba lento, con la espalda encorvada. Apuró el *gyrus*, vació lo que le quedaba de la taza y salió de la Alí Babá dejando un billete arrugado sobre la mesa, y soltando un eructo leve, pero satisfecho.

8

–¡Siéntate, por favor! –El poeta examinaba lupa en mano, apoltronado en su sillón predilecto, la superficie nacarada de una gran concha marina, mientras Sergio acomodaba leños de espino en la campana de cobre de la chimenea–. ¿Cuándo viajas?

–Si me hace un cheque por este monto a nombre de Exprinter, puedo hacerlo la próxima semana –repuso Cayetano entregándole una factura.

El poeta la examinó fugazmente y la dejó caer sobre la portada del diario *El Siglo*, que yacía junto a las patas de La Nube. Esperó a que el chofer saliera de la habitación, y dijo:

–Mejor dime cuánto necesitas y te hago el cheque de un tirón. No sirvo para los números. Matilde anda en Isla Negra. Yo acabo de volver del médico y, aunque estoy exhausto, confío en que no me dejes mal parado con tus gestiones en México, muchacho.

–Ya verá que encuentro a su doctor, don Pablo. No se preocupe –sus primeros pasos como investigador lo hacían sentirse más seguro.

–Confío en ti. Eres un tipo joven y despierto, has vivido en tres países, y a nadie sorprenderá que busques a otro cubano. En fin –lanzó un suspiro y se quedó contemplando el cielo encapotado de Valparaíso–, fue una suerte haberte conocido.

Cayetano se sintió honrado por el comentario. Satisfecho con su nuevo rol, prosiguió sus indagaciones:

–¿Y ese caracol?

Fue una buena pregunta. Le arrancó una sonrisa leve a don Pablo.

—Lo compré hace medio siglo en Rangún, en Birmania, donde tuve mi primer puesto diplomático gracias a unos amigos con contactos en la Cancillería —respondió alzando el rostro, dándose aires de importancia—. Claro que solo después me enteré por qué nadie quería ese cargo: pagaban una miseria. Terminé alimentándome con columnas que redactaba para diarios de Santiago. No había mucho que hacer en Rangún, pero al menos escribí poemas. Bueno, para ser franco, mucho verso hermético, indescifrable, que ni yo mismo logro desentrañar todavía. Los académicos europeos y norteamericanos, en cambio, gozan con ellos como si fuesen una mujer desnuda en una cama, o un hombre desnudo, más bien, porque de todo hay en la viña de señor, Cayetano.

Recordó una vez más su primer encuentro, el día del curanto frente al mar de Playa Ancha, y pensó que el poeta, en ocasiones, podía seguir siendo bastante hermético. Pero guardándose sus objeciones prefirió atenerse a la crónica de viajes.

—Supongo que el clima de Rangún debe de ser como el de La Habana, ¿o no?

—Rangún es tan húmeda, calurosa y exótica como tu ciudad, Cayetano. El aire, espeso, no te cabe en la boca. Las plantas y los árboles son idénticos a los de tu isla, y las frutas son las mismas. A mediodía no te queda más que tenderte a hacer siesta en la hamaca. Yo vivía frente al mar, entre cocoteros, junto a una playa de arena fina y blanca como la harina… y ahora no hay harina ni para hacer sopaipillas. Mi casa era modesta, de madera, con un techo de latas a dos aguas. No logré aprender la lengua de esa gente emparentada con los tifones, muchacho. Por las noches me apostaba a beber en el bar del Grand Hotel, frente al río, a la caza de mujeres.

—¿Bellas? —se atrevió.

—Preciosas —a juzgar por su sonrisa, el poeta no las olvidaba—. Pero nunca supe lo que pensaban. Cuando hacían el amor eran silenciosas como iguanas –agregó bajando la voz–. Tenían muslos recios, cintura de niña, un culo que cabía en tus palmas, senos leves, tímidos, y había algo de gimnasia en la forma en que se entregaban en la penumbra de los mosquiteros. Cayetano, esas mujeres no se parecen en nada a las nuestras.

Lo invitó al último piso de la casa para mostrarle su estudio, subiendo apenas los peldaños de concreto. Se trataba de un cuarto de paredes de madera con anaqueles repletos de libros y un ropero con espejo. La ciudad y la bahía bregaban por filtrarse por las ventanas. Una vieja Underwood negra, instalada sobre un antiguo escritorio esquinado contra dos ventanas, intrigó a Cayetano.

–¿Usted escribe los poemas a máquina?

–¿Estás loco? No hay quien componga buenos versos a golpe de teclado. La poesía se escribe a mano, con pluma, mi amigo. Los versos descienden del cerebro como la bajamar por las costas de Chiloé, fluyen por el cuerpo hacia las manos y desembocan en la hoja de papel –explicó mientras Cayetano observaba la puerta disimulada detrás de una gran fotografía en sepia, que mostraba a un hombre espigado, de barba larga y blanca.

–¿Y esa puerta? –preguntó.

–Da al helipuerto que diseñó Sebastián Collado. Y este cuarto iba a ser una pajarera gigante, abierta a la ciudad, pero, ya lo ves, se convirtió en mi estudio.

–Perdón. ¿Dijo usted helipuerto? –repitió Cayetano azorado.

–Exactamente –el poeta entornó sus párpados con parsimonia–. Un helipuerto. Sebastián era un gran soñador, un visionario.

Así que ahora pasaban de las naves espaciales a los helicópteros. Los poetas, en verdad, se lo permitían todo. Decidió no quedarse corto.

–¿Y el señor de la foto es su padre?

–En cierta forma –don Pablo sonrió divertido–. Digamos que es mi padre poético. Uno de mis grandes maestros. Para que veas, aquí guardo hasta un disfraz de él –dijo abriendo el ropero junto a la puerta–. Es Walt Whitman, un maravilloso poeta norteamericano.

—¿Está vivo?

—Digamos que sigue vivo. Los grandes poetas nunca mueren, Cayetano.

Extrajo del mueble un gancho del que colgaban una barba blanca, una capa y un sombrero de paja de alas anchas. Se ajustó la barba mediante un cordel que se amarró al cuello, se encasquetó el sombrero y luego se puso la capa. De un bolsillo sacó unas gafas con montura de alambre y una pipa larga y recta.

—¿Me parezco a él?

Cayetano comparó el retrato de Whitman con don Pablo.

—Diría más bien que él se parece a usted —afirmó.

—Bien dicho, Cayetano. Pero sin él, no sería quien soy —afirmó pensativo y escudriñó de nuevo en el ropero—. Ponte esos trapos.

—¿Yo?

—¿Quién si no?

—Es que…

—Es que, ¿qué?

Cayetano se vio obligado a desnudar sus prejuicios.

—Discúlpeme, pero lo de disfrazarse me huele, con todo respeto, a mariconería, don Pablo, para decirle la verdad…

—¿Y qué? Aquí, y que quede entre tú y yo —añadió con picardía—: Walt Whitman era marica.

—¿No ve? Mejor no me disfrazo. Me conformo con ser yo mismo.

—¡Pamplinas! La vida entera es un desfile de disfraces, Cayetano. Tú mismo te has disfrazado hasta ahora de habanero, emigrado, soldado norteamericano y de esposo, y ahora de detective privado. Un disfraz más no quita ni pone, además el hábito no hace al monje. A mí me fascina organizar fiestas de disfraces para mis amigos. Es la mejor forma de conocerlos. El disfraz que escogen los desnuda por completo, y ni lo saben. Vamos, muchacho, no seas corto de genio, y póntelo.

No le quedó más que obedecer.

–Es un traje del Cáucaso. Te queda –afirmó el poeta acariciándose la barba cuando Cayetano se vistió –. La capa se llama *bashlik*, ideal para el invierno, y el gorro es de *karakul*. Te advierto que todo eso cuesta una fortuna. Obsequio de la asociación de escritores soviéticos, de la época de Stalin. Más vale ni acordarse…

–Parezco cosaco.

–Y mira esto –sacó del ropero una corbata lila de guanaquitos verdes–. Hecha en telar indígena. Me la regaló Delia, mi mujer anterior, pero Matilde no me deja ponérmela. Ya sabes, las mujeres son como Cristóbal Colón: quieren que la historia de uno comience con su llegada. Te la doy porque trae buena suerte y cualquier día me la arroja al tarro de la basura.

–¿Está seguro? –era de textura áspera, pero agradable al tacto. Sobre el fondo lila, los guanacos brincaban alegres, pastaban ensimismados o contemplaban el horizonte.

–Siempre me ha dado suerte. Tiene casi cuarenta años. Llevándola conocí a grandes intelectuales europeos cuando vivía en el barrio de Argüeyes, en Madrid. Y también la usé cuando me tocó la clandestinidad. Quise ponérmela para recibir el Nobel en Estocolmo, pero Matilde y el protocolo real sueco se confabularon para obligarme a usar corbatín, como mozo de restaurante elegante. Me faltó solo la bandeja. Un disparate. Pero, ¿sabes tú qué hice?

–No, don Pablo.

El poeta cerró la puerta del ropero, y de pronto ambos –Walt Whitman y el hombre del Cáucaso– quedaron ante sus respectivas imágenes reflejadas en el espejo, inmóviles y sorprendidos de sí mismos. ¿Quién estaba disfrazado?, se preguntó Cayetano, ¿Whitman de Neruda, o Neruda de Whitman? ¿Y quién era él en esa vida que se reducía, según el poeta, a una suerte de carnaval perpetuo?

–Un detective que no sabe disfrazarse es como el poeta que no entiende de bebidas, ni comidas ni amores –comentó Whitman pasándole la corbata alrededor del cuello al hombre del Cáucaso.

–Pero aún no me ha dicho qué hizo con esta corbata en Estocolmo.

–Pues la doblé y guardé en el bolsillo interior de mi frac –Whitman le ajustó el nudo, sonriendo a través de las gafas–. Así que de todas formas recibí el Nobel con ella. Te la doy para que te proteja. Tal vez no te sirva para ganarte un Nobel, pero al menos para que no hablen mal de ti como detective. Bajemos.

En el *living* crepitaban los leños en la chimenea, mientras afuera la camanchaca se diluía, dejando retazos de cielo limpio a la vista.

–Estábamos hablando de las mujeres de Rangún –le recordó Cayetano, que tal vez debía su repentina desenvoltura al disfraz. El nombre de la ciudad le resonaba voluptuoso. Se dijo que un día no muy lejano debía salir del frío de Valparaíso y visitarla, regresar al latigazo pegajoso de los trópicos.

–Son enigmáticas –continuó el poeta acomodándose en La Nube. La barba le cubría hasta la barriga–. Y en materia de amor, al fin y al cabo, frustrantes. Nunca supe si era yo quien las hacía gozar en la cama, o si ellas gozaban siempre con cualquiera. Nunca supe si yo era prescindible y todos las hacían gozar igual, o yo era el escogido. Aún hoy me pregunto si las mujeres disfrutan igual con hombres diferentes –añadió el poeta, de pronto taciturno.

Cayetano no quiso que la alegría y la confianza compartidas se perdieran, de modo que se aventuró.

–Bueno, depende de cómo se las trate, don Pablo. Mi padre decía que son como la flauta, suenan según se las cuide y acaricie.

–Está un poco anémica la metáfora, pero puede que tu padre haya tenido razón –concedió el poeta, benévolo–. En ese caso ya no es lo mismo –concluyó.

–¿A qué se refiere, don Pablo?

–A que si cualquiera le arranca las mismas notas a una misma mujer, entonces se pierde lo único e incomparable de cada amor. En fin, como te decía –agregó con un tenue destello en sus ojos cansados–, en Rangún me topé con mujeres de razas y costumbres diversas. A veces invitaba a tres al mismo tiempo a mi casa, y nos deleitábamos hasta el delirio en la noche alta y húmeda, bañados en sudor entre las ondulantes paredes del mosquitero, sin saber yo de qué vulva bebía, qué boca besaba o qué concavidad exploraba.

—Pero eso es el paraíso, don Pablo —comentó Cayetano sonriendo extasiado, y colocó el gorro de *karakul* sobre sus rodillas, acalorado e incrédulo por el relato.

—Suena excitante, pero en verdad no lo es tanto, después de todo. Solo entré en sus cuerpos, jamás en sus almas. ¿Entiendes? Sucumbí siempre como un náufrago extenuado ante los muros inconquistables de esas mujeres gráciles y misteriosas.

—Ya quisiera yo haber nadado hasta allí, don Pablo.

—Pero es que al final no queda nada de todo eso —sintetizó con agobio—. Hay gente dispuesta a matar por amor o celos, o por despecho o envidia, pero de esos cuerpos apasionados al final no queda nada, ni el eco de sus voces ni su imagen en los espejos, Cayetano.

Pensó que retornaba la melancolía del día en que se conocieron y que había mucho de teatral en el poeta además del disfraz. Como si además de Whitman representara su propio personaje, como lo había dicho durante el primer encuentro de ambos, en la penumbra, cuando don Pablo —que se llamaba en realidad Neftalí Ricardo Reyes Basoalto— exhibía sus pasiones y tristezas con un sentido del espectáculo que hacía dudar de lo que habría detrás. Trató de imaginarse al poeta en su juventud. La cabellera copiosa y retinta cayéndole sobre la frente, una mirada de galán, la voz fresca, el mentón marcado. Le costaba aceptar que ese anciano de mejillas amarillentas hubiese sido el mismo muchacho que en el pasado celebraba orgías a la orilla de la playa, en las lejanas noches del Oriente. ¿Recordaba el poeta las refriegas de la carne atenazado aún por el deseo de volver a acariciar y poseer esos cuerpos sudorosos, o sus evocaciones ahora eran sosegadas y vagas, huérfanas ya de pasión? Recogió la concha que yacía junto a *El Siglo*, cuya primera plana denunciaba el paro nacional del transporte que la derecha tramaba para derrocar a Allende, y se dijo que cuando ese caracol se arrastraba por el fondo marino frente a Rangún, el poeta era un veinteañero, como él ahora. Sin poder reprimir un escalofrío, imaginó que en ese preciso instante se deslizaba por la arena del fondo del mar de Valparaíso otro caracol que algún muchacho tomaría entre sus manos medio siglo más tarde, cuando él anduviese por los setenta. Palpó con la yema de sus dedos la fina textura de hoja seca de la concha y pensó en algo que solo pensaban los viejos, y que lo martirizaba de pronto a él ahora, sin saber por qué: la fragilidad y la fugacidad de la vida.

—Este caracol tan delgado parece papel de volantín —afirmó de pronto—. Con un poco de viento sur hasta podría encumbrarse sobre los techos de Valparaíso, don Pablo.

—Lo que dices indica que te estás convirtiendo en poeta —afirmó el Nobel satisfecho, acariciándose la barba falsa con aire filosófico—. A veces algunos amigos míos se sienten poetas, y es como si mi poesía los contagiara. Tú, para volverte poeta, deberías conocer a Walt Whitman primero, Cayetano. Pero, ¿qué crestas te estoy proponiendo? Para lo nuestro es preferible que sigas leyendo simplemente a Simenon, que ya ha escrito bastante.

—Centenares de novelas, dice la introducción del primer tomo —Cayetano se desprendió de la capa y la dobló con cuidado sobre el respaldo del sillón floreado.

—Ha escrito más de trescientas novelas. A decir verdad, no sé cuándo caga, mea o fornica el Simenon ese.

Mientras el poeta se ponía de pie y cruzaba el *living* en sus zapatillas de levantarse, Cayetano le preguntó con una súbita necesidad de sosiego por qué confiaba en él, por qué creía que él emplearía el dinero, una pequeña fortuna con el dólar ahora por las nubes, en buscar a Bracamonte. Bien miradas las cosas, podría olvidarse del médico, del poeta y de cuanto hay y desvanecerse en el Distrito Federal. No lo encontrarían nunca, ni aunque lo buscasen con velas.

—Ya te lo dije: simple intuición de poeta —repuso serio, ahora detrás del bar, transformado todavía en Whitman—. ¿Te apetece un Coquetelón?

—¿Un qué? —preguntó el cosaco.

—Un Coquetelón, un trago que inventé hace años. —Sacó unas botellas y un par de copas de la barra, y empezó a combinar—. Una medida de coñac francés, otra de cointreau de Angers, y dos de jugo de naranja. Es para chuparse los bigotes, lo que en tu caso será literal. ¡Brindemos por nuestro éxito, Maigret del Caribe!

9

Oh Maligna. Ya habrás hallado la carta, ya habrás
llorado de furia,
y habrás insultado el recuerdo de mi madre
llamándola perra podrida y madre de perros
(de "Tango del viudo")

*¿Dónde estará Josie Bliss, la furiosa, la maligna, la pantera birmana que
me libró del sexo recatado y culposo que yo practicaba como estudiante
entre las sábanas húmedas y gélidas de las noches invernales de Santiago, y
me condujo hacia los febriles combates cuerpo a cuerpo de Rangún? Nunca
antes había estrechado entre mis brazos una hembra tan lasciva, sabia y
desinhibida como ella. Más que un cuerpo, Josie Bliss era un relámpago,
una diosa de melena azul y extremidades largas y finas, de pezones oscuros
y caderas estrechas, la dueña de unos ojos penetrantes y misteriosos. La
conocí después del diluvio que un día azotó Rangún e inundó la casa que
yo alquilaba frente al mar, en la calle Probolingo. Era una beldad con
gotas de sangre asiática en el rostro, una birmana bastante pura, si es que
hay birmanos puros en ese país de calles atestadas de mestizos envueltos
en atuendos y aromas cautivadores, bordeadas por tenderetes de indios
delgados como agujas, que exhiben peines, sedas y especias, gansos que
aguardan su sacrificio en jaulas de bambú y pescados de aspecto mitológico,
en torno a los cuales se arremolinan las moscas.*

Goteaba aún el agua desde las canaletas cuando Josie Bliss apareció en mi casa. Venía recomendada por su hermano, un médico imberbe que no lograba apaciguar mis dolores estomacales ni la fiebre que me atormentaban desde mi llegada a Rangún. Ella entró a mi cuarto silenciosa como una sombra, cuando yo, desde mi mosquitero, solo esperaba resignado oír las pisadas de la muerte.

—Estoy aquí para lo que desees —anunció en un inglés lánguido, con una voz de niña que era una caricia y, después de posar su palma sobre mi frente sudorosa y ardiente, comenzó a preparar un menjunje que me salvó la vida.

Durante los primeros días se vestía como una inglesa, pero pronto dejó de lado el atuendo europeo y empezó a llevar un sarong de seda, blanco y vaporoso, que le confería el aspecto de un hada ingrávida. Que deambulaba completamente desnuda bajo esa indumentaria lo descubrí el día en que la tumbé en mi cama. Ella reía como si su cuerpo color de mostaza fuese de otra mujer, y ella presenciase el abuso desde el balcón de un teatro. Josie Bliss me deparó placeres insospechados para un joven melancólico que venía del sur lluvioso y las calles desoladas de Santiago: me ofrecía sonriendo su vulva húmeda, perfumada y hendida como una breva madura, y paseaba por mi boca sedienta sus pechos como si fuesen racimos de uvas. Sin embargo, nunca toleró que yo la besara, nunca permitió que yo posase mis labios sobre los suyos, o que mi lengua recorriese su hilera de dientes, o explorara el cofre de su boca. Recuerdo la noche en que me dijo que yo podía disponer de su cuerpo, ocuparla incluso cuantas veces quisiera por su arrabal redondo y erguido, o desfogarme entre sus labios, si me placía, pero que no intentara besarla en la boca.

Con el tiempo Josie Bliss comenzó a circular desnuda por la casa. Así me traía el desayuno a la cama, planchaba mis camisas y corbatas, aseaba el piso o me entregaba la taza de té al término de mi jornada. Y se dejaba hacer el amor donde fuese: mientras preparaba el almuerzo junto al fogón, cuando recogía del suelo mis calcetines, o empolvaba de blanco mis botines. Me obligaba a amarla de noche y de día, todos los días, todas las semanas. La obsesionaba una cosa: mantenerme satisfecho y extenuado para que no se me pasase por la cabeza serle infiel. Quería que yo me apagase solo entre sus muslos y no volviese a encenderme sino entre ellos. Fue así como empezó a llegar de improviso a mi despacho del Consulado, a inspeccionar mis cartas, a destruir aquellas que pudiesen encerrar mensajes amorosos, a olfatear mis ternos, a revisar mi espalda en busca de rasguños dibujados por alguna amante. En las noches, asomada a la ventana, aguardaba inmóvil, pétrea, mi retorno a casa. Me abrazaba presa de impaciencia, me desvestía y luego me aplicaba masajes de pies a cabeza con una crema lechosa, tibia y perfumada. Al rato se montaba sobre mí para cerciorarse de que yo no había estado con otra. Pero su boca siguió siendo siempre una fortaleza irreductible para mí.

Una noche, cuando desperté alertado por el crujido del piso de madera, la vi rondando desnuda alrededor del mosquitero. Su cuerpo untado en aceite de coco refulgía como el de una deidad tántrica. Empuñaba un puñal largo y afilado. Aún recuerdo el brillo esquivo de la hoja, su respiración agitada, el latido desbocado de mi corazón, el terror entumeciéndome los miembros, mi boca seca como si yo cruzase a pie el desierto de Atacama.

—Se que estás despierto —murmuró mientras yo simulaba dormir parapetado en la penumbra. La hoja de acero cimbraba en su mano. Mi cuerpo comenzó a sudar de espanto. Sus ojos refulgían de celos y locura en la noche del cuarto—. Te mataré mientras duermes. Muerto nunca podrás engañarme.

Escapé al día siguiente, a primera hora, a Ceilán, donde me esperaba un puesto de cónsul secretamente negociado con un amigo de la Cancillería. Pero la maligna no tardó en llegar allá con los discos y la ropa que yo había abandonado durante mi fuga. Se instaló frente a mi casa. Desde ahí perseguía cuchillo en mano a cuanta mujer solía aproximarse a mi puerta. Tuve que emprender la huida una vez más. Lejos. Hacia donde ella jamás pudiera alcanzarme.

Aún recuerdo la última vez que la vi. Fue una mañana sofocante en el puerto. Las aguas exhalaban un vaho a troncos y cuerpos putrefactos, a gasolina y restos de comida, y el olor a especias cruzaba el aire. Yo estaba por abordar la embarcación que me pondría a salvo de Josie Bliss, cuando descubrí con un estremecimiento que ella, cartera en mano, me esperaba en medio de la pasarela de acceso a la nave. No me quedó más que seguir avanzando con la hilera de pasajeros, hasta que la furiosa se interpuso en mi camino. Me detuve sudando aterrado, pues percibí de refilón la punta del puñal que relumbraba ansioso por el borde de su cartera. El corazón se me subió a la boca y el paisaje se me volvió difuso y oscilante, y de pronto vi a Josie Bliss apuñalando con furia mi pecho, y cada puñalada era una brasa que mordía mi carne, y mi sangre comenzó a manar a borbotones, oscura y espesa, manchando mi camisa y mi traje blancos y las viejas tablas de la pasarela, y perdí el equilibrio y caí al río. Tardó una eternidad en disiparse esa visión infernal, producto de mi imaginación desbocada y la pestilencia de las aguas, porque en verdad Josie Bliss no atinó a ejecutar movimiento alguno. Siguió simplemente allí, como petrificada delante mío, llorando sin palabras, reducida a condición de estorbo para el tránsito de los pasajeros. Y de pronto comenzó a besarme con delicadeza la frente, y luego sus besos fueron descendiendo por mi nariz, mi barbilla y mi pecho, resbalando a lo largo de mi traje inmaculado y planchado, a lo largo de mi cuerpo, hasta que alcanzó mis botines recién empolvados de blanco. Permaneció allí de hinojos, postrada ante mí, abrazando mis pies como si yo fuese un dios bajado del cielo. Sobre nosotros las gaviotas graznaban volando en círculos y un pitazo de nave trisó el cielo. Cuando Josie Bliss volvió a alzar su bello rostro desde el suelo, vi algo doloroso e indigno, que jamás olvidaré: sus mejillas, su frente y su nariz estaban completamente embadurnadas con el polvo de mis botines. Lloraba en silencio, consternada y trémula, pálida como un fantasma enfermo.

—No te vayas, por favor —imploró arrodillada en la pasarela que cimbraba.

—Por ti me quedaría —recuerdo que le dije. La fila aguardaba muda a mis espaldas.

—Entonces, ¿por qué te vas, Pablo, si por mí te quedarías?

—Por ti me quedaría, Josie. Pero si me quedo, jamás llegaré a ser el poeta que anhelo ser un día —repuse antes de apartarla con un gesto suave, aunque resuelto, para continuar con mi maleta de madera hacia la nave colmada de pasajeros y animales.

Fue la última vez que vi a Josie Bliss.

10

Cuando Cayetano Brulé volvió esa noche a la vivienda que arrendaba en la población de la Marina Mercante, del cerro San Juan de Dios, encontró a su mujer arreglando una maleta en el dormitorio.

—¿Qué ocurre, Ángela? ¿No te ibas a quedar en Santiago por unos días? —le preguntó. Eran cerca de las diez y la neblina tenía embozada la ciudad. Después de la conversación con el poeta, Cayetano había confirmado el pasaje aéreo y el hotel en Ciudad de México, y más tarde, desde la barra del Antiguo Bar Inglés, premunido de un pisco-sour, había dejado pasar el tiempo contemplando a los jugadores de dominó que castigaban las mesas con sus fichas. No esperaba, sin embargo, encontrar a su mujer, y menos todavía preparando maletas.

—Me voy para La Habana —repuso ella.

—¿A La Habana?

—Tal como lo escuchas. Por tres meses.

La noticia lo sobrecogió y le causó envidia. Se vio a sí mismo paseando por La Habana Vieja, escuchando el alboroto de voces y música que vomitan hasta la madrugada los solares, espiando el interior en penumbras de las casas por las ventanas abiertas, la gente sentada bajo los portales en la noche tibia, fragante a sudores y ron. Que su mujer era radical en política era algo que sabía, que apoyaba al gobierno de Allende era un dato de la situación, pero jamás habría imaginado que pudiese abandonar el país en un momento tan álgido, en una coyuntura "tan compleja", como aseguraba el comandante Camilo

Prendes. Y se iba por tres meses. Se sintió decepcionado, amenazado, traicionado, a pesar de que él también preparaba un viaje.

—¿Y puede saberse a qué vas? Chile se cae a pedazos y tú de paseo por el Caribe…

Ángela colocó todo su peso sobre la maleta, que se negaba a cerrar, y dijo:

—Es una misión política.

—¿Política?

—Eso es —lo miró desafiante.

—¿Qué vas a hacer?

—Voy a prepararme para lo que viene. Voy a Punto Cero.

Él se sentó en el borde de la cama, crispado e incrédulo. Punto Cero era la base militar, donde el gobierno cubano adiestraba a guerrilleros de todo el mundo. En la distancia restalló un disparo de fusil.

—¿Te has vuelto loca? ¿Te cansaste de intervenir fábricas y ahora te dedicas a guerrillera? —protestó—. ¿Tan mal estamos, mi niña? —¿Crees que el ejército chileno es de opereta como el de Batista? No lo derrotas con trescientos barbudos armados con rifles y pistolas. Es una irresponsabilidad.

—Llámalo como quieras, pero me voy para allá. A este Gobierno lo van a derrocar si no lo defendemos con las armas. La derecha está conspirando con Nixon y los militares.

—¿Y el "no a la guerra civil" que pregona tu partido por todas partes?

—No habrá guerra civil si el enemigo nos ve preparados para ganarla. Es precisamente lo que los viejos del partido no entienden.

Tuvo que admitir que su mujer no era la única que pensaba de ese modo. Se rumoreaba que miembros del Partido Socialista, el MAPU y el MIR, e incluso de la Izquierda Cristiana y la Juventud Radical Revolucionaria, hasta hace poco de línea moderada, viajaban ahora a La Habana para adiestrarse militarmente en cursos relámpago. Les enseñaban a usar fusiles AK, saltar obstáculos, trepar por cuerdas, armar bombas molotov, y una que otra táctica de ataque y repliegue, y vol-

72

vían a embarcarlos en el aeropuerto José Martí con destino a Ciudad de México o Praga, desde donde emprendían enrevesadas rutas de regreso al país. Punto Cero, en las inmediaciones de la capital, era uno de los centros más prestigiosos y afamados, pues su instructor estrella era el ya legendario Benigno, comandante que había luchado con el Che Guevara en las montañas de Bolivia, y que sobrevivió milagrosamente al cerco tendido por los *rangers* bolivianos y estadounidenses. ¿Entonces los comunistas, hasta hace poco fieles defensores de la vía pacífica hacia el socialismo, impulsada por el presidente Allende, también desfilaban ahora a La Habana para volver al cabo de unos meses hablando con acento caribeño, gesticulando aspaventosos, llevando un puro colgado de la boca, vestidos con boina, chaqueta verde olivo y botas de caña alta, como si fuesen el mismísimo comandante en jefe? Era como si la condición de revolucionario tuviese como premisa convertirse en una caricatura de Fidel Castro. Los jóvenes retornaban fascinados con los hierros y la teoría del foco revolucionario, con la versatilidad de los AK y la historia del Ejército Rebelde, arrojando por la borda la tradición política chilena, dispuestos a imponer el socialismo gritando "patria o muerte". Así que su mujer se iba a eso…

—Pensé que antes de tomar una decisión de esa envergadura, conversarías conmigo —dijo atusándose los bigotes, sin disimular el temblor en la voz.

Ángela cruzó el cuarto con las manos en jarra y se detuvo delante de la ventana. A sus espaldas, la ciudad perdió consistencia y realidad para Cayetano.

—Lo nuestro no tiene arreglo —afirmó de pronto Ángela con frialdad—. Nos conviene esta separación. Tal vez lo mejor para ti sea irte de Chile, donde no te adaptas y, en lugar de volver a Miami, regresar a tu isla para integrarte a la revolución. Aquí y en Estados Unidos siempre serás un extranjero. No hay nada peor que ser un apátrida.

—Pero, chica, eso sí le zumba el mango. Tú ya no solo sabes lo que te conviene a ti, sino también a mí y al resto del mundo —repuso picado. Lo irritaban la impetuosidad y vehemencia de su mujer, su tendencia a adoptar decisiones a la carrera.

—Es preferible pasarla más o menos en el país de uno que gozar en uno ajeno.

—Ángela, no vengas ahora a organizarme la vida.

—Al menos soy sincera.

—Estás acostumbrada a tomar decisiones que por lo general afectan la vida de otros, y en este caso la mía.

—Es que lo nuestro no funciona, Cayetano. No te engañes. ¿Qué más quieres que te diga? ¿Te molesta mi franqueza?

—Te la agradezco. Y que esto no funciona, no necesitas recordármelo. Por eso no hago escándalo cuando te vas por varios días de la casa. Tú andas en lo tuyo, yo en lo mío.

—Te aclaro, corazón, que yo ando en tareas políticas, no en aventuras amorosas. Para que te quede claro —gritó enardecida.

—Me importa un rábano en lo que andas, chica, pero a mí no me envíes a La Habana. Si lo nuestro se jodió, yo sabré qué hago y adónde carajos me marcho.

Se había dejado seducir ya una vez por sus palabras. Y había terminado en esa casa de Valparaíso. Antes vivía tranquilo en Hialeah, que si bien no era La Habana, tenía al menos un clima parecido y una fauna cubana que cultivaba la nostalgia perpetua hacia la isla. Era raro. Los cubanos amaban su isla pero desde lejos, los chilenos, en cambio, sufrían en su propia patria, mas no la abandonaban ni cambiaban por nada del mundo. Y como se había enamorado en Estados Unidos de Ángela y convencido de que valdría la pena participar en el proceso revolucionario de Allende, la había seguido a Chile, en marzo de 1971. Entonces la revolución marchaba sobre ruedas, los chilenos la miraban esperanzados, el mundo la celebraba, y él mismo gozaba la efervescencia que contagiaba al país, anunciando un nuevo comienzo. Él no conocía el socialismo de la isla, y en la Florida se había acostumbrado a gozar el *cubaneo* nutrido por diarios y radios del exilio, a sustituir la ausencia de experiencias isleñas mediante las travesuras de la memoria. No conocía la revolución tropical que Ángela apoyaba con entusiasmo desde la distancia, y ahora estaba en un país que no era el suyo y al que había arribado por una curiosa mezcla de amor y política. Chile era diametralmente opuesto a su isla natal, con inviernos que partían los labios y presagiaban el fin del mundo, con gente de una solemnidad grave y profunda, ajena a la irreverencia lúdica del Caribe, con una voluntad de sacrificio y trabajo desconocida en la isla de la eterna pachanga. En el Cono Sur, por desgracia, la vida se tomaba tan en serio como en la Prusia de Federico el Grande, concluyó. No, no volvería a seguir los consejos de su mujer. Muy fina y delicada sería, muy consciente de las injusticias e inequidades de la vida, egresada de La Maisonette y de *college* gringo, esquiadora y equitadora experimentada, hija de familia con tierras en Colchagua y acciones en empresas, pero no volvería a obedecerle. Estaba bueno ya de ser borrego, de seguir a una mujer que vivía de la mesada de su padre capitalista y no tenía empacho en respaldar a la vez la expropiación de sus propiedades. No, nunca más seguiría sus recomendaciones, solo le habían acarreado desdichas, de ahora en adelante el haría lo que le saliera de los timbales.

—Deberías ir a Cuba, vivir allá, empaparte de la revolución –insistió Ángela. Las tablas del piso de madera crujieron bajo sus mocasines. Junto a la maleta, aún sin cerrar, había un frasco de Cocó Chanel, y por un costado asomaba un pañuelo Hermes de seda.

—Lo que dices demuestra que no me conoces. Lo que añoro es ser independiente, como lo era en Hialeah y Cayo Hueso, coño. Aquí aún no consigo ni una miserable pega.

—Ya te dije que en cualquier momento salta la liebre...

—Eso es más viejo que la historia del tabaco, chica. Estamos a junio de 1973 y sigo esperando, manejando el carro que te regaló tu papaíto, viviendo en la casa que nos paga él, y alimentándonos de su billetera. Esa dependencia mató nuestro amor.

—¿Mató, dijiste?

—Mató, sí, mató.

—Veo que tiras por la borda lo nuestro.

—Tú lo tiraste ya hace rato.

—No voy a discutir boberías contigo —repuso ella e intentó una vez más, infructuosamente, introducir el Hermes por un costado de la maleta—. Yo me voy esta noche a Cuba y sanseacabó. Lo mejor es que conversemos de todo esto a la vuelta. ¡No es buen momento para andar con discusiones pequeñoburguesas, chico, es la hora de los mameyes!

11

El *flash* de último minuto de Radio Magallanes llegó a la Alí Babá con disparos como música de fondo. El reportero transmitía desde el centro de la capital, donde el regimiento Tacna se había sublevado contra el gobierno de Salvador Allende y avanzaba hacia el Palacio Presidencial de La Moneda. La asonada salía por radio en vivo y directo, como en las películas norteamericanas, convirtiendo al país en espectador pasivo de cuanto ocurría. Sentado junto a la ventana, como negándose a admitir lo que acaecía, Cayetano esperaba ante una humeante taza de café a que el poeta cruzase por el pasaje Collado en dirección a su casa, para despedirse de él.

—Se rebeló un tal coronel Souper —comentó Hadad secándose las manos en el delantal—. Ahora sí que se va todo a la mierda…

Los reporteros describían a gritos el desplazamiento de los tanques del principal regimiento chileno. Otro periodista llamó a la población a guardar la calma en las fábricas, asentamientos campesinos, puertos, oficinas y universidades. El presidente Allende, informaba otro reportero desde un puesto móvil en el Barrio Alto, había salido de su residencia, en la calle Tomás Moro, y avanzaba con sus guardaespaldas a toda velocidad hacia La Moneda en su caravana de Fiat 125 azules. Desde allí se proponía sofocar la intentona.

—¿Y los militares leales a Allende? —le preguntó Cayetano a Hadad, que miraba pensativo a través de la ventana hacia el teatro Mauri, donde descansaban los perros. El Collado se alargaba sucio y desierto—.

Porque si es el presidente en persona quien tiene que salir en este país a enfrentar a los sediciosos, entonces sí que estamos jodidos, compadre.

—Parece que no todas las unidades militares apoyan a Souper —dijo Hadad.

—¿Ah, sí? ¿Y cómo lo sabes? —Cayetano encendió un cigarrillo.

Afuera la vida continuaba como si nada, pensó preocupado, expulsando con voluptuosidad una voluta. Es decir, la vida seguía en sordina, sin ecos ni estridencias, sin gente enardecida que saliera a protestar contra lo que ocurría en Santiago. Una neblina espesa comenzaba a desdibujar la ciudad y a Cayetano se le antojó que aquello era un pésimo augurio. Sintió que un tornillo se le soltaba del alma. ¿Y dónde estaría su mujer ahora? ¿En alguna casa de seguridad de Santiago, dispuesta a defender al Gobierno con las armas, o ya en el calor pegajoso de La Habana, de uniforme verde olivo, arrastrándose por barriales y con un Kalashnikov al hombro?

Un comunicado del comité de partidos de la Unidad Popular anunció que el Gobierno entregaría en breve orientaciones para enfrentar a los golpistas, y que por el momento los chilenos debían mantenerse en pie de guerra en sus lugares de estudio y trabajo. Según los periodistas, Allende continuaba avanzando en el tráfico de la mañana hacia el centro capitalino, en un viaje al parecer interminable y laberíntico, después del cual hablaría al país. ¿Qué sentido tenía esa llamada a la calma para alguien desempleado y extranjero como él?, se preguntó Cayetano. ¿Debía salir corriendo hacia la fábrica Hucke, donde había hecho guardia noches atrás, y ponerse a disposición del comandante Camilo Prendes? ¿Y después qué? ¿Salir a enfrentar a los milicos armados, los tanques y camiones blindados, a esos oficiales que conspiraban contra la democracia desde que Allende llegó a La Moneda, como decía su mujer? ¿Enfrentarlos y con qué? ¿Con la caña que le habían ofrecido en la Hucke, con hondas, piedras y linchacos?

Por la avenida Alemania pasaron dos camiones con obreros que ondeaban banderas rojas y verdes, simpatizantes del gobierno popular, que parecían tener prisa de llegar a un sitio. En el pasaje Collado, sin embargo, los perros seguían enroscados bajo la marquesina del teatro, y aún no había señas del poeta. ¿Estaría aún en el hospital? ¿Lo atenderían los médicos esa mañana, o lo detendrían los sublevados? Se sintió impotente. El panorama lo intimidaba: un coronel alzado en la capital, Ángela a punto de irse a Cuba, el matrimonio por sucumbir, el poeta enfermo, y él con la misión de ubicar al único médico que podía salvarlo. Temió que la sedición se estuviese multiplicando en el país como las células malignas en el cuerpo del poeta.

No le quedó más que permanecer en el Alí Babá con la desalentadora sensación de que era un simple espectador de los acontecimientos. Tenía razón su mujer. Ser extranjero era lo peor. Preferible sufrir la desdicha en la patria que pasarlo medianamente bien en el extranjero. Le pidió a Hadad otro café y mientras vertía el polvo en la cafeterita, refunfuñando detrás de la barra, escuchó un nuevo despacho radial. Esta vez el reportero anunciaba con voz enronquecida y truculenta, de radioteatro de las dos de la tarde, que ahora el jefe del Ejército, general Carlos Prats, marchaba pistola en mano por el centro de la capital a aplastar la rebelión. ¿A quién apoyaría el resto de las Fuerzas Armadas?, se preguntaba alarmado el periodista entre bocinazos y gritos. Al cabo de tres cafés, la tensión decreció. Souper se rendía, anunciaban ahora. Con ello regresaban el orden y la tranquilidad, las emisoras pro Gobierno celebraban a Prats como un héroe, y se decía que Allende estaba de nuevo en su despacho de La Moneda, al mando del país de Arica a Magallanes, incluyendo las islas de Pascua y de Robinson Crusoe. Los partidos de izquierda convocaron de inmediato a una manifestación ante el Palacio Presidencial para esa tarde, y "La batea", pegajosa canción del conjunto Quilapayún, comenzó a alegrar el día con su ritmo caribeño. Por la avenida Alemania volvía a circular gente, reaparecían los autos y microbuses, y la Alí Baba se colmó de parroquianos alegres, y la ciudad se inundó de vida.

Según decían los que bebían el apestoso vino suelto en la barra de la fuente de soda, un vino que Hadad adelgazaba con agua por las noches, Allende había obligado a las Fuerzas Armadas a aplastar el levantamiento con su decisión de defender mediante las armas la democracia. Si no lo hacían ellas, les había dado a entender desde la radio de su Fiat 125, lo haría él con el fusil en la mano y el apoyo de sus guardaespaldas y el pueblo, y los uniformados serían responsables ante la historia de lo que ocurriera. Frente a esa amenaza hasta los generales conspiradores lo respaldaron, y el fiel Prats pudo salir a la calle a desarmar a los insubordinados con las espaldas cubiertas. El relato se convertía vertiginosamente en leyenda: solo y con la pistola en ristre, detenía el general el ensordecedor avance de los tanques rebeldes, mientras desde las veredas el pueblo coreaba su nombre. Souper se había asomado por la torre de su tanqueta como una rata por el agujero de su guarida y la muchedumbre había aplaudido frenética la victoria de la democracia.

Esa noche tuvieron lugar en todas las plazas de Chile manifestaciones organizadas por la Central Única de Trabajadores y la Unidad Popular. En Santiago millares de ciudadanos celebraron delante de La Moneda, donde Salvador Allende, desde un balcón, agradeció a Prats, a las Fuerzas Armadas y al pueblo su defensa de la Constitución. En Valparaíso, Cayetano se sumó a las fiestas en la plaza del Pueblo, donde bailó cumbia y boleros con una joven de cabellera negra y rizada, ojos color aceituna y piel café con leche, que llevaba una camisa amaranto y mostraba unos dientes grandes y parejos cuando sonreía. Regresó a casa por la madrugada, después de beber con la muchacha pisco-sour en un Jota Cruz atestado de clientes, que saboreaban chorrillanas con papas fritas, bebían vino y cerveza, y cantaban a voz en cuello "Bandera rossa" y "La Internacional".

Leía a Maigret en la soledad del dormitorio, cuando sonó el teléfono.

—No me preguntes de dónde llamo —le anunció su mujer con tono de ultratumba—. Esto fue solo el ensayo del golpe. Ahora ya saben que el pueblo no tiene armas para defenderse. Estamos en sus manos. ¿También fuiste uno de los ingenuos que salió a celebrar el gran ensayo del golpe fascista?

12

El cielo del Distrito Federal era plomizo y compacto como las naves de guerra atracadas en el puerto de Valparaíso, pensó Cayetano Brulé en el asiento trasero del "cocodrilo" que lo trasladaba del aeropuerto a su hotel, en la Zona Rosa. El Chrysler se abría paso a vuelta de rueda entre el tráfico de micros, camiones, taxis y motos y el griterío de los vendedores ambulantes que inundaban las arterias céntricas, ofreciendo agujas, peines, refrescos y diarios. Nuevos edificios de hormigón y cristal reemplazaban a las mansiones de columnas, balcones y jardines, y le cambiaban el rostro a las calles. Enormes letreros comerciales disimulaban sitios eriazos con casuchas pobres, y la proliferación de Cadillacs de cola cromada y chofer de uniforme hablaban de las fortunas que se amasaban en México. Una infinidad de restaurantes con sus mesas en las veredas, al aire libre, abiertos al benigno clima capitalino, henchidos de clientes bulliciosos y alegres, contagiaban a la ciudad de un optimismo que nació de la convicción de haber encontrado la senda del progreso. Cayetano pensó con tristeza en la ciudad de Santiago, a esa hora sumida en el frío y la oscuridad, envuelta en los gritos de los desórdenes callejeros, y el humo de las bombas lacrimógenas.

Aún no entendía la discreción del poeta al buscar al hombre que podía salvarle la vida. Le parecía inexplicable esa reacción de parte de alguien que presentía la muerte. ¿Era cierto que mantenía en secreto su enfermedad para no entregarle armas a la derecha en su campaña contra Allende? Tantas preguntas sin respuesta, pensó bajando el vidrio de la ventanilla, aspirando el olor a gasolina y alquitrán de la calle, escuchando el rumor de motores y la súplica de unas mujeres que corrían junto al taxi para que les comprase velas y fósforos. En rigor, Neruda era un ícono de la izquierda del mundo como poeta consagrado, militante comunista y amigo de Allende. ¿Y a eso se debía que, a pesar de que Bracamonte representaba su última esperanza, no le pedía ayuda pregonando su nombre a los cuatro vientos?

Pensó en lo que había dejado atrás: un Chile dividido y triste, donde escaseaban los alimentos y reinaba la incertidumbre, un Valparaíso extraviado por las mañanas en la camanchaca fría que borraba contornos y mitigaba los ecos, sumiendo a sus habitantes en la congoja. Aunque sofocada, la rebelión del coronel Souper había tenido consecuencias nefastas para el Gobierno. Días atrás las esposas de varios generales habían aprovechado un acto público para arrojarle maíz a Prats y acusarlo de marica por no oponerse al comunismo. Deprimido por la campaña y las presiones, el militar presentó su renuncia al presidente. Allende perdió al soldado y en su reemplazo nombró a un general de pobre oratoria y escaso talento, vulgar y relamido que, según los eternos comentaristas de la barra del Bar Inglés, tenía al menos una ventaja: respetaba a pie juntillas el orden constitucional. Era Augusto Pinochet Ugarte.

¿Qué estaría haciendo el poeta?, se preguntó Cayetano Brulé al bajar del taxi frente al Savoy, ubicado en un magnífico barrio de casas de dos pisos y calles arboladas, que animaban restaurantes, bares, cafés, librerías y galerías de arte. Supuso que a esa hora estaría escribiendo sus memorias o bien creando nuevos poemas, o tanteando las colecciones de conchas, sumido en su sosiego de reptil. Después de cada sesión en el van Buren, reposaba durante horas en su lecho, callado, sin chispa en la mirada, dormitando, confiando en que él lograra ubicar al doctor Bracamonte. Seguro que Matilde acomodaba entretanto los libros, disfraces, muebles y figuras, que iban llegando desde Francia. El afán y la minuciosidad con que su mujer clasificaba esos objetos despertaban sin embargo sospechas en el poeta.

–Creo que más que ordenar para nuestro regreso oficial a Chile, lo está haciendo para el museo que piensan inaugurar cuando yo me muera –le había confiado en el *living* de La Sebastiana, poco antes de su partida.

–Su habitación, señor Brulé. Cuarto piso –le informó el recepcionista mientras un botones le acarreaba la maleta.

El catre soltó un quejido lastimoso cuando se sentó en él. Buscó en la guía telefónica el nombre de Ángel Bracamonte y, tal como se lo había imaginado, encontró una larga lista bajo ese apellido, pero a ningún Ángel Bracamonte. No se amilanó. Actuaría como si fuese Maigret: al día siguiente visitaría los sitios donde podía obtener datos para su pesquisa: el Colegio Médico y el diario *Excelsior*.

No tardó mucho en concertar ambas citas por teléfono. Una con la encargada de relaciones públicas del Colegio Médico, la otra con un jefe de crónica del periódico. En ambos casos se presentó como periodista independiente, que escribía reportajes para la revista chilena de izquierda *Hoy*. Y en ambos lugares le respondieron que lo recibirían con los brazos abiertos. Salvador Allende y su gobierno despertaban simpatías en México, porque lo veían como una esperanza en un continente donde eran muchos los políticos corruptos.

Después, llamó a Laura Aréstegui, a Valparaíso, le prometió que buscaría los libros que le había encargado y le aseguró que el Distrito Federal lo contagiaba de vitalidad y optimismo.

–No te costará reconstruir su ruta allá –comentó ella. Estaba en su oficina tratando de optimizar la distribución del pan, la carne y el aceite para los cerros porteños. Eso justo en los momentos en que desaparecían verduras y huevos, para no hablar de los pollos–. Neruda fue amigo allá de los muralistas David Alfaro Siqueiros y Diego Rivera, y en los años cuarenta viajó a Cuba.

–¿A Cuba? ¿Mucho antes de la revolución?

—Mucho antes incluso de que el Granma zarpara con sus ochenta y dos expedicionarios hacia la isla, en 1956.

—Pues entonces el poeta siempre ha tenido tremendo olfato político, mi niña.

—No creas. Hay un dato del cual hoy ya nadie quiere acordarse.

—¿A qué te refieres?

—A que en los cuarenta admiraba a Batista. En La Habana pronunció una apología en su honor, alabándolo como hijo excelso del pueblo cubano. Batista gobernaba entonces con el apoyo de los comunistas de Cuba y la Unión Soviética.

—Momento. ¿Te refieres a Batista, a Fulgencio Batista, el tirano? —preguntó alarmado.

—Al mismo. Supongo que por eso Fidel y Neruda no se tragan ni con aceite de bacalao.

13

Desayunó café, tortillas, huevos revueltos y frijoles en su cuarto del hotel mientras hojeaba los diarios, y después, alrededor de las nueve, cogió un taxi y se fue al Museo de Antropología, obedeciendo las instrucciones del poeta, que le había dicho que no podía perderse aquello. Total, la encargada de relaciones públicas del Colegio Médico le había confesado la tarde anterior que jamás había escuchado nombrar a un Dr. Ángel Bracamonte, pero que estaba encantada de poder ayudarlo, y que si él llegaba pasado el mediodía a su despacho, podría consultar el archivo y conseguirle algún dato. En el viaje al bosque de Chapultepec, Cayetano hizo memoria y no pudo recordar ningún capítulo en el que Maigret visitara al menos el Museo del Louvre. No acostumbraban los detectives, al parecer, a interrumpir sus pesquisas para recorrer un museo.

Sin embargo, al encontrarse entre aquellos muros altos con los testimonios de las culturas precolombinas se quedó sin habla, reducido a una incómoda insignificancia, paralizado ante tanto portento y avergonzado de su propia nimiedad. La profusión de templos, esculturas, cerámicas y orfebrería lo azoró no solo por su riqueza, variedad y perfección, y por la complejidad de las sociedades que sugería, sino también porque le demostró algo que como cubano jamás se había planteado debido al escaso nivel de desarrollo de los aborígenes originarios de su isla: el Nuevo Mundo comenzaba milenios antes del desembarco de Cristóbal Colón, y Tenochtitlán era más avanzada como ciudad a la llegada de Cortés que cualquier metrópolis europea. Por primera vez adquiría clara conciencia de la envergadura de la hecatombe asestada a los indígenas americanos por la invasión y el dominio del hombre blanco, cuya sangre fluía, no podía negarlo mientras se contemplaba en los cristales de una sala, copiosa por sus propias venas.

Súbitamente, mientras observaba los dos corazones humanos que sostenía en sus manos el dios esculpido en el centro del gigantesco disco solar azteca, cayó en la cuenta de que era mediodía y de que en el museo había perdido por completo la noción del tiempo. Salió a toda carrera a Reforma y, ya sin resuello, le pidió a un taxista que lo llevara hacia el Zócalo. No debía agitarse de nuevo, se dijo asustado por la falta de aire, debía tomarse en serio los más de dos mil metros de altura del Distrito Federal. Mientras recuperaba el aliento y trataba de ordenar sus ideas, sentado en la parte trasera del vehículo, tuvo que admitir que tras la visita al museo ya nunca más volvería a ser el mismo latinoamericano de antes. Jamás podría dejar de imaginar la magnificencia de esa ciudad en su época precolombina, ni la opresiva atmósfera de fin de mundo que debe de haber contagiado de súbito a los asombrados aztecas tras el primer encuentro de su emperador Moctezuma con aquel hombre de cabellera rubia y tez blanca, llamado Hernán Cortés, que habían profetizado con exactitud los relatos de sus antepasados. Él, que sentía orgullo por el legendario pasado de La Habana y los orígenes imprecisos de Valparaíso, comprendía ahora que los mexicanos, como nación, habitaban en una longitud desconocida para él, una dimensión de carácter milenario, inimaginable para alguien venido de una isla con apenas quinientos años de historia. Encendió un cigarrillo y contempló de otra forma la ciudad y sus habitantes, como si al verlos ahora percibiese además a sus antepasados caminando por el aire transparente de Tenochtitlán, atravesando épocas, templos y guerras floridas, y se sintió insignificante, y se dijo que debía llamar al poeta para contarle todo aquello y preguntarle cómo estaba y cómo se las había arreglado para comprender a México en la época en que amaba en secreto a Beatriz de Bracamonte. ¿Habría tenido tiempo el poeta para captar todo aquello, o había vivido allí consumido por el trabajo consular, la creación poética, los amoríos y los remordimientos? Esa madrugada, mientras el hálito de una brisa se colaba por la ventana de su cuarto, había terminado de leer otra novela del inspector, una bastante curiosa, por cierto.

En ella Maigret deslizaba sus memorias sobre Simenon. Ese juego original y divertido, en que el personaje de ficción describía a su autor de carne y hueso, le había hecho simpatizar con Maigret, que residía en un París de película, donde lo acechaban peligros menores y sus colegas no siempre eran del todo solidarios. Simpatizaba ahora más con Louise, su esposa, que le cocinaba con dedicación y esmero sus platos predilectos, como los escalopes a la florentina, el pato al vino blanco o la pierna de cordero con lentejas, y le mantenía la casa siempre limpia y ordenada. Lo entretenían además la fauna de delincuentes que poblaba sus páginas, el talento de Simenon para despertar simpatías por ellos, y los acogedores bistrós y bares donde Maigret solía beber su Pernod y matar el tiempo, como si postergase el retorno a casa o al interrogatorio de un sospechoso solo para brindarle tiempo a su padre, a Simenon, para dotar a la novela de algunas páginas con densidad sicológica y reflexiones. Como que ahora, al leer al belga e investigar la realidad, adquiriese él, Cayetano, la virtud de desentrañar ciertos trucos empleados por los escritores de novelas policiacas para convertir a estas en libros más profundos y significativos. Y leyendo las novelas de Simenon había comenzado a envidiar su plácida existencia. Era un tipo que se levantaba sin premura y desayunaba con su mujer en un apartamento con cuadros viejos y un suelo de tablas mientras afuera la lluvia de otoño repiqueteaba contra los cristales, arreada por el viento. Y como si eso fuera poco, al final de muchas de las calles adoquinadas que cruzaba a paso lento asomaba la Torre Eiffel como un recuerdo amable y perpetuo de la ciudad donde vivía. Tal vez tenía razón el poeta: novelas como esas familiarizaban con el oficio detectivesco, permitían conocer tretas para ganarse la confianza de los informantes y reconstruir lo acaecido. Esa tarde, después de almorzar y beber una copita de tequila, comenzaría a leer otra historia del belga. Esta vez la leería como si fuese la clase magistral para un investigador novato como él. Al menos para algo sirve la literatura, pensó complacido, no solo para entretenerse.

Mónica Salvat lo esperaba en su oficina del quinto piso que alquilaba el Colegio Médico en un edificio derruido. Era joven, de cabello y ojos negros, y voz melodiosa, a un tris de ser bella. Le sobraba, sin embargo, algo que Ángela había perdido hacía tiempo: ternura. Al comienzo, en Florida, él se había enamorado de los ojos vivaces de su esposa, de esos ojos que en ocasiones sabían mirar lánguidos y a veces resueltos, de su voz aguardentosa, aunque cálida, de su larga cabellera refulgente, pero sobre todo lo había fascinado su ternura. Por eso no había tenido reparos en dejar Estados Unidos e ir hasta el sur del mundo, guiado por ese amor repentino que ella le inspiraba. ¿En qué momento había perdido Ángela la ternura? ¿Qué errores suyos la habían despojado de ella? ¿Y por qué resquicio del alma se le había escurrido su pasión por Ángela?

—Estuve examinando los archivos y siento decirle que no encontré nada sobre el doctor Bracamonte —Mónica Salvat lo arrancó de golpe de sus evocaciones—. ¿Se sirve un café?

Cuando ella salió de la oficina para prepararlo, él aprovechó para mirar el papel amarillento que revestía las paredes, las persianas cubiertas de polvo y la vieja Olivetti en que escribía. Le pareció una oficina triste y sin alma, el espacio muerto de un burócrata aburrido de su existencia. Abajo, por Insurgentes, el tráfico fluía lento y macizo, y los buses llevaban letreros de barrios que no le decían nada. Mónica volvió cargando una bandeja con dos tazas y un azucarero de aluminio, y a él lo alegraron su meneíto de caderas, igualito al de las cubanas, y el aroma a café, desde luego, que prometía ser superior al intragable menjunje que bebían los chilenos.

—Lo peor es que los archivos están en completo desorden —afirmó Mónica mientras le acercaba la bandeja—. Cuando una busca algo allí, nunca lo encuentra.

—¿Qué me sugiere, entonces? —cogió una taza, vertió tres cucharadas de azúcar en ella y revolvió mirando con escepticismo el café aguado que acababan de escanciarle—. Necesito ver al Dr. Bracamonte. Vine a México expresamente a hablar con él.

—No sé qué decirle —ella saboreó su café sin azúcar, lo que constituía un pésimo presagio—. Pero, ¿usted no es chileno, verdad? Usted no habla como un chileno.

—Vivo en Chile, pero soy cubano.

Comenzaron a hablar de lo lejos que quedaba Chile y lo diferente que era a Cuba y México. Y hablaron también de Allende, de la Unidad Popular y la revolución chilena, de la férrea oposición de Nixon en contra del país sudamericano. Se hizo un silencio cuando ella le preguntó en qué desembocaría la denominada vía chilena al socialismo. ¿En un socialismo a la cubana, o en un modelo diferente? Cayetano le dijo que no lo sabía, y era cierto. ¿Quién lo sabía? Ni el propio Allende, afirmó. Pero no era como para inquietarse tanto, al final la gente actuaba en la vida como si supiese hacia dónde iba, y nadie lo sabía. La vida no solo era un desfile de disfraces, agregó plagiando al poeta, metáfora que agradó a Mónica, sino también una lotería que repartía todas las mañanas papeletas nuevas. En realidad, la vida era como Valparaíso, a veces estabas arriba, otras abajo, pero todo podía cambiar de golpe. Bastaba con encontrar de pronto una escalera inesperada para llegar muy alto, o tropezar con una piedra para rodar loma abajo y dar con los huesos en las dársenas del puerto. Nada era de una vez y para siempre en nuestras existencias, afirmó, nada, claro está, solo la muerte, corrigió y probó el café, que era un desastre.

—Tengo que hallar al doctor Bracamonte. Se trata de un asunto de vida o muerte —insistió grave, depositando la taza en la bandeja—. Investigaba curas del cáncer basadas en yerbas de Chiapas —agregó—. Solo usted puede ayudarme.

—Deberíamos intentarlo entonces de otra forma.

—¿A qué se refiere?

—Junto con revisar esos archivos sería aconsejable ubicar a algún médico que ejercía en la época. Alguien tiene que acordarse de Bracamonte. En los próximos días yo podría hacer unas llamadas.

—¿En los próximos días, dice usted? No dispongo de tanto tiempo, Mónica. Es decir, el enfermo… Usted sabe a qué me refiero.

—Entiendo —dijo ella y bajó la mirada—. Hace cuatro años esa enfermedad se llevó a mi madre. La fue secando hasta que la dejó en el puro dolor y los huesos. Mi madre fue una santa, y pobrecita todo lo que sufrió.

—Lo siento de verdad, Mónica —hizo una pausa, se acarició el bigote, esperando a que la mujer se calmase—. ¿No podría ayudarme lo antes posible?

—Mañana usted puede entrar al archivo. No estará mi jefe, así que tendrá libertad para hurgar allí —agregó en voz baja y la mirada húmeda.

—¿Y usted consultará entre los médicos retirados?

—Pierda cuidado.

—¿Y seguro me dejará entrar al archivo?

Mónica soltó un suspiro, sorprendida de su repentina disposición a conciliar ante ese extraño.

—Pero no se haga muchas ilusiones —agregó—. Allá hay un caos de padre y señor mío, y no todos los médicos se registran en el Colegio. Pero, como decía mi madre, que en paz descanse, no hay peor diligencia que la que no se hace…

14

No tardó mucho en darse cuenta de que difícilmente encontraría algo sobre el doctor Bracamonte en ese cuarto en penumbras, sin ventanas, donde no solo almacenaban archivos polvorientos, sino también rollos de teletipos, libros de contabilidad y muebles dados de baja. El aire seco del sitio comenzó a irritarle la garganta y no le quedó más que retirarse cabizbajo del campo de batalla y volver a la oficina de Mónica.

—Si el doctor tenía alrededor de cuarenta años en la década de los cuarenta, entonces hoy debe andar por los setenta —calculó ella—. Nadie resiste tanto en esta ciudad. ¿Encontró algo?

—Nada —soltó un bufido de frustración y se sentó frente a la secretaria—. ¿No me dijo que consultaría a profesionales de la época?

—Lo haré esta tarde, en cuanto termine algunos asuntos urgentes, señor Brulé. Aquí me apura un abogado llamado Hugo Bertolotto, empeñado en poner al día hasta el archivo de Simancas. Pero, volviendo a lo suyo, hay una cuestión que me inquieta.

—¿Cuál?

—Si usted busca a un médico supuestamente conocido, y ni a mí ni a nadie de la oficina le suena el nombre, eso solo puede significar...

—¿...que el doctor está muerto?

—O que simplemente nunca se registró como médico en el Colegio.

—¿Algo más?

—Que sus investigaciones nunca prosperaron, y que por eso nadie lo conoce.

—¿Un charlatán? —preguntó desanimado. Si lo había sido, el poeta no tendría remedio y estaba perdiendo el tiempo con su búsqueda cuasi detectivesca.

—Tal vez. ¿No me dijo que curaba el cáncer?

—Eso me aseguraron.

—Bueno, si era médico y se dedicaba a eso, es raro que nadie se acuerde de él, ¿no le parece?

Imaginó al poeta sentado en La Nube, entre libros y diarios, tratando de redactar sus memorias, esperanzado en las gestiones que él realizaba en México. Recordó que le atormentaba verse convertido en un anciano frágil y enfermo, en testigo impotente de cómo la reacción arrinconaba al gobierno de su amigo Allende y la enfermedad invadía su cuerpo. Primero habían fracasado los tratamientos de los médicos franceses, después los de los especialistas soviéticos, y ahora se desmoronaba, sin que él aún lo supiera, su última esperanza, aquella puesta en un médico cubano que, según le había contado a Neruda decenios atrás, combatía con éxito el cáncer mediante plantas medicinales.

—A lo mejor Bracamonte se fue hace mucho del Distrito Federal y por eso nadie se acuerda de él —farfulló—. Puede estar en una ciudad yucateca, o a lo mejor en Estados Unidos, como tantos.

—No nos anticipemos a los hechos —dijo Mónica—. ¿Seguro era cubano?

Salió de la oficina con el número de teléfono de la secretaria en el bolsillo y su compromiso de que cenarían a la noche siguiente en un local céntrico. Le caía bien la mujer, su ternura y delicadeza, que brotaban sin esfuerzo de cada uno de sus gestos, de su mirada, de su interior. Ser detective no era fácil, después de todo, pensó. Maigret tardaba a veces días en imprimirle el rumbo a sus pesquisas. Pero no había que confiar demasiado en él. Pese a que conocía los bajos fondos y aceitaba las relaciones con los informantes, Maigret jamás lograría resultados en un continente caótico, improvisador e imprevisible como

América Latina. Al igual que el caballero Dupin y Sherlock Holmes, Maigret podía actuar a sus anchas en países estables y organizados como Estados Unidos o Francia, donde una filosofía racionalista regía la existencia de la gente, donde imperaban reglas y leyes claras, que imprimían cierta lógica a la vida, y había instituciones sólidas y prestigiosas, y la policía era eficiente y velaba porque se respetase la legalidad. En América Latina, en cambio, donde campeaban la improvisación y la arbitrariedad, la corrupción y la venalidad, todo era posible. Allí, donde coexistían un país comunista, modernas ciudades capitalistas, campos de explotación feudal, cuando no esclavista, y selvas donde la historia se había detenido en la época de las cavernas, detectives europeos no servían para nada. Así de simples y brutales eran las cosas. En esos mundos amazónicos, andinos o caribeños de poco le serviría a Dupin, Holmes o Poirot su deslumbrante batería deductiva para esclarecer los casos. El problema estribaba en que en América Latina simplemente no regía la lógica del Norte. Tampoco tendrían éxito Miss Marple, Marlowe ni Sam Spade.

Los detectives eran como el vino, pensó Cayetano, como el vino, el ron, el tequila o la cerveza, hijos de su tierra y su clima, y quien lo olvidaba, terminaba cosechando fracasos. ¿Podía alguien imaginarse a Philip Marlowe frente a la Catedral de La Habana? Lo achicharraría el sol de las dos de la tarde, y lo despojarían hasta del sombrero y el impermeable sin que ni siquiera lo notara. ¿O a Miss Marple caminando con su paso lento y distinguido, de dama ya mayor, por el centro de Lima? Se intoxicaría con el primer cebiche que probara, los siniestros taxistas limeños la desviarían del aeropuerto a una casucha, donde la estaría aguardando un par de facinerosos. No encontrarían ni su placa de bien montados dientes falsos. ¿Y qué decir del amanerado Hércules Poirot cruzando el mercado Cardonal de Valparaíso con el traserito erguido y las manos enguantadas de blanco? Le hurtarían el bastón de caña, el reloj de bolsillo con cadena de oro y hasta el sombrero de hongo. La gente se burlaría de ellos en sus propias narices, los perros vagos los corretearían a dentelladas y los niños de la calle los apedrearían con crueldad. Ahora comenzaba a sospechar que las novelas de Simenon, si bien amenas y entretenidas, no le servían para graduarse de detective en el mundo que comenzaba al sur del río Grande. El poeta se equivocaba. Un Maigret era incapaz de amansar la desbordante y copiosa realidad latinoamericana. Era como exigirle a Bienvenido Granda que, en lugar de boleros, cantara *Lieder* de Franz Schubert en los bares de Managua o Tegucigalpa, o que Celia Cruz imitase a María Callas en una descarga de la calle Ocho. Solamente los enmarañados archivos del Colegio Médico de México representarían un reto insalvable y desquiciante para los estructurados cerebros de Holmes, Maigret y Marlowe juntos, acostumbrados, como estaban, a hojear archivos escrupulosamente ordenados en la amplitud y el silencio de salones de instituciones prestigiosas, albergadas en edificios señoriales, de parquets, candelabros y cortinajes.

Cogió un "cocodrilo" en dirección al *Excelsior*. Al menos cenaría con Mónica Salvat, se consoló. Ojalá encontrase en el diario un periodista con experiencia y un archivo en regla, pensaba al pasar frente al parque Chapultepec, las fachadas de mansiones del siglo xix y los andamios de edificios en construcción. Ciudad de México bullía. Era como si estuviese muriendo y naciendo al mismo tiempo, como si lamentara la pérdida de la calma y de las construcciones antiguas, pero celebrara y anhelara la modernidad. Los vendedores ambulantes colmaban las calles céntricas, por donde no solo paseaba gente vestida a la moda sino también mujeres en traje de corte indígena y hombres de vaquero y sombrero, como extras en las películas de Luis Aguilar. Le pareció que detrás de las ventanillas del Chrysler la ciudad se descomponía ante sus ojos en escenas modernas y otras tradicionales, contradictorias como fragmentos inconexos. Especuló con que Bracamonte deambulaba con sus pócimas milagrosas precisamente entre esa muchedumbre abigarrada del Distrito Federal, o a lo mejor caminaba ya por La Habana con el pecho cubierto de medallas al mérito revolucionario. O tal vez vivía frente a una playa de aguas turquesas en Quintana Roo, en una cabaña protegida por la sombra de árboles copiosos, como la cabaña con la cual él y Ángela habían soñado cuando aún se amaban. En fin, Bracamonte podía andar en todas partes y a la vez en ninguna, e incluso podía estar muerto, se dijo mientras el taxi giraba alrededor del Zócalo y su gigantesca bandera mexicana.

15

—¿Ángel Bracamonte, oncólogo? —preguntó ceñudo Luis Cervantes.

El periodista tenía las orejas y los labios gruesos, y la nariz y las mejillas sonrosadas como las de un muñeco de goma. Un muñeco de sesenta años que tecleaba la máquina de escribir en una oficina de paredes manchadas, vidrios sucios y cortina desteñida.

—Años cuarenta. Ciudad de México. Investigaba las propiedades curativas de plantas medicinales de Chiapas. Debe de haber sido conocido —añadió Cayetano Brulé para refrescarle la memoria.

—¿Mexicano?

—Cubano medio mexicano.

Cervantes posó las manos sobre la máquina con el desconcierto alojado en el rostro. A pesar de su memoria prodigiosa, no recordaba a nadie con ese nombre. No todos los médicos eran celebridades en México, como sí podían serlo en otras latitudes, pensó. En México había algunos que incluso vivían precariamente cerca del Zócalo, sobre todo aquellos que, fieles al juramento hipocrático, se dedicaban a atender a los pobres de los barrios marginales, que pasaban por la vida sin haber sentido jamás la presión fría del estetoscopio sobre el pecho.

—Y me va a disculpar —dijo Cervantes—, pero dudo que ese señor haya sido médico si se especializaba en plantas medicinales. Me huele más a chamán y brujo de tribu que a un caballero que haya invertido años en la universidad. ¿Está seguro de que era médico?

En realidad no había examinado esa posibilidad. Había analizado una y otra vez ciertas cosas, había adoptado precauciones, pero no imaginado que el poeta hubiese podido confundir treinta años atrás a un yerbatero con un médico. ¿Por qué no? Si no se acordaba ni siquiera del segundo apellido de Ángel Bracamonte. Claro, el poeta no era un hombre preocupado por los detalles prácticos, aunque sí por los poéticos, pero estos eran otra cosa. Supuso que el periodista no tenía intención de ayudarlo. En México, le había advertido Mónica, el *sí* era a menudo un *no*, y el *no* un *depende*. Lejos de parecer solícito, como la secretaria del Colegio Médico, Cervantes parecía molesto con su presencia.

–Para serle franco –prosiguió el periodista–, no me caen bien los cubanos desde que uno me robó una novia en la universidad.

–Pues estamos a mano. Un mexicano se quedó en Miami con la mujer de mi vida. Bueno, con la que pensé iba a ser la mujer de mi vida –dijo Cayetano Brulé, desenfundando rápido, como en las novelas gráficas de Roy Rogers de su infancia–. Pero no le guardo rencor a México. Tal vez hasta me hizo un favor ese amigo.

El periodista miró hacia la calle pensativo, como si viese pasar a su antigua novia por la ventana. Cayetano se dijo que tal vez el profesional tenía razón y Ángel Bracamonte no era médico, sino alguien que pregonaba su arte como ciencia, que estaba más emparentado con los yerbateros que esperaban compradores a un costado de la catedral que con los cirujanos. Tal vez la enfermedad estaba trastocándole la memoria al poeta. Pero también podía ser que se tratase de un mecanismo de defensa. Si la medicina moderna ya no podía salvarlo, como lo habían dejado en evidencia los oncólogos de París y Moscú, entonces era plenamente comprensible que el poeta depositase ahora sus esperanzas en un chamán para eludir por un tiempo la muerte.

–¿No habrá forma de ubicar a ese señor? –preguntó aspirando a la conversión del mexicano–. Me encargaron escribir sobre él para un diario chileno.

—¿Y los pobres chilenos, con las que están pasando, tienen tiempo para preocuparse de un charlatán?

—Le pido que piense solo en una cosa: las yerbas de Bracamonte podrían salvar a gente desahuciada en Chile.

—Disculpe. Todo puede ser, uno nunca sabe —reconoció Cervantes pensativo, como si las palabras hubiesen calado hondo en su alma—. Tengo un asistente bastante avispado, que a lo mejor puede ayudarlo. Si encuentro algo, se lo haré saber.

—Le agradeceré que me encuentre en mi hotel, o a través de Mónica Salvat, del Colegio Médico. ¿Puedo confiar en usted?

—Completamente.

—¿Seguro? Aquí la gente muchas veces dice que sí para que uno solo se quede tranquilo.

—¿Dónde ocurre eso?

—Aquí, en México, según me dijeron.

—Híjole. Pues eso depende, señor. En todo caso, cuente conmigo.

—Se lo agradezco de veras. A muchos lectores les volverá el alma al cuerpo cuando se enteren de que Ángel Bracamonte todavía vive.

—No se preocupe, estaré encima del asunto. Pero cuénteme primero: ¿cómo fue que ese compatriota mío le arrebató la mujer de su vida?

MARÍA ANTONIETA

16

–¿Qué opinas de esto? –preguntó Mónica Salvat.

En el barullo de la taquería El Encanto, de la Zona Rosa, acababan de ordenar penachos yucatecos y tres vasos, llenos de tequila, sangría y limonada, para cada uno. Un trío entonaba un bolero para una mesa de norteamericanos escandalosos, que vestían camisas hawaianas, reían a carcajadas y estaban borrachos. Cayetano le echó una mirada al recorte de diario. Era la típica foto de las recepciones diplomáticas que suelen publicarse en las páginas sociales. En ella cuatro hombres y tres mujeres sonreían a la cámara.

–¿Familiares tuyos? –preguntó Cayetano. Durante la caminata hacia el restaurante, Mónica le había contado que era hija de inmigrante rusa y padre mexicano, y que se había criado en Coyoacán, cerca de la casa donde Ramón Mercader había asesinado con un piolet a León Trotsky.

–¿Ves al hombre de traje y corbatín? –preguntó ella.

–¿Tu padre?

–Es Ángel Bracamonte. Residencia del embajador cubano, 10 de octubre de 1941.

Cayetano volvió a coger el recorte. Observó el rostro del hombre ubicado en el centro del grupo. Sus facciones se diluían en infinidad de puntos mientras más acercaba sus lentes al papel. Distinguió una cara enjuta, ojos grandes y cansados, unas entradas profundas en la cabellera cana, y un bigote espeso. Ese era el hombre que el poeta buscaba, se dijo tratando de contener su emoción.

—¿Dónde la encontraste?

—Me la dio el periodista Cervantes. El texto no dice que Bracamonte sea médico y, lo que es peor, su nombre tampoco figura en los registros del Colegio. O nunca se inscribió, o nunca fue médico. Pero ahí lo tienes. Existe. No es un fantasma. Cervantes la halló en la página social de una revista de la época.

—¿Se le debe algo? —preguntó sin apartar la vista del rostro de Bracamonte.

—Se conforma con un par de libros de la Editorial Quimantú y una botella de tinto chileno.

—Le enviaré todo eso, no se preocupe. ¿Cómo dio con la foto?

—Buscando en las celebraciones por el día nacional de Cuba.

—¿Y dónde está Bracamonte? —Vació el vaso de tequila, luego bebió la sangrita para que el tequila no escociera sus entrañas. Tenía ganas de celebrar. La noche mexicana comenzaba a ser perfecta.

—No lo sabemos. Pero al menos ya conoces el aspecto del hombre que buscas —el trío cantaba "Nosotros"—. Y sabes que tal vez nunca fue médico.

Lo inundó una preocupación repentina. Si Bracamonte era uno de esos charlatanes que recorrían los pueblos de América Latina prometiendo curas milagrosas, el efecto emocional sería devastador para el poeta. Un mozo volvió a llenarle el vaso de tequila.

—¿Conoces a los que están alrededor suyo?

Las mujeres estaban peinadas a lo Rita Hayworth y lucían vestidos escotados. Parecían seguras de la vida. Los hombres sonreían enfundados en sus trajes oscuros, con una copa o un habano en la diestra. Eran gente mayor, con excepción de la muchacha situada junto a Bracamonte.

—¿Su hija? —preguntó Cayetano.

–Su mujer. Debe de tener allí veinte años. Parece su nieta. Ahora debe de andar por los cincuenta. Imposible ubicarla porque no conocemos su apellido de soltera. ¿Tu amigo no recuerda a Beatriz?

–Mi amigo conocía al doctor, no creo que a su esposa.

Beatriz tenía el cabello claro, peinado hacia atrás y una mirada melancólica. Parecía una bailarina de ballet. Era de lejos la más joven y bella del grupo, y la menos altanera y, a juzgar por sus alhajas, la más sencilla, pensó Cayetano.

–¿Te fijaste bien en la leyenda? –preguntó Mónica.

–Los caballeros aparecen con nombre y apellido, ellas solo con el nombre. Celebran el día nacional de Cuba.

–Se te pasó que el texto anuncia también una próxima cena en beneficio de una fundación contra el cáncer...

–Tiene que ser él, entonces –exclamó Cayetano releyendo el texto–. ¡Este hombre tiene que ser el doctor Ángel Bracamonte que busco! Mónica, eres una genio. ¿Consiguieron también el teléfono de la asociación?

–Lo intenté, pero ya no existe.

La noticia le cayó como un cubo de agua fría, fría de verdad. Volvió al tequila.

–¿Y no podemos ubicar a las otras personas de la foto? –preguntó sintiendo que renacían sus esperanzas.

–Están muertos. Menos la mujer del extremo –su dedo se posó sobre la foto–. Es la viuda de Sebastián Alemán, el calvo a su derecha, uno de los mayores accionistas de la principal cervecera del país. Aún vive.

–¿Y qué esperamos para hablarle?

–Lo difícil será acceder a ella. En este país los potentados son como las estrellas de Hollywood, Cayetano. Viven detrás de muros altos, andan en automóviles con cristales oscuros y se rodean de guardaespaldas. Pero, ándele, pues, y veamos cómo nos va.

17

—¿Don Pablo?

—Con él.

—Le hablo desde Ciudad de México. ¿Puede hablar ahora?
— Cayetano colocó sobre la cama la antología poética de Neruda que
Laura Aréstegui le había prestado. Quedó abierta en una página que
comenzaba con:

Cuando estés vieja, niña (Ronsard ya te lo dijo),
te acordarás de aquellos versos que yo decía.
Tendrás los senos tristes de amamantar tus hijos,
los últimos retoños de tu vida vacía…

—Estoy en mi Nube, muchacho. Acabo de volver del tratamiento,
hecho un trapo. Tu llamada me despertó. ¿Encontraste al hombre?

—Casi, don Pablo.

—¿Cómo que casi?

—Es decir, no lo tengo ubicado. Pero pronto hablaré con alguien
que puede conocer su paradero.

—¿Entonces aún no sabes dónde vive?

—Nadie lo conoce. No está registrado como médico. Tal vez se
marchó al extranjero. ¿Usted está seguro de que era médico?

Silencio. Una tos. Luego, la misma voz cansada.

—Para mí era médico. Pero ahora que lo pienso, no sé si estaba titulado con todas las de la ley. Buena pregunta me formulas ahora, muchacho…

—¿Usted no cree que siendo cubano se haya ido a La Habana atraído por la revolución?

Otro silencio.

—Todos nos sentimos atraídos por la revolución en algún momento –flotaba algo evasivo en esa afirmación–. Pero él… no sé qué decir. Tenía además una mujer hermosa, más joven. ¿Tampoco averiguaste nada sobre ella?

—En una revista de la época en que usted andaba por aquí, aparecen ambos en una foto. Ella se llama Beatriz. Tiene razón, tremenda mujer, don Pablo. ¿Cómo era su apellido?

—No me acuerdo. La conocí como su esposa. Solo tengo presente su rostro. Era de origen alemán. E incomparablemente bella. Te lo dice alguien que siempre ha mirado a las mujeres con mucha atención.

—Y no solo mirado.

—Y no solo mirado –admitió la voz gastada, y cambió de registro–. En fin, en cuanto ubiques al doctor, llámame para darte instrucciones precisas. Te lo repito: ni se te ocurra hablar con él antes de llamarme. No entres a su casa si no me has llamado. Prométeme que harás todo tal como te lo digo. Ese doctor es un hombre veleidoso y reservado. Solo podrás acercarte a él de una forma, y yo te la revelaré en su momento.

Pensó que don Pablo de nuevo se estaba poniendo dramático con tanto misterio. Procuró tranquilizarlo.

—No se preocupe. Actuaré como me indica –luego intentó devolverlo a la realidad–. ¿Cómo anda la salud?

La respuesta fue más dura de lo que esperaba.

—¿Quieres la verdad?

Fingió aplomo.

—Claro, don Pablo.

Don Pablo fue terminante.

—No tengo arreglo.

—¿Cómo?

—Lo que te dije. Quienes me rodean, mi mujer incluida, desean hacerme creer que me recuperaré. Piensan que soy un ingenuo, que no sé lo que tengo. A mí me basta con mirarme al espejo cada mañana para saberlo. Los espejos no mienten. Matilde me dice que es una afección a los huesos, pero yo sé que estoy jodido, Cayetano. No hay remedio. Ni para mí ni para Chile. Salvador sufre un cáncer doble: el de la reacción que no lo deja construir el socialismo en democracia y el de los aliados que aspiran a imponer el socialismo mediante las armas. Su compromiso con el pueblo es llegar al socialismo por la vía pacífica, pero esta gente lo va a joder. Es triste ser un viejo, peor un viejo enfermo, Cayetano.

El dramatismo de don Pablo al fin y al cabo estaba justificado, pensó. Con las mismas palabras lograba referirse a todo a la vez. Esas eran sus metáforas, las figuras que afirmaba haber aprendido del barbudo de Whitman, o como se llamara el tipo aquel de que le encantaba disfrazarse. Había que contestarle hablando de algo y Cayetano eligió la política.

—¿Sigue el desabastecimiento?

—¿Y tú crees que eso se acaba de un día para otro?

Se sintió torpe y abochornado.

—Claro que no, don Pablo.

—La falta de alimentos y el mercado negro están minando la confianza de la clase media, Cayetano. Tú sabes que no hace falta mucho para eso. Nixon nos bloquea la venta de cobre al exterior y la derecha nos boicotea la economía por dentro. Somos un Vietnam silencioso, Cayetano.

Quizás fue la referencia bélica lo que restituyó su ánimo de lucha. No dejó pasar la oportunidad.

—Vamos a darles guerra, entonces, don Pablo. Voy a encontrarle al médico. Ahora descanse, que pronto habrá otras noticias. Tenga fe, don Pablo, tenga fe.

18

–Ángel Bracamonte murió hace una eternidad –afirmó la anciana postrada en la silla de ruedas.

El desaliento se apoderó de Cayetano Brulé porque había creído que la distinguida señora lo guiaría hasta donde estuviese el cubano. Si bien a la millonaria Sarah Middleton los años le habían agujereado la memoria, no le cabía ninguna duda de que Bracamonte estaba muerto desde hacía mucho. Sentado en un sillón, Cayetano se dijo que de la viuda quedarían dentro de poco solo las fotografías, sus retratos al óleo del salón, las evocaciones de los hijos y nietos que la visitaban el domingo después de misa, y ese palacete neocolonial de Polanco, sus muros gruesos, sus tejas francesas y corredores sustentados por pilares de madera. Nada más.

–¿Estamos hablando del mismo Ángel Bracamonte? –insistió Cayetano.

La anciana enlazó las manos sobre su vestido negro, lo miró irritada y preguntó:

–¿No estamos hablando del señor que se dedicaba a las plantas medicinales?

–Efectivamente, del médico.

–No, médico no era –corrigió ella. De su plancha se desprendió un crujido de huesos agitados en una bolsa–. Se dedicaba a las yerbas medicinales, pero no era médico.

–¿Y murió en Ciudad de México?

—Ignoro dónde murió. Da lo mismo. ¿Usted cree que importa donde uno muere? Lo importante es adónde se va uno después de muerto. Era una buena persona, en todo caso, ese hombre. Biólogo o algo por el estilo. Dependía de un salario. En algún momento se dedicó por entero a la lucha contra el cáncer, y después desapareció de los círculos del Distrito Federal —dijo la mujer. A su lado, de pie, una dama con delantal y cofia se mantenía impávida como estatua—. Creo que murió de la misma enfermedad que investigaba.

—¿Y no le conoció usted parientes a Bracamonte?

—Mire, joven, estrictamente nunca fuimos amigos. Nos habremos visto en alguna recepción o ceremonia. Eso fue todo. Ni siquiera sé de dónde salió ese hombre —alzó la mano derecha engalanada con un anillo rematado con diamantes.

En fin, si Bracamonte estaba muerto, entonces se hallaba en un callejón sin salida, pensó consternado. Se preguntó cómo se lo contaría al poeta. ¿De inmediato, por teléfono, o personalmente, al llegar a Valparaíso? Sus ojos miopes de marmota, vagaron de los ojos azules de Sarah a los gobelinos con escenas de la caza del zorro que colgaban a los lados de la chimenea, y después a los muebles fraileros que resplandecían bajo los candelabros. ¿Cómo debería darle la noticia al poeta para no desmoralizarlo? Si las noticias de Chile lo deprimían, la de Bracamonte muerto llevándose consigo los secretos de las plantas curativas, apresuraría su desenlace.

—¿Y de Beatriz, su esposa, qué recuerda?

Una tos sorpresiva, virulenta como una descarga eléctrica, agitó el cuerpo de la mujer. Era una tos cascada, como de una escultura de yeso, hueca. La dama de compañía le ofreció un vaso de agua con algunas gotas de valeriana.

—Era una de las mujeres más bellas del Distrito Federal —dijo la anciana mirando con desconfianza el vaso. Aunque refunfuñó, se tuvo que tomar la medicina—. Y él era un tipo apuesto e inteligente, con personalidad. Tan atractivo que, viudo y con sus años, se casó con una joven que podía ser su hija. Pero ella se esfumó después de que él muriese. No tengo ni idea dónde se encuentra.

Volvería a Valparaíso con las manos vacías, pensó agobiado. Y le pareció que aquello no era una metáfora. En rigor, no había nada más que hacer. La verdad era lo mínimo que Neruda se merecía. No podía sumarse al coro de aduladores que le decían que se recuperaría, que lo que tenía no era tan grave, pero tampoco debía transmitirle la mala noticia simplemente por teléfono. Si Ángel Bracamonte estaba muerto y Beatriz desaparecida, todo se había jodido. ¡Le zumbaba el mango! La misión se acababa, debía levar anclas y retornar a Valparaíso y contarle a Neruda que nunca más vería al médico que necesitaba.

—¿Y a qué se dedicaba Beatriz? —preguntó con una migaja de esperanza. La anciana parpadeaba en la silla, tal vez algo sedada por la valeriana. ¿Le agregarían solo valeriana al vaso a doña Sarah?—. Es decir, además de ser la esposa de Ángel, ¿no hacía nada?

—Es que ha pasado tanto tiempo —hizo crujir los dedos con un sonido macabro de claves caribeñas—. Ahora que usted lo menciona, creo que en algún momento me mencionaron que como viuda enseñó en un colegio de señoritas. Seguramente impartía el Manual de Carreño, o algo así.

—¿Recuerda el nombre del establecimiento, señora Middleton?

—Four Roses. Me acuerdo porque suena a marca de whisky. Pero eso fue hace mucho, y Ángel murió hace una eternidad. Pero, dime tú, Pancho Villa, ¿por qué tanto aspaviento por una pareja de la que ya nadie se acuerda?

19

–¿Beatriz de Bracamonte, dice usted?

–Exactamente. Trabajó aquí en los años cuarenta.

–María, ¿recuerda usted a una profesora con el nombre Bracamonte?

–¿Cómo dice que se llama?

–Beatriz de Bracamonte.

La anciana que limpiaba las ventanas de la secretaría del Four Roses Institute estrujó primero el estropajo haciendo escurrir un agua parduzca en el cubo de aluminio, y después examinó a Cayetano Brulé encima de la mesa. Sus ojos resbalaron por una llamativa corbata violeta con guanaquitos verdes. Nunca había visto una prenda tan llamativa, pero así era la vida y de todo había en la viña del señor, pensó. Además, nunca nadie había preguntado por Beatriz Bracamonte.

–A lo mejor Mrs. Delmira pueda ayudar al señor –sugirió.

–Pues, guíe al señor donde Mrs. Delmira, por favor –dijo la secretaria antes de ponerse los anteojos y retornar a unos formularios que llenaba a máquina–. Yo le avisaré por teléfono mientras tanto.

La mujer condujo a Cayetano a través de un patio con pileta y palmeras, bordeado por arcadas de cantería. Lo hizo entrar a una oficina fresca con estantes repletos de libros y una ventana con barrotes. En un rincón, diminuta y frágil, Mrs. Delmira escribía detrás de un escritorio de madera. Andaría por los sesenta años. Sonreía afable a través de unos anteojos de marcos metálicos, que le ofrecían un aire distraído.

—¿Conoce a Beatriz de Bracamonte? —le preguntó después de saludarla.

—Claro que sí. Pese a los años, no es fácil olvidar a alguien como ella.

La invitó a conversar a una taquería cercana. Necesitaba tomar algo caliente después de leer en el taxi, a través de las páginas de el *Excelsior*, que las cosas empeoraban en Chile. Los camioneros aterrados de que la revolución expropiara sus vehículos, acababan de ratificar el acuerdo de un paro nacional indefinido para dentro de poco, lo que agudizaría la escasez de alimentos y alargaría las colas frente a los almacenes. Las JAP, juntas de vecinos que intentaban garantizar una distribución equitativa de los alimentos, no lograban su propósito y el mercado negro prosperaba. Era difícil conseguir gasolina hasta para los carros de bomberos y ambulancias, y se disparaba el precio de la parafina, el combustible de los pobres. Sí, necesitaba un café pequeño, dulce y cargado, como el que preparaban en el Versalles o La Carreta, de la calle Ocho, de Miami.

—Dispongo de treinta minutos para usted —le advirtió Mrs. Delmira desde su escritorio. Parecía convencida de que enseñar a su edad en el prestigioso Four Roses, de La Condesa, era un privilegio del cual podía enorgullecerse.

Dejaron los muros resquebrajados del establecimiento y caminaron bajo el techo de nubes de la ciudad. Al rato hallaron una mesa dispuesta en la calle, a la sombra de una jacaranda. La maestra ordenó tacos con carne de cerdo y algo de queso y frijolitos, además de un café, porque esa mañana no había alcanzado a desayunar. Cayetano se limitó a un cortado, que aguardó con impaciencia mientras pasaban autos y camionetas. Había algo de aldea en ese barrio, pensó, algo grato y tranquilo, ajeno a la inmensidad del Distrito Federal.

—¿Y por qué busca a Beatriz? —preguntó Mrs. Delmira mientras el mozo colocaba una cesta con tortillas de maíz y guacamole en la mesa.

—En realidad busco a su esposo —probó una tortilla, y le pareció suave y esponjosa como mano de monja.

—Él murió hace mucho.

—¿Está segura?

—Completamente. Ella trabajó aquí como viuda. Después desapareció.

—¿Cómo que desapareció? —preguntó tomando otra tortilla, esta vez le agregó guacamole. La cocina del local no era nada despreciable, pensó—. ¿Murió, acaso?

—Ella enseñó alemán y modales en el Instituto por un tiempo, pero cuando enviudó, se marchó. Él murió en 1958 ó 1959, y ella se fue en 1960. Tenían una hija.

—¿Una hija? ¿Cómo se llamaba?

—Tina.

—¿Estudiaba en el Instituto?

—No. Ignoro a qué escuela asistía.

—¿Y adónde cree que se fueron?

—Eso es un misterio. Sus colegas se jubilaron hace mucho. Eran todas mayores. El Four Roses se caracteriza por contratar a gente de experiencia. Beatriz era la excepción.

El mozo colocó los pedidos sobre la mesa y los dejó en paz. La maestra se abalanzó con urgencia sobre los tacos y comenzó a devorar uno con fruición. La calle se alargaba con sus puertas y ventanas cerradas, y el sol iba entibiando el pavimento y la mesa.

—¿No imagina adónde puede haberse ido Beatriz, entonces?

—Es algo que nadie sabe. Pero, si me apura, yo diría que a La Habana.

—¿Por qué?

—Tal vez porque conoció a un cubano —dijo ella sonriendo con la boca llena. Cayetano siguió atado estoicamente a su café.

—¿Lo sabe o lo supone?

—Lo supongo.

Vio su ciudad natal desde el mar, los edificios del Malecón horadando el azul del cielo y las fortalezas de piedra custodiando la bahía mientras el sol resplandece sobre las tejas de las casas coloniales. Aspiró la brisa que agita los vestidos de mujeres de caderas cimbreantes y se arremolina por las tardes en la opacidad tropical de los zaguanes. Imaginó a Beatriz haciendo el amor tras los visillos ondulantes de una alcoba, atraída por una revolución fresca, recién bajada de la Sierra Maestra. Si en los sesenta Beatriz tenía cuarenta, ahora supera los cincuenta, calculó. ¿Por qué se preocupaba por la mujer, si era a Ángel, a quien necesitaba y este se había convertido ya en polvo?

El café sabía razonablemente bien, mejor que el de Hadad, al menos. Se peinó el bigote, que en México lo hacía sentirse en casa, pero en Chile un extranjero. Si en México todo macho lucía bigote, en Chile todo revolucionario lucía barba, y todo enemigo del gobierno de Allende llevaba las mejillas bien rasuradas y la cabellera engominada.

—¿Y eso es todo cuanto sabe de Beatriz?

—Ya se lo dije. Pienso que se fue a La Habana —le arrancó otro trozo al taco de carne. Olían bien esos tacos endemoniados, pensó Cayetano, pero volvió a su café.

—¿Le habló ella alguna vez de algún cubano? —preguntó.

—Nunca. Pero una vez la vi merendando en el Café Tacuba con un cubano, al que me presentó. El resto una se lo imagina. Era bellísima.

—¿Es verdad que Ángel era médico?

—Creo que sí. Estaba convencido de que los indios combatían el cáncer desde antes de la llegada de los españoles, empleando plantas medicinales que mantenían en secreto. Me lo comentó un día Beatriz, preocupada.

—¿Preocupada?

—Tenía miedo. Decía que eran plantas peligrosas, que así como salvaban vidas humanas, también podían acabar con ellas.

—¿Y de qué murió Bracamonte?

—Envenenado.

—¿Por sus pócimas?

—Nunca se supo. Pero su muerte es señal de que tenía pactos con el diablo, señor —afirmó Mrs. Delmira persignándose con la boca llena de carne.

20

Encontró al poeta dormitando en La Nube, arrebujado en una manta. Un manuscrito descansaba sobre sus piernas, sus pies cubrían la superficie manchada de tinta verde de la banqueta de cuero blanco. En la chimenea ardían unos troncos de espino y abajo la ciudad se desdibujaba en la bruma matinal. Sergio le había anunciado que el poeta acababa de volver de la radioterapia. Desde el bar Cayetano contempló a Neruda, su respiración acompasada, las manos enlazadas sobre el abdomen, la gorra ladeada sobre la frente.

—¿Lo encontraste? —preguntó de pronto el poeta, abriendo los ojos.

—Está muerto, don Pablo.

—¿Qué?

—El doctor Ángel Bracamonte está muerto —repuso Cayetano. No quería convertirse en uno más de los que lo nutrían a diario con mentiras piadosas, como si el poeta fuese un niño y la propia muerte algo inconcebible.

—¿Estás seguro? —arrojó el manuscrito sobre los diarios del día. Ahora parecía haber recibido la confirmación de algo que había imaginado.

Cayetano atravesó lentamente el *living*.

—Completamente.

El poeta volvió a enlazar sus manos con un suspiro profundo y guardó silencio clavando la mirada en el cielo blanco del *living*. Desde

117

los pisos inferiores de La Sebastiana llegaba una melodía andina, triste, algo deprimente, interpretada con charango y trutruca por un grupo folklórico de moda. Era el distintivo del canal de la televisión gubernamental.

–¿Cuándo murió? –preguntó con la vista baja.

–Hace quince años, por lo menos.

El poeta se mordió los labios y se pasó nervioso una mano por las mejillas. Se quedaron en silencio, pensativos, escuchando el chisporroteo del fuego y el graznido de gaviotas que planeaban alrededor de la casa. Al volar hacia la bahía eran unas cruces blancas que resbalaban adosadas a la bóveda del cielo. El poeta las siguió con la mirada mucho rato, como si encerraran la respuesta a su búsqueda, y percibió el perfume intenso de eucaliptos lejanos.

–Me lo temía –concluyó.

–Lo siento, don Pablo. Hice todo lo que pude. ¿Quiere los detalles?

–¿Para qué te contraté, Cayetano, si no para que averiguaras y me contaras todo?

–No es mucho –dijo acomodándose las gafas en medio del *living*, que le pareció un océano–. Algunos lo recuerdan como un romántico. Otros como un visionario que no alcanzó a materializar su sueño. Y hay quienes piensan que despilfarró simplemente su vida al no dejar testimonio escrito sobre su investigación.

–¿Ni siquiera dejó discípulos?

–Ni siquiera un apunte, don Pablo.

El poeta meneó la cabeza varias veces y masculló algo ininteligible. Cayetano tuvo la sensación de que sus mejillas se habían vuelto más cerúleas durante su ausencia. Se sentó sigilosamente, sin arrancarle ni un crujido a las tablas del piso, en el sillón floreado, frente al poeta.

–Hice lo que pude, don Pablo.

–Bracamonte fue quizás solo eso, un ángel que buscaba postergar la muerte. Y no le resultó. Tal vez es mejor así –murmuró el poeta, resignado–. Sería terrible si fuésemos eternos. No debe de haber nada más aburrido que la eternidad. La vida sería un tormento al cabo de los años. –Detrás de la filosofía se le oía cierto rencor. ¿A la eternidad? El poeta cambió de tema–. ¿Localizaste al menos a su mujer?

–En cierta forma.

Ahora cambió también de posición y de actitud, como si quisiera sacudirse con furia la pena por la noticia recibida.

–¿Qué diablos significa "en cierta forma"? –reclamó irritado, imitando el tono de Cayetano–. ¿También a ti te dio ahora por hablar como los médicos y Matilde? ¿Crees que soy un pelotudo que se las traga todas? ¿La viste o no?

Cayetano percibió repentinamente la corriente de aire frío que entraba por los intersticios del ventanal y se preguntó cómo sería el frío que sentía el poeta, si el frío de la muerte era diferente al del invierno.

–No pude verla –explicó–. Se llama Beatriz, pero nadie conoce su apellido.

El poeta se miró las manos.

–Recuerdo que descendía de alemanes. Creo que su apellido era Fichte, pero no estoy seguro. La conocí como la señora de Bracamonte, tú sabes cómo es la memoria de un viejo, pura camanchaca.

¿Don Pablo le ocultaba algo? No le pagaban por hacer de psicólogo. Decidió seguir adelante con su propia información.

–Parece que vive en Cuba…

El poeta frunció el ceño, sorprendido.

–¿En Cuba? ¿Desde cuándo?

–Como desde 1960. Se fue cuando ya estaba viuda, según una conocida.

–¿Tenía hijos con el doctor, verdad?

–Una hija. Tina.

Los grandes ojos marrones del poeta parecieron más alertas, como siempre que se trataba de mujeres. Cayetano ya conocía ese gesto, acompañado de un fugaz fulgor juvenil.

–Así que una muchacha. ¿De qué edad?

—A comienzos de los sesenta era una adolescente. Si es así, debe tener hoy unos treinta años.

—Curioso —dijo pasándose la mano sobre los lunares de una mejilla—. En 1960 también yo estuve en la isla. Hablé con Fidel. No le agradó ese poema mío en que digo que la revolución no la hacen los caudillos sino el pueblo. Algunos escritores y poetas, comunistas de última hora, me atacaron por eso. Ellos, que nunca se ensuciaron las manos por el socialismo, me acusaron a mí, un comunista de toda la vida, de no ser revolucionario… En fin, no puedes cejar en el intento de ubicar a Beatriz Bracamonte, muchacho.

De nuevo tuvo la impresión de que don Pablo actuaba o disimulaba, como si se ocultara bajo otro disfraz, uno que no colgaba en el ropero del último piso, sino que llevaba consigo, bajo la piel. ¿Quizás estaba aún más enfermo de lo que él creía y no quería mostrarle su desánimo? Sintió que debía esmerarse.

—Probablemente Beatriz está en Cuba, don Pablo. Pero dudo que ella domine lo que a usted le interesa. Ella enseñaba alemán o modales en un colegio de señoritas de México.

—Modales no creo. ¿A quién le importan los modales a estas alturas? Alemán es probable. Tenía mucho de alemana. Es increíble que no me acuerde de sus apellidos, pero efectivamente era medio alemana.

—Pero, si enseñaba alemán…

—¿Qué?

—De yerbas contra el cáncer poco debe de saber.

Había dicho la palabra maldita. Pero al poeta no lo atemorizaban las palabras.

—¿Y qué sabes tú? A mí las mujeres me lo han enseñado todo. Empezando por mi *mamadre* Trinidad, que me crio desde la muerte de mi madre biológica. Sin ella, no sería quien soy, Cayetano —afirmó con un destello repentino en los ojos—. Si alguien a estas alturas puede ayudarme es Beatriz viuda de Bracamonte, muchacho. Tienes que encontrarla, y ahora voy a decirte por qué.

21

Salieron a caminar por la avenida Alemania, pese al agotamiento del poeta. Era él quien deseaba pasear aspirando el aire diáfano y frío de la tarde, conversar mirando la bahía. Dejaron atrás la Alí Babá y el teatro Mauri, cuyo *foyer* anunciaba *Los 39 escalones*, cruzaron frente a la subida Yerbas Buenas con sus plátanos orientales todavía sin hojas, la de Guillermo Rivera con los almacenes en las tres esquinas, y llegaron a las casas de arquitectura inglesa, en el cerro San Juan de Dios, donde alquilaba Cayetano. Del puerto ascendían ecos de grúas y cadenas y un perfume salobre, que reconfortaba al poeta.

—No te queda más que viajar a Cuba —dijo mientras se sentaban en las escalinatas de piedra que ascienden hacia las casas. Unos perros dormitaban junto a un kiosco de pan y refrescos, donde un cartel anunciaba que ya no había mantequilla. Más allá unos niños se deslizaban calle abajo en "chancha", una tabla con pequeñas ruedas de acero, mientras el sol le arrancaba fulgores tibios al empedrado.

—¿Usted quiere que yo viaje a Cuba?

—Y sin que nadie se entere del motivo. —El poeta se acomodó la gorra, inclinándola levemente sobre las cejas para que no lo reconociesen.

—Pero, ¿entonces usted cree que Beatriz Bracamonte puede ayudarlo?

—Estoy convencido.

—En ese caso, entiendo cada vez menos.

Vieron cómo los niños ocultaban la chancha bajo un auto en el momento en que pasaba un *jeep* del Ejército por la avenida Alemania.

—No es por las yerbas que necesito que busques a Beatriz —dijo el poeta contemplando a los soldados sentados en la parte posterior del vehículo con sus bayonetas caladas.

—¿No? ¿Y cuál es la razón? —entonces sí que don Pablo le había ocultado algo. No solo jugaba con las palabras a su antojo, sino que también se parapetaba detrás de ellas para jugar con las personas. Laura Aréstegui tenía razón. Su incipiente intuición de detective no lo había engañado.

El poeta se miró las suelas gruesas de sus zapatos café sin decir nada. Sentado en la escalera, lejos de La Nube, que lo aguardaba en la tibieza de una sala con chimenea encendida, Neruda era ahora un ser anónimo y desvalido. Un micro Plazuela Ecuador se detuvo frente a ellos y de su interior bajaron una mujer buena moza, de mediana edad y caminar recto, y su esposo, de bigote, terno y corbata, acompañados de un muchacho desgarbado y melenudo con la camisa amaranto de la juventud comunista.

—¿Cómo están, don Roberto y doña Angélica? —saludó Cayetano.

Eran vecinos suyos, gente tranquila y amable. El hombre simpatizaba con Allende aunque trabajaba en la tradicional naviera Pacific Steam Navigation Company. A veces Angélica invitaba a vecinos a saborear unas empanadas de piure que eran para chuparse los bigotes, o bien una memorable ensalada de cochayuyo, y en las tardes de mucha lluvia preparaba sopaipillas almibaradas con chancaca de Paita, que eran lo mejor que había saboreado Cayetano en su vida. Y en primavera la señora cultivaba rosas de Gales y tulipanes de Ámsterdam, que florecían como si su jardín estuviese en Europa, mientras su esposo, en sus ratos libres, construía maravillosas réplicas de barcos ingleses, que introducía con esmero en botellas de vidrio.

—Nosotros, como el tiempo. ¿Y cómo están usted y la señora? —respondió don Roberto, sonriéndole a la vez al poeta.

—Yo, en la lucha, como siempre, y mi mujer anda de viaje.

—Pues, si quiere, pase a servirse algo en estos días. Así la soledad no se le hace tan amarga —dijo don Roberto. Y, dirigiéndose al poeta, añadió—: Por cierto, mi hijo anda en las mismas que usted: pertenece al mismo partido y quiere ser escritor.

—¿Y qué escribes, muchacho? —preguntó el poeta—. ¿Poemas?

El joven se sonrojó por completo ante la pregunta.

—Cuentos, don Pablo —dijo con voz trémula—. Algún día escribiré una novela.

—Menos mal —repuso el poeta fingiendo solemnidad—. En este país levantas una piedra y aparecen los poetas como las callampas, es hora de que haya novelistas. Cuando escribas tu novela, ponle esto que te estoy diciendo. Pero no me falles. ¿Me lo prometes?

—Prometido, don Pablo.

La familia continuó subiendo los peldaños de la Marina Mercante mientras el micro se alejaba por la avenida Alemania escupiendo humo por el tubo de escape. Cayetano y el poeta volvieron a quedar solos. Se mantuvieron en silencio por un tiempo, mirando cómo El Poderoso, el legendario remolcador de Valparaíso, surcaba la superficie de la bahía.

—Ahora, escúchame bien, que es importante lo que tengo que decirte —continuó el poeta al rato, con los codos apoyados en las rodillas—. Debes encontrar sea como sea a Beatriz Bracamonte. Esa es, a partir de ahora, tu principal tarea. Si hay algo que me interesa a estas alturas de la vida es que la encuentres y le digas…

Don Pablo no acababa de quitarse los velos.

—¿Le diga qué?

El poeta contempló el brillo de sus zapatones y luego se rascó una ceja, dubitativo, inquieto, mirando de reojo a Cayetano.

—¿Qué le diga qué cosa, don Pablo?

–Que deseo saber… No, mejor, que necesito saber…

–Vamos, don Pablo. A usted hoy hay que sacarle las palabras con tirabuzones.

–Que quiero saber si la niña que nació en 1943 es hija mía…

El poeta acabó su frase en voz baja, como correspondía a un secreto. Cayetano sintió que caía de una nube.

–¿Cómo?

–Tal cual lo oyes –subrayó con entereza–. Y no te escandalices, que ya pasarás por situaciones semejantes. Ya te dije que la vida es un carnaval, y está lleno de disfraces y sorpresas.

Cayetano ató cabos rápidamente. ¿Hablaban de Tina o de otra niña? Si Tina era una adolescente en 1960, las fechas concordaban demasiado bien. Era ella, seguro. Tanteó.

–Pero, ¿no me dijo que Beatriz estaba casada con Ángel Bracamonte, don Pablo?

–¿Y a ti te trajo al mundo una cigüeña de París, acaso? ¿Naciste así o te pusiste huevón en Chile?

Había cogido al poeta en falta. No sin picardía se demoró en el asunto.

–A ver, a ver… ¿O sea que usted es el padre de la hija de la esposa de Ángel Bracamonte?

–Es lo que supongo, y lo que tú debes confirmar –contestó el poeta, enfurruñado.

–Pues, eso sí le zumba el mango, don Pablo.

El poeta no le hizo caso. Lo oyó murmurar algo incomprensible.

–"*Nel mezzo del cammin di nostra vita / mi ritrovai per una selva oscura…*"

–¿Qué dice?

–Es italiano. Lo escribió Dante Alighieri. Cuando seas viejo me entenderás. Siempre lo que escribe el Dante tiene algo que ver con la vida de uno. Lo malo es que uno se da cuenta demasiado tarde de eso.

De nuevo dándole lecciones. En este nuevo oficio don Pablo amenazaba con convertirse en su jefe, pero Cayetano se rebeló.

—¿Entonces lo de buscar a Ángel Bracamonte era solo una excusa?

—Era una forma de acercarme a ella y también de probarte, mi amigo. Ya sé al menos que eres discreto y que tienes dedos para el piano de la investigación.

Seguía jugando con metáforas, imágenes, bonitas palabras. Poetas. Ya entendía por qué desconfiaban de ellos. No retrocedió.

—En todo caso, me cogió para el trajín. Eso está claro, don Pablo —aunque seguía reprochándolo, las palabras le habían salido más suaves, casi conciliatorias.

—Digamos que lo único importante es que ubiques a Beatriz y le preguntes si esa niña, que nació en 1943 dentro del matrimonio con Angel, es de él o mía.

Punto final. El poeta se puso de pie y miró hacia la bahía en calma, tanto que se asemejaba a un gran plato lleno de mercurio. Cayetano se ubicó a su lado y con cautela reanudó la conversación.

—¿Entonces usted fue amante de la mujer del médico?

De nuevo don Pablo se mostró accesible.

—Cayetano, en mi vida he tenido muchas amantes. Sin ellas no habría escrito poesía. ¿O crees que los poemas salen del aire?

—De la inspiración poética, creía yo.

—Salen de la vida de uno, Cayetano. Salen de tus anhelos y planes, de tus fracasos, insomnios y frustraciones, pero los elabora una parte profunda y oculta que tenemos, una región del alma que sigue resultándome inubicable, y después, bueno, después, como te dije el otro día, terminan desembocando en la hoja de papel.

—O sobre su banqueta de cuero que, lamento decírselo, está bastante manchada de tinta verde, don Pablo.

Buscó cigarrillos en su chaqueta, pero no halló ninguno. Desde el kiosco llegaba una canción de Paul Anka, que hablaba de ausencias y distancias, y lo hizo recordar vagamente un atardecer de su infancia en La Habana. La kiosquera acababa de colgar otro letrero de cartón, escrito a mano, avisando que también se habían agotado los cigarrillos y la leña. El desabastecimiento era otro cáncer, pensó.

—Todos creen que he tenido solo un descendiente: la pobre Malva Marina —masculló el poeta. Comenzaron a bajar los peldaños. A lo lejos, los niños seguían lanzándose en chancha—. La esperé con ternura e impaciencia, Cayetano, y cuando vi por primera vez su cabeza enorme añadida a su cuerpecito de bebé, me aterré, no quise creerlo. Me pregunté por qué mierda me ocurría eso precisamente a mí, que solo soñaba con tener un bebé. Era una niña de ojos dulces y claros, nariz respingada, y una delicada sonrisa de baquelita. Quise convencerme de que el tiempo se encargaría de restablecer las proporciones, y me negué a aceptar que yo mismo me engañaba, pero la hidrocefalia no tiene arreglo, Cayetano. Abandoné a Malva Marina y a su madre para no seguir sufriendo, porque si seguía atormentándome nunca iba a poder escribir los poemas que me proponía escribir, y que he escrito. ¿Me entiendes?

No supo qué decir. Comenzaba a lloviznar. Los techos de calamina perdían su fulgor y devolvían apagados los ecos a la ciudad. El Pacífico se mecía espeso hasta el horizonte. ¿Qué iba a decir? Lo confundía la revelación, lo entristecía el dolor del poeta y lo aterraba decepcionarlo. A la vez encontraba mezquino y poco convincente ese argumento de que había sacrificado a su mujer y la hija en nombre de una obra que hubiera compuesto de todos modos y que ya brotaba con ímpetu de su pluma cuando la niña nació. Pero con el paso de las semanas habían ido conquistándolo, tal vez, el espíritu desconfiado del artista y su vulnerabilidad mal disimulada. Se dijo que debía mostrarse más tolerante, que a lo mejor, como afirmaba el poeta, él aún era muy joven y le faltaban aún muchas cosas de la vida por comprender.

—Reconozco que hay cosas inexplicables, como que haya huido de esas mujeres —continuó el vate—. Me he fugado muchas veces en la vida. En rigor, he sido un prófugo constante de mis circunstancias. Escapé de Josie Bliss, y después dejé a la deriva a mi pequeña Malva

Marina y a su madre en la Holanda ocupada por los nazis. Es más, moví influencias diplomáticas para impedir que las evacuaran con mis compatriotas a Chile.

Sintió que al menos estaba aprendiendo a tolerar la automitificación a que recurría el poeta cuando se veía obligado a confesar lo inconfesable. Se contentó con una pregunta.

—¿Por qué?

—Simplemente porque temía que en Chile me hiciesen la vida imposible...

Era demasiado. Le dolió el sorpresivo desprecio que sentía por aquel hombre que hasta ahora había ido admirando cada vez más. Mejor poner un límite a la caída, impedir que la porción amarga se comiera a la dulce, se devorara todo el pastel.

—Quizás debiéramos volver, don Pablo —propuso con tristeza.

—Son terribles los muertos de nuestras dichas, Cayetano. Pero el camino hacia la felicidad personal está adoquinado con dolores ajenos.

Se dijo que esas sentencias no eran consuelo para nadie, pero prefirió guardarse su opinión. ¿No se había dejado convencer, acaso? Pues ahora debía apechugar. Emprendieron el regreso serpenteando por la parte alta de Valparaíso, junto a casas que eran auténticos miradores naturales con terraza y ventanales. Adosada al Mauri, la vivienda del poeta, una pirámide polícroma a la distancia, resaltaba contra el fondo de la ciudad. De pronto sintió la tentación de renunciar, de abandonar el caso junto con su nuevo oficio, pero abruptamente también comprendió que no podría hacerlo. Ya era otro: era el detective que Pablo Neruda había dado a luz.

—¿Y cómo terminó eso con Beatriz, don Pablo? —se atrevió a preguntarle.

—Cuando supe que estaba embarazada, rompí con ella.

Comprendió también que en aquel nuevo oficio debía estar preparado para todo. La gente atacaba y se defendía con todo. Y no debía temer a las palabras por duras que parecieran: paradójicamente era su dureza la que abría paso a la investigación.

–¿La abandonó? –preguntó con claridad.

–Me aterré. ¿No has sentido nunca miedo en tu vida? Pensé que nuevamente el destino se burlaba de mí y me preparaba una encerrona. Fue un amor fugaz y apasionado. Ella era una veinteañera, su esposo un cuarentón. Nos veíamos a escondidas en un hotelito junto al Café Tacuba, cerca del Zócalo, a veces incluso en su casa, mientras Ángel trabajaba.

–¿No volvió a hablarle?

–Nunca más quise verla. No le creí cuando dijo que yo la había dejado embarazada. Yo no quería ya ser padre. Me perseguía la pesadilla esperpéntica de Malva Marina. Yo era feliz entonces con Delia del Carril, una mujer mayor, rica y bien conectada, mi fama iba viento en popa, mis poemas circulaban en todo el mundo. ¿Qué iba a hacer yo con una esposa infiel, que llevaba en su vientre una posibilidad atroz, que yo no resistiría? Por eso hui de ella.

–Coño, don Pablo…

–¿Y qué quieres?

–No sé, digo yo… algo diferente…

–Parece que uno no madura nunca, Cayetano. Ante la vida uno siempre es un imberbe de mierda. Y cuando alcanzas la madurez, ya es tarde, porque estás ante las puertas de la muerte. A los cuarenta no me importaba si era o no el padre. El oficio de poeta exigía todo mi tiempo y todos mis esfuerzos. No me emocionó saber después que Beatriz había dado a luz una niña. Opté por extirpar ese capítulo de mi vida. Hasta ahora, Cayetano.

Ahora que todo el mundo lo reconocía como un excelso poeta, que la luz de la admiración lo bañaba desde todas las latitudes, la sombra de aquella antigua culpa venía a instalarse entre el hombre y su fama sin que hubiera manera de apartarla. ¿O la había? Cayetano sintió compasión y responsabilidad: por encima de cualquier juicio moral que las faltas de su primer cliente –y creador– le merecieran, de él dependía que alguna reparación fuera posible. Tenía una misión que cumplir.

Y un plazo, como se lo aclararon las palabras de don Pablo.

—Todo esto no me importó hasta ahora, que huelo la muerte. —Su voz cambió, se aceleró—. Ya la había olido de joven, sí. "La muerte está en los catres: / en los colchones lentos, en las frazadas negras / vive tendida, y de repente sopla: / sopla un sonido oscuro que hincha sábanas, / y hay camas navegando a un puerto / en donde está esperando, vestida de almirante" —citó—. La muerte vestida de almirante, la que a todos nos espera, esa sí que la había olido. ¡Pero no la mía, Cayetano, no la de verdad, la que cuenta! La desnuda, la que simplemente llega sin palabras y solo suma cuerpos, esa todavía estaba por venir —se habían detenido junto a una escuela pública. Desde su patio amurallado les alcanzaba por el aire el griterío fragoroso de los niños que jugaban en el recreo—. Quiero saber si esa hija es mía o de Ángel, Cayetano. ¿Te confieso algo más? —hizo una pausa y lo miró de hito en hito, serio, tenso, un Neruda que él no conocía—. ¡Necesito que sea mi hija!

El súbito énfasis hizo dudar a Cayetano de la lucidez del poeta.

—¿Está seguro? —sondeó, poniendo a prueba esa necesidad.

—Mis mujeres nunca me dieron hijos. No me los dio Josie Bliss, que era un tornado de celos, ni la ciclópea María Antonieta, que parió un ser deforme; tampoco la sofisticada Delia del Carril, vertiente seca cuando la conocí; ni Matilde, que abortó varias veces. He tenido todo en la vida, Cayetano: amigos, amantes, fama, dinero, prestigio, hasta el premio Nobel me han dado, pero no he tenido un hijo. Beatriz es mi última esperanza, una que yo había sepultado. Daría toda mi poesía a cambio de esa hija —reanudaron la marcha bajo la llovizna, mientras las voces de los niños se aplacaban—. La inmortalidad te la otorgan los hijos, Cayetano, no los libros; la sangre, no la tinta; la piel, no las páginas impresas. Por eso debes averiguar si la hija de Beatriz es mía o no. Tienes que ir a Cuba, ubicar a Beatriz y traerme la verdad antes de que la vieja de la guadaña me atrape, mi amigo.

22

María Antonieta Hagenaar Vogelzang entró a mi vida en un club de campo inglés de la isla de Java, junto a un río amplio y sinuoso, de cuyo nombre ya no me acuerdo. Era una mañana de brisa titubeante y nubes esponjosas, impregnada del olor a ciénaga que emanaba de la corriente. La vi por casualidad, cuando pasaba junto a una cancha de tenis, donde María Antonieta jugaba sobre el césped con otra mujer. La colonia inglesa tenía clubes y restaurantes, tiendas y oficinas, a los cuales solo accedían británicos, diplomáticos y criollos escogidos. Yo no solía frecuentarlos porque su actitud colonialista me repugnaba, pero ese día la soledad, o tal vez el destino, vaya uno a saber, condujo mis pasos hasta ese recinto.

María Antonieta me cautivó de inmediato. Era más alta que yo, y de movimientos lentos aunque gráciles, y su figura de piel blanca, extremidades largas y cabello oscuro se reflejaba en la superficie ondulante del río. Acostumbrado, como estaba, al cuerpo menudo y ligero de las birmanas, me sedujo su aspecto de cariátide y su vigor de valkiria, y decidí esperar a que terminara el partido para presentarme.

¿Estuve en algún momento enamorado realmente de ella? Me lo pregunto ahora, sentado en La Nube, aspirando el hálito triste de este Valparaíso contra el cual han conspirado terremotos sucesivos, la apertura del canal de Panamá y el centralismo de Santiago. Recuerdo de María Antonieta sus piernas de pantorrillas gruesas, sus senos enhiestos, sus pezones rosados como ciertas piedrecillas de las playas. Evoco sus ojos escrutadores, que con el tiempo fueron perdiendo su brillo y significado, y comenzaron a adquirir un aire de resentida indiferencia. Cuando hacíamos el amor, ella gemía con una voz de oscuras resonancias masculinas, que a mi me perturbaba y devolvía a mi soledad de emigrado. Era, lo reconozco, noble, diligente y honesta como una campesina holandesa, y confió en mí como no debió haberlo hecho nunca.

Por las mañanas sus muslos acopiaban los rayos de sol que perforaban los visillos de nuestro dormitorio. Después esa luz incendiaba su pubis rubio y ralo, escalaba hacia su vientre, donde se sumergía en su ombligo sombreado, y resbalaba luego hacia las cumbres de sus senos, de los cuales bebían mis labios urgidos. Yo contemplaba aquella danza de la luz en silencio, embelesado. ¡Qué nombre el suyo! María Antonieta Hagenaar Vogelzang. Ahora que lo deslizo una y otra vez por sobre mi lengua, me sabe a los alfajores de La Ligua y a nombres de calles de Ámsterdam. Lamento no haber sabido apreciarlo cuando formábamos pareja. Hagenaar. La tercera sílaba, clara y sostenida, como rumor de un arroyo que, salpicando, fluye sobre piedras que se mimetizan bajo la sombra de los boldos. Vogelzang: una v que resuena como la resolución de una f llena, vehemente, y esa z que demanda un resoplido chispeante, de saeta que roza la oreja. Vo-gel-zang. Creo que significa canto de pájaro en holandés. Pero yo no quise escuchar la musicalidad de su nombre. Mi ignorancia provinciana con olor a poncho de lana mojado por la lluvia del sur me incitó a convertirlo en un nombre chato y mezquino: Maruca. ¿Cómo comparar ese Maruca sin gracia con la alegre fontana de vocales que brota de la garganta al pronunciar María Antonieta Hagenaar Vogelzang?

La conocí en 1930, en Java, la abandoné en España, en 1936. La dejé por Delia del Carril, y nunca más volví a mencionarla. Solo dos poemas míos la nombran, y apenas de pasada. Pero cuando la abandoné, abandoné también a nuestra pobre Malva Marina. Eso la empujó a perseguirme con saña. El resentimiento no se extingue jamás, crece con los años, el tiempo es su mejor abono. En Chile llegó incluso a aliarse con el tirano de turno, ese traidor despreciable de Gabriel González Videla, para destruirme. No toleró jamás que yo fuese feliz junto a otra mujer.

Ahora reconozco que en un comienzo las cosas marcharon bien con ella, que nada de su persona me incomodaba. Ni siquiera que fuese más alta que yo y apenas nos entendiésemos en inglés. Ella no hablaba español, yo no sabía holandés, y mi conocimiento del inglés siempre fue deficiente. Yo amaba la bohemia y la poesía, ella la vida práctica y disciplinada. A mí me gustaba gastar lo que no tenía, a ella ahorrar hasta el último centavo. Nos casamos en Batavia cuatro meses después de habernos conocido. Ese día, sin sospecharlo, me interpuse entre María Antonieta y el tímido contador holandés que la cortejaba desde hace un tiempo y la esperaba junto a la cancha. ¿Por qué aborté lo que estaba llamado a convertirse en matrimonio y la aparté del cauce esbozado por el destino? Ella habría sido feliz en la isla, habría amado en holandés a su marido, habría visitado de vez en cuando Rotterdam y admirado la pulcritud y limpieza europeas que idolatraba. A un cónsul sin perspectivas ni recursos, venido del otro sur del mundo, de un país pobre y melancólico, le correspondía retornar solo a sus lentos atardeceres andinos. Si ese domingo yo hubiese seguido a casa sin detenerme junto a la cancha de tenis, otro gallo nos habría cantado.

Si la memoria no me falla, lo nuestro comenzó a resquebrajarse cuando, poco después de casarnos, Maruca contrajo una extraña enfermedad, que la hizo perder el primer bebé. Fueron meses dolorosos. Nos quedamos sin el hijo, y las facturas de los médicos se llevaron nuestros ahorros. Y Maruca no mejoraba. Con la crisis mundial de 1929 el Gobierno me había reducido el salario; tampoco podía enviarme los pasajes de regreso a Chile. Al año de habernos casado, Maruca ya no encendía pasión alguna en mí. Para hacerle el amor, tenía que evocar yo la piel suave, la sonrisa maléfica y el fruto hendido y perfumado de Josie Bliss.

Zarpamos de Batavia en 1932 en un barco con el bello nombre de un escritor holandés, el Pieter Corneliszoon Hooft. El destino final era Valparaíso. En Chile Maruca fue modesta, leal y sacrificada. Siguió a mi lado cuando nos instalamos en un lóbrego departamento sin ventanas del centro de Santiago, donde mis amigos bohemios permanecían hasta la madrugada, sin que ella entendiera la causa de nuestras carcajadas ni los temas de nuestras conversaciones. La lengua nos separó. Logré escapar nuevamente de mi patria y la pobreza gracias a otro puesto de cónsul, esta vez en España, donde conocí a Delia. A menudo me tortura la visión de una María Antonieta desconcertada y temerosa durante nuestras últimas semanas en Madrid. Aún me persigue el recuerdo de su desesperada impotencia al comprender que yo la dejaba por otra. Delia, culta, refinada, veinte años mayor que yo, vinculada a la flor y nata de los intelectuales europeos, me esperaba impaciente en una ciudad cercana. Hice mi equipaje, cerré la puerta y me marché, abandonando a María Antonieta y nuestra hija. ¿Por qué la felicidad tiene que construirse a costa de la desdicha de otros? Desde este Valparaíso en que aguardo mi ocaso, quiero suplicar tu perdón, María Antonieta Hagenaar Vogelzang. Perdóname, mujer de alma noble, por haberte traicionado a ti y a Malva Marina, perdóname por haber sacado partido de tu lealtad e ingenuidad, por haberte abandonado bajo las abominables circunstancias en que lo hice, por haberte olvidado mientras corría enloquecido por las calles bombardeadas de la España republicana a reunirme con Delia del Carril.

23

Al descender del bimotor ruso en la humedad caliente del aeropuerto José Martí, Cayetano sintió de inmediato esa ligazón profunda con la isla. Le pareció que el caimancito verde lo reconocía y abrazaba como a un viejo amigo. Había salido de niño de La Habana y sus evocaciones de ella eran frecuentes, aunque difusas y tormentosas. Su memoria conservaba los colores, los ruidos y los aromas isleños, el sabor de sus frutas, la sensualidad de sus mujeres, la gestualidad exagerada de sus hombres y la caricia de la brisa salina que sopla por sus calles. El aire abrasador, el perfume de flores ya sin nombre, la resolana del asfalto, el fresco de los portales, todo aquello lo reconciliaba de una vez con su alma cubana. La isla le había inoculado su luz y su ritmo, su entusiasmo feroz por la vida, todo aquello que lo ataba per sécula a ella, tornándolo rehén perpetuo de la nostalgia.

Presentó su pasaporte ante los uniformados de verde olivo, que aún guardaban una distante semejanza con los barbudos de la Sierra Maestra, cogió un Anchares –un Chrysler 1951 de cromos refulgentes y marcha mullida– y se instaló en un desvencijado hotel del reparto El Vedado. El Presidente era de arquitectura sobria y miraba hacia la mansión del Ministerio de Relaciones Exteriores, un complejo deportivo y la torre de la Casa de las Américas. Salió a recorrer los alrededores, guiado por la mezcla entre desamparo y euforia que le causaba el reconocimiento de esquinas y fachadas a la luz del día. La Habana se caía a pedazos y necesitaba manos de pintura, pero seguía bella y exudaba un grato sosiego rural. Se puso a la cola de la cafetería El Carmelo, y cuando logró asiento pidió un café, jugo de guanábana y un *medianoche*. En Valparaíso no conocían ese café tinto y almibarado, pensó, ni el espesor grato del jugo de guanábana ni la delicada consistencia de ese sándwich legendario.

Debía ordenar los próximos pasos, se dijo, porque de lo contrario perdería el rumbo y ni las novelitas de Simenon lo ayudarían a recuperarlo. La inesperada revelación del poeta y el subsiguiente cambio de misión lo desconcertaban. ¿Se daba cuenta realmente de la responsabilidad que tenía entre sus manos? Ya no se trataba de ubicar al médico que postergara una muerte, sino de encontrar a la mujer que guardaba el secreto que Neruda precisaba para morir tranquilo.

Se devoró el medianoche, pidió otro cafecito, y salió del Carmelo dejando al mesero una propina generosa y anunciándole que volvería pronto. Cogió otro Anchares, que conducía un gallego de cabellera blanca y nariz aguileña a lo Marlon Brando, y le pidió que lo paseara por el Malecón y La Habana Vieja. Ardía en deseos de dejar pasar la ciudad ante sus ojos. ¿Estaba efectivamente Beatriz Bracamonte en la isla? ¿Había sido sensato confiar en la especulación de una maestra mexicana para viajar a Cuba? Mientras reflexionaba, vio edificios descascarados y agua corriendo por las calles, colas ante almacenes de escaparates vacíos, y niños descamisados jugando pelota, pero se dijo que el embate acompasado de las olas en el Malecón y la luz en los edificios coloniales conservaban la misma belleza estremecedora que recordaba de la infancia. Vio en el centro descomunales letreros de loas a Fidel y la revolución, retratos gigantes del Che Guevara y Camilo Cienfuegos, y vallas que llamaban al Tercer Mundo a luchar contra el imperialismo. Así vivía esta Cuba, pensó, colmada de arengas patrióticas y revolucionarias, de llamadas a realizar misiones y sacrificios, de consignas que prometían el paraíso a la vuelta de la esquina. ¿Hubiese permanecido él en la isla si su padre, el trompetista de Beny Moré, no lo hubiese llevado a Estados Unidos en los cincuenta?, se preguntó mientras el aire entraba por las ventanillas abiertas del Chrysler refrescando sus mejillas, peinando su bigote. ¿Habría soportado el socialismo de Fidel con el mismo estoicismo con que afrontaba la revolución de Allende? ¿O habría emigrado a Miami, como los millares de compatriotas que recreaban en la calle Ocho una Little Habana nostálgica y vibrante? No tenía sentido preguntarse aquello. Era como si Maigret se preguntara cómo hubiese reaccionado en caso de que Simenon, en lugar de detective, lo hubiese convertido en abogado. Lo cierto era que él vivía ahora lejos, podía viajar por el mundo, entrar y salir de la isla, y plantearse interrogantes como estas. En el fondo, era un tipo afortunado, un feliciano, como afirmaba el poeta. Y su dicha consistía precisamente en eso, en tener opciones, aunque a menudo lo atormentasen.

Le pidió al chofer que lo llevara de vuelta a El Carmelo, donde se sintió a gusto en el fresco del aire acondicionado. El mozo le separó una mesa frente al teatro Amadeo Roldán y al jardín mustio de una casona convertida en CDR. Encendió un Lanceros comprado en el aeropuerto, lo aspiró con fruición y calculó que pronto debía llegar allí el poeta que, a juicio de Neruda, podría ayudarlo a buscar a Beatriz. Era un "tronado" por haber escrito un poemario crítico a la revolución. Aunque su nombre también aparecía en la carta de los artistas cubanos contra Neruda, publicada ocho años atrás, el nobel sabía de buena fuente que el "tronado" no la había firmado.

—Puedes confiar en él —le dijo mientras escribía una carta en la Underwood del estudio de La Sebastiana—. Fue quien me comentó que a Fidel le cargaba mi poesía. Dile que buscas a esa mujer, pero no le reveles el motivo. Evita a los chilenos, porque allá hay dos tipos de ellos: los que son de la policía política y los que sueñan con serlo. Imagínate si se dan cuenta de lo que busco...

Mientras tomaba su cafecito, Cayetano pensó que pocos le creerían que andaba en la isla invitando a poetas al septuagésimo cumpleaños de Neruda, que se celebraría en el Estadio Nacional, en Santiago de Chile. Aunque la cancillería chilena lo había respaldado ante la Embajada cubana, esta había tardado en concederle el visado, lo que constituía una advertencia. Encendió un cigarrillo, abrió una novela de Maigret y comenzó a leer con deleite en esa antigua cafetería.

—¿Cayetano Brulé? —preguntó al rato alguien a su lado.

Era un tipo joven, de anteojos de marcos gruesos, como los suyos, y saludable cabellera oscura y rizada. Se parecía a Ray Orbinson y tenía su misma mirada sarcástica. Llevaba pantalón y una camisa ajustada y de mangas cortas, como casi todos los habaneros.

—El mismo.

—Soy Heberto —tomó asiento. Afuera, apegada a la sombra del muro, se alargaba la cola de quienes esperaban por una mesa—. Me dijeron que deseaba verme.

—¿Un cafecito? —le preguntó atusándose el bigote. Desde una radio la voz de Farah María entibiaba el local. Una dependiente pasó con una bandeja de cervezas Hatuey, cantando a coro con la mulata.

—Te acepto un café y uno de esos Lanceros que fumas. Me dijeron que eres cubano…

—Habanero. Y del reparto La Víbora, para ser más exactos.

—De La Víbora pero con pasaporte extranjero. Envidiable —apuntó Heberto con sorna—. Como Bertolt Brecht, que aplaudía el comunismo de la RDA, pero tenía pasaporte austríaco y cuenta bancaria en Suiza. ¿Amigo de Neruda, entonces?

—Amigo, pero sin cuenta bancaria en Suiza ni en ninguna parte.

Cuando volvió el mesero, el poeta hizo el pedido imitando el tono nasal de Neruda, y tras expulsar empalagado una bocanada del Lanceros, comenzó a recitar con el sonsonete del nobel:

Amo el amor de los marineros
que besan y se van.
Dejan una promesa.
No vuelven nunca más.

Cayetano oyó pasmado la imitación perfecta de quien, a esa hora, frente a un océano frío y color cobalto, en el otro extremo del planeta, aguardaba noticias suyas.

—Así que buscas a poetas jóvenes para invitarlos a Chile. Dime, ¿qué es ser joven para Neruda? ¿Cuento yo como joven? —continuó Heberto, ya con su dejo habanero.

—Jóvenes son los que no son viejos. ¿Tú te sientes viejo, acaso?

—Rotundamente joven, pero el poder piensa que mi poesía es vieja. Da lo mismo. Si convencieras a Neruda de que soy joven y él me invitase, y el Gobierno me dejase salir de la isla… Bueno, mejor que no cuente conmigo. Tendrá que celebrar los setenta sin mí.

—Pero si te invita Neruda, supongo que el gobierno te dejará viajar.

—Eso me indica que viajas hace mucho sin pasaporte cubano, mi amigo. Da lo mismo, no me dejarán salir. Al hombre —hizo como si se acariciara una barba inexistente— no le caigo bien. ¿Y qué más buscas por aquí? Me dijeron que te traían varios asunticos.

El mozo colocó la orden sobre la mesa y se alejó mascullando insultos contra las guaguas Leyland que pasaban llenas. Ahora cantaban los Van Van algo furioso, a ritmo de tambores y congas, mientras afuera la cola se asaba bajo el sol del trópico.

—Necesito ubicar a una mexicana, Beatriz viuda de Bracamonte —dijo Cayetano—. Ignoro su nombre de soltera, pero llegó hace trece años desde México. Anda hoy por los cincuenta. Tiene una hija de unos treinta.

—¿Poeta?

—Podría ser.

—No conozco a nadie con ese nombre. Y no voy a preguntar para qué la necesitas. Aquí es mejor saber menos cada día. Además, desde que caí en desgracia, me prohíben hablar con extranjeros. Y solo gente que conozca a extranjeros puede ayudarte. Tengo unos amigos que se movían en recepciones diplomáticas, pero ahora todos están tronados. De pronto uno ubica a la mexicana.

—Sería una gran ayuda. No es nada político.

—Ni me digas de qué se trata. Me basta con que vengas de parte del vate. Tenemos casi los mismos enemigos. ¿Beatriz Bracamonte, dices? En verdad no me suena ese nombre. ¿No se habrá equivocado de isla nuestro nobel?

24

Junto a los estantes con libros humedecidos del piso de Heberto, comenzaron a beber el nada despreciable ron Havana Club que Cayetano
había conseguido en una "diplo-tienda" de Miramar. Al rato arribaron
el novelista Miguel Busquet, acompañado de un "guagüero" del recorrido 132, y Sammy Byre, un jamaiquino pequeño y cañengo, de piel
negra y motuda cabellera blanca, que sobrevivía aseando residencias y
haciendo colas en las bodegas de alimentos para señoras distinguidas
de antes de la revolución. Algo más tarde golpeó a la puerta el novelista
Pablo Armando Bermúdez.

El ron, acompañado del queso manchego y el chorizo de la diplo-
tienda, puso eufóricos a todos. Heberto recitó un poema inspirado en
uno de Bertolt Brecht, y Miguel colocó después un elepé de Bola de
Nieve, inundando la salita con el falsete y el piano del negro. A eso de
las siete de la tarde, cuando el calor ya reculaba y la tarde ofrecía una
tregua fresca, acabaron la segunda botella entre gritos y carcajadas.
Al abrir la tercera, el grupo estaba ya dispuesto a auxiliar a Cayetano
en lo que fuese.

—Pero al cumpleaños de Neruda solo puede asistir quien no haya
firmado la carta —aclaró este, recordando que en esa materia el poeta
era inflexible. Los asistentes enmudecieron de golpe, pues todos, con
la excepción del bueno de Sammy, que no era intelectual, la habían
suscrito, fuese por mano propia o del Gobierno.

—No te hagas ilusiones, Cayetano —le advirtió Heberto con un vaso de ron en la diestra—. De esta isla nadie podrá ir, porque Neruda no es santo de devoción del "Caballo". Mejor nos dedicamos a buscar a la viuda mexicana de la que hablas.

Sugirió que fuesen al exclusivo reparto de El Laguito, donde residían dirigentes revolucionarios, diplomáticos y personalidades de una farándula internacional tan conspicua como secreta. Vivían allí sin estrecheces, se rumoreaba, aunque nadie lo sabía a ciencia cierta, la hija del ministro del interior de la dictadura de Portugal, que había encallado en Cuba en los sesenta, enamorada del Che; el par de militares bolivianos que habían recuperado el diario de campaña y las manos del guerrillero argentino; magnates fugitivos del sistema tributario estadounidense; algún secuestrador de avión norteamericano, y la viuda del coronel Caamaño, el líder de la frustrada revolución dominicana. Era posible que ella conociese a Beatriz, comentó Heberto. Miguel, que entre sorbo y sorbo narraba entusiasmado al guagüero un capítulo de una novela que escribía sobre un inmigrante gallego de comienzos de siglo, cruzó la sala y marcó un número en el teléfono. Al rato anunció al grupo que sus fuentes, por lo general informadas en detalle de cuanto ocurría en la isla, no conocían en La Habana a ninguna viuda de médico cubano que hubiese vivido en México, por famoso que este fuera.

—¿Está seguro que ella es mexicana? —preguntó Sammy Byre pasando con mano experimentada la bandeja con chorizo y queso. Antes de la revolución había sido *caddy* de golf y mozo en exclusivos clubes de La Habana, ahora convertidos en centros de recreo de los sindicatos.

—¿Y no será que este Cayetano va a terminar jodiéndonos a todos con la misión que trae? Me muero por ir al cumpleaños de Neruda, pero este joven es un cubano de afuera, algo que no puede pasarse por alto… —advirtió Miguel.

—Pues a mí, con o sin Cayetano, jamás me dejarán ir a ese cumpleaños —concluyó Heberto—. Suficientes líos me he buscado ya con chilenos. Mejor consultamos a la viuda de Caamaño. No puede ser delito preguntar por una mexicana que llegó a la isla hace unos años.

—Mejor partamos por lo lógico –dijo Sammy. Llevaba una gorrita de pelotero de los Yanquis de Nueva York en la cabeza–. Propongo consultar primero en los lugares que frecuentan los extranjeros.

—¿Ah sí? ¿Vas a ir a preguntar en las diplo-tiendas y embajadas? No me hagas reír. A un cubano no lo dejan ni entrar a esos lugares –reclamó Miguel.

—Recuerde que soy jamaiquino.

—Pero con ese aspecto yo no te dejaba entrar ni a la bodega de la esquina –replicó el guagüero, mulato de espaldas anchas y portentosas manos de uñas largas, y sonrió con la boca colmada de chorizo. –¿No será que Beatriz es cubana?

—Pues en ese caso, mejor ni buscarla. Cubana, casada con médico cubano, hay miles. Para eso hubo una revolución en la salud, para que tuviésemos médicos hasta para manejar tractores –dijo Pablo Armando cortándole la cabeza a una nueva breva.

—Pero no muchos de ellos han vivido en México –objetó Cayetano.

—Comemierdas tienen que ser en todo caso para haber vuelto –Miguel vació su vaso.

—El cubano era el médico, no la mujer –aclaró Cayetano–. Él era especialista en yerbas selváticas.

—¿Pero estamos hablando de un médico o de un brujo, caballeros? –alegó Miguel, siempre interesado en la dimensión etnológica de los fenómenos sociales para narrarla después en sus libros.

—Beatriz llegó a La Habana en 1960 –dijo Cayetano tras zamparse una rodaja de salchichón. Más allá de la balaustrada las copas de los árboles tejían un océano verde y Cupido, bajo el cual desaparecía la calle.

—Yo sé cómo salir de dudas –porfió Sammy. Tenía ojeras profundas. Acababa de casarse con una habanera de veinte años, que soñaba con abandonar la isla amparada en la condición de jamaicano de su esposo–. Si usted necesita averiguar algo sobre algún extranjero y no puede consultar ni en la seguridad del Estado ni en las embajadas ni las diplo-tiendas, lo más práctico es ir a los clubes nocturnos. Las bailarinas y los músicos conocen a todos los extranjeros, en especial a los hombres.

–¡Se están tirando a los pies de los caballos! –sentenció con elegante dicción Pablo Armando, que bebía y comía pensativo, renuente a confiar en un cubano que podía ser agente de la CIA o la seguridad del Estado cubana.

–Como si no nos bastara con el caballo que ya tenemos… –Heberto soltó una bocanada de humo que se disipó sobre un océano verde y tupido.

–No bromees que ya por eso te pasó lo que te pasó –le advirtió Pablo Armando. Llevaba su melena despeinada, y se aferraba al manoseado ejemplar de *El maestro y Margarita*, de Bulgakov, que acababan de prestarle.

Mientras el grupo discutía sobre cómo hallar a la mexicana. Cayetano cogió el teléfono y llamó al número que Ángela le había dejado para casos de emergencia. Una voz de hombre, de resonancias misteriosas, le pidió sus señas para devolverle la llamada más tarde. Colgó deprimido. Que Ángela y él necesitasen un intermediario para verse revelaba que la separación estaba consumada. Durante mucho tiempo no escuchó las disquisiciones del grupo ni sintió el calor húmedo, sofocante, mezclado con el olor a ron, que flotaba en el cuarto.

De pronto la puerta del piso se abrió arrancándolo de sus reflexiones. Era Belkis, la esposa de Heberto. La poeta y pintora, que trabajaba en la Unión Nacional de Escritores y Artistas de Cuba, se quedó atónita ante la fauna allí congregada. Detestaba que Heberto bebiese, pues temía que el régimen aprovechase un traspié suyo para liquidarlo en un accidente callejero ahora que disfrutaba de vasto apoyo internacional. Miguel se puso de pie, cruzó de nuevo el *living* sorteando las piernas de los demás, y besó a Belkis en las mejillas.

—¡Te ves mejor que nunca, muchacha! —le dijo con su sonrisa achinada, de dientes pequeños—. Tus últimos poemas en *La Gaceta de Cuba* son obligatorios en cualquier antología de nuestra poesía. Déjame presentarte al guagüero más guapetón del Caribe…

Jerónimo estrechó la mano de la artista sin decir palabra, como si su cuerpo, a medio camino entre un Charles Atlas y un Cassius Clay, ataviado con una cadena dorada con colmillos de león africano, esclavas de plata y camiseta sin mangas, bastara como saludo. Belkis se excusó y pasó a su dormitorio.

—Creo que es hora de que nos retiremos —dijo Pablo Armando poniéndose de pie circunspecto, ordenándose la melena e introduciendo el libro en un bolsillo de su guayabera.

—Y de que yo regrese donde Bruno —agregó Heberto, que esos días traducía *Desnudo entre lobos*, del alemán Bruno Apitz. Sabía que una vez más, por instrucciones precisas del comandante en jefe, su nombre no figuraría en los créditos de la novela.

Los visitantes se apresuraron a vaciar los vasos y engullir las últimas rodajas de chorizo.

—Llegó el comandante y mandó a parar —comentó Sammy Byre burlón, con mirada pícara, recolectando los vasos y platillos regados por la mesa y el suelo.

—Nos vamos, entonces —dijo Cayetano y se dirigió a la puerta, mareado por los vasos de ron que se había tomado esa tarde.

—Y no te preocupes —le dijo Heberto—. Yo me encargo de concertar un encuentro con la viuda del dominicano. Está bien conectada aquí, y podrá ayudarnos a ubicar a la mexicana que buscas. Te llamo al hotel Presidente en cuanto consiga algo.

25

La viuda del coronel era de una belleza mediterránea imponente: larga cabellera azabache, tez blanca, labios gruesos y ojos oscuros, relampagueantes. Vestida de negro y con un discreto collar de piedras al cuello, los recibió en su mansión de El Laguito. Heberto, Sammy y Cayetano cruzaron por el suelo de mármol hacia un salón amplio y claro, con sillones de cuero y muebles de caoba, donde tomaron asiento. Al otro lado del ventanal un césped generoso y verde rodeaba una piscina de azulejos con trampolín de salto.

–¡Pues te veo muy bien, Heberto! –exclamó la mujer cuando revolvían el café. Cayetano se sintió trasladado a un país lejano, donde no existían ni la pobreza ni la escasez de La Habana–. ¿Novedades sobre lo tuyo?

–Ninguna. Siguen tramitándome el visado de salida.

–Chico, pero qué pena, cuánto lo siento.

Cayetano se llevó una mano al bolsillo superior de la guayabera, y sintió alivio al palpar su pasaporte. Creyó que Sammy Byre, sentado a su lado, experimentaba lo mismo.

–De la mexicana que le interesa a tu amigo, no sé nada –agregó la viuda, dirigiéndole una mirada a Cayetano–. Y mira que conocemos a gente en La Habana, pero nadie ubica a una Beatriz Bracamonte. Aunque yo no perdería las esperanzas, porque muchos extranjeros cambian de nombre aquí por seguridad.

Cuando Heberto, Sammy y Cayetano salieron a la avenida bordeada de palmeras y flamboyanes, los apachurró un sol que caía a plomo sobre la ciudad. Estaban decepcionados. Ni por un minuto habían esperado encontrarse con la indiferencia de la dominicana. Era probable que ella no quisiese inmiscuirse en la búsqueda iniciada por un cubano residente en el extranjero, pensaba Heberto. Caminaron en silencio, sudando a mares, confiando en que pasara un taxi. Al rato detuvieron un camión ruso, que transportaba ladrillos para la ampliación de una casa de un alto dirigente en Miramar. Cayetano le ofreció al chofer cinco dólares a cambio de un aventón. Tuvieron que viajar en la tolva del Zyl, donde el sol picaba con saña, y se apearon en la parada del Coney Island para coger un bus con dirección a El Vedado.

Mientras esperaban bajo la sombra de unos flamboyanes, Sammy le dijo a Cayetano:

—No me gusta meterme en lo que no me concierne. Yo debería estar a esta hora haciendo cola en la carnicería, pues hoy toca pollo. Pero le advierto que así jamás encontrará a nadie. La gente, como dijo la viuda, cambia aquí de nombre. Y muchos prefieren no meterse con extranjeros. Usted es ya un extranjero en su propia isla.

—¿Y entonces qué propones? —Cayetano se secó con un pañuelo el sudor de la frente, acongojado de que un jamaicano lo tratara de extranjero en su patria.

—Lo que dije el otro día.

—Perdóname, pero con este calor de mierda se me olvida hasta cómo me llamo.

—En los locales nocturnos saben más sobre los extranjeros que en la seguridad del Estado. No hay extranjero que no parrandee. Fue así en el pasado, es así bajo la revolución y seguirá siendo así hasta el día del juicio final. Esto será per sécula una isla de conga y pachanga, lo demás es poesía, con el perdón de Heberto.

—Creo que tu táctica funciona con los hombres, Sammy. Pero buscamos a una mujer.

—Da lo mismo. Habría que ir a La Zorra y el Cuervo, de La Rampa, o a El Gato Tuerto o al Manila. O bien a los clubes de los hoteles Riviera, Habana Libre o Capri. Pero yo comenzaría en el Tropicana.

—¿En el Tropicana, y por qué?

—Porque si no me falla la memoria —explicó Sammy Byre gesticulando con sus manos largas y delgadas como garras—, la esposa de Heberto comentó hace un tiempo que al seguroso de la UNEAC se le conocía solo una debilidad: su pasión por el Tropicana.

—No entiendo qué persigues —reclamó Heberto afincándose sofocado los anteojos sobre la nariz.

—Si conseguimos un par de entradas del Tropicana para ese señor, tal vez pueda informarnos sobre esa mexicana…

—No sería mala idea probar —masculló Heberto mirando el racimo de gente que ardía bajo el sol en la parada. Algunos esperaban sentados en la calzada, otros sobre unos troncos tumbados, y un muchacho en uniforme de secundaria se había encaramado en un árbol, como un mono—. Pero ¿cómo piensas llegar a ese lugar y preguntar por Beatriz sin despertar sospechas? Cayetano vino oficialmente a la isla a invitar a poetas cubanos, no a buscar a una mexicana.

—Más sabe el diablo por viejo que por diablo —dijo Sammy en el momento en que una Leyland, atestada de pasajeros, pasaba frente a la parada y se detenía doscientos metros más abajo.

Un tropel vociferante salió en demanda del vehículo profiriendo improperios contra el guagüero y su madre. Por el camino fueron quedando en el suelo ancianos, mujeres embarazadas y niños, y hasta un hombre de gordura inexplicable en un país donde no abundaba la comida, que fue asistido, el hombre, no el país, por una elegante señora de antes, con abanico y cartera. Solo alcanzaron el autobús dos tipos altos y fuertes, con aspecto de atletas, unos estudiantes de secundaria y Heberto, Sammy y Cayetano, este último con la lengua colgando. La Leyland escupía un pestilente humo azabache por el tubo de escape, e iba ladeada por el peso de los pasajeros. De pronto Cayetano notó algo sorprendente: el guagüero no era otro que el amigo de Miguel, el novelista etnólogo. Iba al frente de un enorme manubrio negro y un retrovisor con calcomanías del Che y Fidel, y collares con cuentas rojas de plástico.

—Afirmarse que esto no es paseo, caballeros —avisó el mulato y aceleró por Quinta avenida como si estuviese en Indianápolis. La guagua bramaba en las rectas, corcoveaba con cada cambio de velocidad y zangoloteaba a los pasajeros al adelantar otros vehículos. Más que un bus, era una coctelera, pensó Sammy con sed, estrujado entre estudiantes. Adentro olía a neumático quemado y a sobacos espolvoreados con talco ruso. Jerónimo metía los cambios con displicencia y sadismo, disfrutando a través del retrovisor con el cruel bamboleo de los pasajeros. Conducía sentado de lado, con las piernas separadas, como si entre ellas apenas le cupiese el par de cojones. Y a lo largo de la travesía la gente anunciaba su parada mediante gritos y puñetazos contra el cielo de lata. Tras cruzar el túnel de Quinta, la guagua dejó al trío en las inmediaciones del Riviera, que refulgía como un colmillo de oro frente a la resolana del Malecón. En la marquesina del hotel abordaron un Anchares que llevaba los parachoques atados con sogas.

—¿Y quién puede ayudarnos en el Tropicana? —preguntó Cayetano mientras la máquina echaba a andar con un melancólico crujido de hierros.

—Un clarinetista joven y talentoso, tronado hace años por gusano. Denme unos días para ubicarlo —dijo Sammy Byre, y tras decir esto aspiró con fruición el aire salino que se colaba por las ventanillas sin vidrios del Chrysler.

26

Llegaron tres días más tarde al Tropicana, a la hora del ensayo diario, cuando el sol de la tarde rajaba las piedras y en el escenario un tipo alto y flaco, de melena y bigote, le arrancaba a un clarinete una alegre melodía de Mozart. Acababan de almorzar en un puesto de Fruti-Cuba de Marianao una bandeja de mangos, guayabas, bananos y piña, y después habían seguido en un Anchares hasta el club nocturno. Permanecieron un buen rato escuchando la interpretación del clarinetista en el Salón bajo las Estrellas, que por el día parecía un simple restaurante al aire libre, pero que por las noches, según Sammy Byre, adquiría una atmósfera irreal en medio de la música, la danza de las bailarinas en trajes de candilejas y el juego vertiginoso de los reflectores.

—Ese es mi amigo —dijo Sammy indicando hacia el músico en el escenario—. Paquito D' Rivera.

Tuvieron que esperar a que terminara el ensayo para hablar con él. La sed y el calor los estaba matando porque el bar solía estar cerrado a esas horas. Sin embargo, la espera valió la pena ya que disfrutaron de la música premunidos de cigarros Lanceros de Cohiba suministrados por Cayetano. Luego las bailarinas subieron al escenario moviendo las caderas, acompañadas de unos mulatos ágiles y espigados, de volantas y cinturones gruesos, bien maquillados y sonrientes. El espectáculo se tornó ensordecedor cuando Irakere electrizó la tarde con sus instrumentos de viento y sus tambores. En ese momento Cayetano se acordó del poeta, de su idea de que la vida era un desfile de disfraces, y se dijo que tenía razón, que la vida era como él la imaginaba. Después del baile de esas mujeres de cintura estrecha, muslos firmes y perfume ácido e incitante, Paquito interpretó otro solo de clarinete. Sentado en un taburete en el centro del escenario y marcando el ritmo con el pie, desplegó una guirnalda de canciones cubanas de resonancias nostálgicas, que arrancaba a su instrumento con los ojos cerrados como un mago que extrae de memoria pañuelos de seda de un gran sombrero. Se había salvado Paquito de irse para el carajo, les contó Sammy, se había salvado de quedarse sin empleo ni instrumento en medio de la inquisición desatada por Luis Pavón, el funcionario de cultura que marginaba a todo aquel que fuese crítico con el Gobierno. Saumell, director de Irakere, había librado a Paquito de terminar en una banda de pueblo remoto tras perder su plaza en la Orquesta Tropical de La Habana por *gusano*. Saumell lo había llamado durante esos días para decirle:

—Chico, ven a descargar con nosotros. Tu gusanería me importa un carajo.

—¿Podrás…? —le preguntó Sammy a Paquito, después de explicarle por qué necesitaba ocho entradas para el Tropicana. El clarinetista, sin dejar de acariciar su instrumento, respondió que podían contar con él siempre y cuando se tratase de una buena causa y no favoreciese a "ñángara" alguno.

—¿Buena causa? Mejor causa que la de Cayetano Brulé no hay en toda la isla —aseguró Sammy despojándose de su gorrita de beisbolista, dejando al descubierto su pequeña cabeza de cabellera blanca.

—Pues entonces no se preocupen —repuso Paquito D' Rivera—. Dispondrán de la mesa frente al escenario, pero, por favor, no me metan en líos. Con los que tengo ya es suficiente en esta isla. Y ahora no se piren, que ya ordené mojitos a cuenta mía. Tienen que gozar la selección de boleros que preparamos con la orquesta de Saumell…

27

Sudando a mares en medio de la noche húmeda, Cayetano Brulé y Heberto Padilla alcanzaron el portón de la sede de la Unión Nacional de Escritores y Artistas de Cuba con la promesa en el bolsillo de que Paquito D' Rivera le conseguiría al hombre de la seguridad de la UNEAC una mesa en el Tropicana. De esa diligencia dependía el éxito de la investigación, pensó Cayetano mientras veía a Heberto secarse las gotas de sudor de la frente con un pañuelo.

Parecía que los vientos soplaban a su favor aquella noche, pues le habían traído un mensaje de Ángela, que llevaba en el bolsillo: ella lo esperaría al día siguiente, a las siete de la tarde, en la plaza frente a la Embajada de Bélgica, en Miramar. La perspectiva de volverla a ver hacía renacer sus esperanzas de alcanzar la reconciliación lejos de las turbulencias políticas chilenas. Las calles de El Vedado olían a galanes de la noche, y en la reja de la UNEAC un letrero de cartón anunciaba un recital de Ernesto Cardenal, el poeta de barba y túnica blanca de Solentiname.

Cuando quisieron entrar al jardín, un hombre de rostro enjuto, anteojos y cuidada barba a lo don Quijote, les cerró el paso.

—Tu carné —le dijo a Heberto instalándose frente a la cabina del portero. Tenía un ejemplar de la revista Casa de las Américas en la mano.

Le mostró su documento.

—No me refiero al carné de identidad, sino al de la UNEAC.

—Soy poeta.

—Tu carné de la UNEAC.

Heberto hurgó nervioso en los bolsillos del pantalón y de la camisa.

—Creo que acaban de sustraérmelo.

—Pues, si no lo tienes, no puedes entrar. La UNEAC es solo para escritores y artistas.

—Ya te dije, soy poeta.

—Eso lo dices tú, como yo puedo decir que soy Mijail Bulgakov, quien, desde luego no quisiera ser. Solo el carné de la UNEAC te acredita como poeta, novelista o artista. Si no lo tienes, no lo eres. Así de sencillo.

—Lo tenía —farfulló Heberto, mirando a Cayetano—. Lo tenía y lo perdí.

—¿Lo perdiste o te lo retiraron? —preguntó con mirada fulminante el quijote.

—Creo que me lo perdieron, compañero.

El portero guardó un silencio cardenalicio. Sus ojos miraron malévolos, su quijada tembló impaciente.

—¿Y tú? —le preguntó a Cayetano—. ¿También poeta indocumentado?

—Soy turista. Y, por lo que veo, tampoco podré entrar.

—Eso es cualitativamente diferente, mi amigo. Nuestro Gobierno revolucionario se esmera en dar la bienvenida a los compañeros turistas que rompen el cerco imperialista. Quizás hasta podrías entrar en la UNEAC. ¿De dónde vienes?

—De Chile.

—En ese caso, adelante. Y cuéntales aquí a los escritores y poetas sobre la lucha que libran el compañero Allende y el pueblo de Chile por construir el socialismo. Aquí los jóvenes la pasan tan bien que idealizan incluso las brutalidades del capitalismo.

—Pierde cuidado. Lo haré. ¿Y puede pasar también el poeta, que viene conmigo y es habanero?

–Digamos que acepto que sea habanero y venga contigo, pero lo de poeta no está fehacientemente comprobado. ¿A quién desean ver?

–A Remigio –repuso Heberto. Belkis les había informado que ese era el hombre de la seguridad en la UNEAC, y que su oficina estaba junto a la de Nicolás Guillén, presidente perpetuo de la institución. Entre otras labores parecidas, Remigio se dedicaba a examinar las razones aducidas por los extranjeros para invitar a escritores y poetas cubanos, y a tratar de identificar a tiempo intentos de fuga o de traición.

–¿Vienen entonces a ver al compañero Remigio? –preguntó el portero volviéndose afable.

Por entre las rejas, la casona de la UNEAC, colmada de luces, contagiaba el barrio de un aspecto irreal.

–Exactamente. Vinimos a visitar al compañero Remigio –dijo Heberto, envalentonado–. ¿Podemos pasar?

–No faltaba más.

–¿Y Remigio es poeta o novelista? –le preguntó Cayetano antes de tomar por el sendero que conducía a través del vasto jardín a la blanca mansión de los intelectuales oficiales cubanos.

28

En cuanto Remigio vio entrar a Cayetano y Heberto en su oficina, los invitó a caminar por El Vedado. Cayetano abandonó a regañadientes el fresco de la sala, de lámpara señorial y postigos cerrados, porque hubiese preferido quedarse allí a recuperar el aliento, pero al final bajaron al primer piso, y cruzaron un pasillo fresco, entre grandes espejos biselados. En el salón de actos unas mujeres, que no dejaban de hablar con voz recia, instalaban butacas y un micrófono para el recital de Cardenal. El trío salió a la calle ignorando al don quijote, que leía ensimismado la revista con un plumón rojo en la diestra.

–¿Me consiguieron aquello? –preguntó Remigio cuando bajaban hacia Línea, entre los letreros de los CDR y anuncios de citas para las guardias nocturnas.

–No te preocupes. Mesa para seis, el sábado próximo. Está justo frente a las escalinatas por donde suben las bailarinas al escenario –anunció Heberto–. Debes llamar a Paquito el viernes por la noche al Tropicana, y dejarle un mensaje.

Remigio respiró aliviado. Siguieron por las calles en penumbras, ahora entre gente que resistía el calor conversando o jugando al dominó bajo los portales.

–Es mejor tomarse el cafecito en Línea. Por aquí están colando aserrín –explicó Remigio. Era espigado, de gestos nerviosos y voz de barítono. Llevaba calobares, un Rolex con trazas de ser falso, una camiseta Lacoste por el estilo, y olía a Old Spice. Caminaba con paso elástico, el ceño adusto, como agobiado por los problemas claves de la humanidad.

Frente a la cafetería se había formado un enorme grupo de personas. Remigio agitó un permiso de la seguridad del Estado y logró abrir paso para él y sus acompañantes hasta la barra poco antes de que una Leyland del recorrido 132 se detuviera frente al local con un golpeteo de pistones y atestada de cristianos. Del motor en marcha emanaba un vaho caliente, una oleada apestosa a aceite quemado y petróleo. El chofer, con un peine incrustado en la melena a lo Angela Davis, desembarcó con aires resueltos seguido por un tropel de adictos a la cafeína.

—Pues conseguí algo de lo que me encargaron —dijo Remigio, que en su época de estudiante había logrado ubicar un cuento suyo entre los finalistas del Concurso Literario Trece de marzo, de la universidad. Tal vez por ello ostentaba cargo de comisario en la UNEAC. —No es mucho, pero de algo les servirá.

Bebieron el café apoyados en la barra, en medio del alboroto y los empujones de la gente que bregaba por una ración.

—¿Y entonces qué sabes de Beatriz? —le preguntó Heberto.

Remigio frotó preocupado la esfera de su reloj, donde se le había desprendido una manecilla.

—Primero: esa mujer no es cubana.

—Que es mexicana ya lo sabemos —comentó Heberto fastidiado—. Y que estaba casada con un médico cubano de apellido Bracamonte y vivían en México en los cuarenta.

—Resulta que tampoco es mexicana.

—¿Cómo? —Cayetano apartó de sus labios la tacita con el mejor café que había probado en años—. ¿No es mexicana? ¿Qué diablos es entonces?

—Antes de que te responda aclárame una cosa, Heberto, que no estoy para bromas a estas alturas: ¿seguro va la mesa en el Salón bajo las Estrellas para este sábado? Mira que somos varios los que queremos escuchar a Irakere.

—Seguro, compadre. Paquito es mi socio. ¿De qué nacionalidad es la mujer, entonces?

—Alemana.

—¿Alemana? —repitió Cayetano incrédulo. La Leyland reanudaba ahora su marcha con un bufido de toro en celo, dejando a la deriva a los pasajeros que seguían a la espera de un buche de café. Afuera, cuando el trío caminaba en dirección a Paseo, los abofeteó la brisa marina que subía del Malecón mezclada con el olor al asfalto de las calles.

—Alemana —repitió Remigio.

—¿Y está en Cuba?

—Beatriz viuda de Bracamonte, cuyo nombre de soltera es Beatriz Lederer, solo vivió dos años aquí con su hija.

—¿Cómo se llamaba la hija?

—Tina Bracamonte.

—¿Y qué hizo Beatriz acá?

—Trabajó de traductora en una sección de la Embajada de la RDA, aquí en El Vedado, cerca del Hotel Nacional. Y Tina estudió en una escuela de Marianao. Se fueron hace unos once años de la isla.

—¿En 1962? ¿Adónde?

—A Berlín, amigo. A la RDA. A vivir detrás del muro antifacista, como le llaman.

—¿A qué?

—¡Qué se yo!

—¿Y entonces?

—¿Entonces qué?

—Entonces nada, muchacho. Una mañana de 1962, en el aeropuerto José Martí, junto a la escalerilla de un avión de Aeroflot, desaparecieron para siempre las huellas de Beatriz Lederer y Tina Bracamonte en la isla de Cuba. ¿Cuál es el teléfono del Paquito ese?

29

La noche era frágil como una estatuilla de Swarovsky cuando Cayetano vio aparecer a su mujer bajo las majaguas de la plaza Zapata, de Miramar. Por la Quinta avenida, en dirección al este, pasaron un Zyl del Ejército Juvenil del Trabajo cargado de efectivos que cantaban y una Leyland repleta de pasajeros hasta las pisaderas. Su mujer, porque aún lo seguía siendo legalmente, acababa de bajar de un Lada azul, que la esperaba con las luces apagadas en las inmediaciones. La vio vistiendo el uniforme verde olivo de las FAR, lo que lo consternó.

–¿Qué haces en Cuba? –le preguntó ella tras besarlo en la mejilla.

–Ando en una misión. ¿Y ese uniforme?

–Estoy en lo que te dije anteriormente. Soy una mujer consecuente.

Cayetano paseó la vista por los gruesos troncos de las majaguas, que parecían anacondas retorcidas, y volvió a posarla en Ángela. Le resultó más bella que nunca con el cabello recogido bajo el quepis, el uniforme delineando sus formas, el rostro bronceado por la vida al aire libre que llevaba.

–Te ves muy bien –atinó a decir y se atusó el bigote, inseguro.

–¿Y tú en una misión? ¿Aquí?

–Como lo ves.

–Te hace parecer más maduro. ¿Hasta cuándo estarás en la isla?

–Dos o tres días más –repuso dándose cierto aire de importancia, pero en realidad hubiese querido proponerle que volvieran a intentarlo, que cuando ella terminara el curso en Punto Cero, tratasen de reconciliarse en Valparaíso. Si aún perduraba el amor entre ambos, convenía brindarle otra oportunidad. Las cosas podían cambiar cuando regresaran a Chile, el país recuperaría un día su equilibrio, y no estaba descartado que el poeta mejorara y que le ayudara a conseguir trabajo con su legión de conocidos. Tal vez se trataba de intentarlo simplemente, pensó, de darse una nueva oportunidad. Pero no dijo nada, y solo se escuchó la voz de ella:

—Yo me quedaré unos meses. La situación en Chile empeora. Estamos acercándonos a la hora de los mameyes.

—¿Y entonces cuáles son tus planes?

—Si andas en una misión, debes saber que de ellas no se habla.

Tenía razón, admitió. Se sentaron en el mármol aún tibio de un banco, y se quedaron mirándose en silencio. Lo cautivaban el rostro fino y los labios breves y gruesos de Ángela. La noche se iba convirtiendo en un lino azabache, cálido y fragante, pero impenetrable.

—He pensado en ti durante estos días —dijo Ángela mirándose sus manos ahora de uñas mochas y sucias.

—¿Sí? ¿Como en qué?

—Como en que aún no entiendo por qué no regresas a tu isla.

—¿Para que estemos cerca?

—No quiero defraudarte, Cayetano, pero honestamente siento que lo nuestro no tiene remedio. Deberías volver a lo tuyo. No hay nada como la tierra en que uno nació.

—¿No será que hay otra persona entre nosotros? —sintió que había plagiado la pregunta de la telenovela *Muchacha italiana viene a casarse*.

—Nada de eso. ¿Crees que ando de ánimo para iniciar otra relación? Lo mejor es que vuelvas a tu tierra. Tú eres de aquí, no de Miami ni de Valparaíso.

Los exiliados jamás deberían de retornar a la patria, pensaba él. La nostalgia tejía trampas y engaños. Nadie estaba hecho para soportar los regresos. En el andén del regreso aguardaba siempre la decepción. Uno estaba hecho para permanecer en el lugar donde había nacido, único modo de crecer sin nostalgias. Nunca se regresaba, todo se iba para siempre. La nostalgia alimentaba la ilusión de que el retorno existía, de que el paraíso perdido también podía ser recobrado.

—Tu sueño es un espejismo —dijo con voz firme y tranquila, pero como si estuviese sentado en otro banco, espiando esa escena desde la distancia—. Si llega la guerra para la que te preparas, no tendrás posibilidad alguna de ganarla. El ejército chileno no es como el de Fulgencio Batista. ¿Quién está llevando a jóvenes idealistas como tú a inmolarse en nombre de una causa que, pudiendo ser justa, es imposible?

—No sigas hablando así, al menos por respeto a este uniforme, Cayetano. No hay otra forma de defender a Allende. Si no nos armamos, la derecha dará el golpe. Y si lo da, habrá más muertos que en un enfrentamiento de igual a igual.

—¿Es que no te das cuenta de que tu enemigo es un ejército profesional?

—¿Y qué pretendes? —preguntó ella airada y se puso de pie, alzando la voz, despojándose del quepis. La cabellera se le derramó copiosa sobre los hombros y los pómulos se le marcaron más nítidamente bajo su piel tostada—. ¿Que renuncie a mi condición de revolucionaria, heredera de la tradición de Manuel Rodríguez y el Che, para irme contigo a Valparaíso a esperar a que los milicos se rebelen? ¿Qué abandone las armas y tome un ovillo de lana y palillos para tejerte una chalina mientras el enemigo prepara el golpe?

—Quiero simplemente que no arriesgues el pellejo.

—¡Prefiero morir de pie que vivir de rodillas! ¡Y no es una consigna!

Iba a recomendarle que se tomara las cosas con calma, cuando el Lada, desde un borde del parque, encendió y apagó las luces un par de veces.

—Debo irme —murmuró Ángela.

Cayetano se puso de pie y se sintió como los condenados a muerte, que al final ya no ruegan por su vida ni por un minuto más de tregua. Se acercó a ella y la estrechó contra su pecho.

—Tenía que decírtelo, Ángela —al besarla en las mejillas aspiró y reconoció su Cocó Chanel de siempre. Era la burguesita de siempre.

—No te olvidaré tan fácilmente —aseguró ella—. Fui feliz contigo. ¿Te acuerdas de la cabaña que soñábamos construir un día frente a una playita del Caribe?

—¿Y los tres niños que íbamos a tener, que no irían a la escuela y serían libres?

Ella lo besó en los labios y se alejó deprisa por los senderos del parque con el quepis en la mano, la cabellera suelta como un pañuelo sobre los hombros. Cayetano la siguió con la mirada hasta que ella abordó el automóvil. Después el Lada se alejó por la Quinta avenida, en dirección a La Habana, y él quedó solo, escuchando el rumor sordo y anónimo de la noche, el tamborileo acelerado de su corazón. Creyó que comenzaba a llover, pero luego cayó en la cuenta de que no eran gotas en sus cristales, sino las lágrimas en sus ojos las que le difuminaban el contorno preciso de las majaguas del reparto Miramar.

30

—Ocurrió todo tal como le conté, don Pablo. ¿Qué hago ahora?

Por la línea llegaban interferencias que a Cayetano le parecieron como de una transmisión en onda corta. Tuvo la impresión de que espiaban su llamada a Valparaíso, de que sus palabras estaban siendo escuchadas por la CIA o la seguridad cubana en algún cuarto lóbrego del planeta. No le quedaba más que expresarse de modo ambiguo. De algo que le sirviesen, después de todo, las lecturas de las novelas policiacas de Simenon, esas sabrosas y tranquilas historias sobre el letón, el primer caso de Maigret o sus memorias, unas memorias realmente entretenidas, en donde convertía a su autor, el hombre adicto a la pipa, el sexo y la escritura, en un simple personaje de ficción.

—Pues, a seguirle entonces la pista —escuchó decir con entusiasmo al poeta. Seguramente hablaba con sus pies posados sobre la banqueta de cuero manchada de tinta verde.

Al comienzo de la conversación le había dado a entender que se sentía más animado, ilusionado, como si se estuviese recuperando, y que por eso se enhebraba con versos en la tarde, y por la noche dictaba sus memorias a Matilde. Cayetano imaginó que se trataba de memorias incompletas, que después pasarían por el cedazo de la esposa, aunque sospechó que el poeta afirmaba aquello solo para despistar a quienes los escuchaban. La pesadez con que respiraba le hacía dudar de que estuviese restableciéndose. Acababa de llegar del hospital y probablemente ya se había instalado en La Nube, arrebujado en la manta de

Castilla, contemplando la bahía que se desdoblaba en un juego de luces y sombras bajo el metálico cielo porteño.

—¿Sigue creyendo en lo mismo, don Pablo?

—Por supuesto. En lo mismo que te conté el día que conversamos en la avenida Alemania, sentados en la escalinata. Solo necesito confirmar que mi sospecha es fundada.

Frágil como un pájaro pero terco como una mula era el poeta. Insistió.

—¿Y no le conviene más creer que aquello fue como lo imagina y dejar las cosas tal cual?

—No sabes lo que dices, muchacho. No puedo dejar las cosas como están. Que digas eso me hace pensar que ni siquiera me entiendes, que hemos perdido el tiempo.

—No sé, don Pablo, a veces es preferible la esperanza a la decepción. Digo yo.

Pero él decía lo contrario. Aunque sus palabras describían una carencia, su voz se oyó firme y convencida, rotunda.

—La juventud se alimenta de esperanzas, la vejez de certezas, Cayetano. La sospecha corroe y acelera la muerte. Estaría dispuesto a dar cualquier cosa, incluso mi *Canto general* o mi *Residencia en la Tierra* por conocer la verdad. Créeme que los entregaría con gusto, ahora mismo, con tal de averiguarla.

Entonces Cayetano se atrevió.

—¿Y el amor?

—¿Cómo? —la voz sonó desconcertada.

A través de la ventana, Cayetano contempló el Hotel Habana Libre descollando claro y ligero sobre la ciudad, bajo las nubes esponjosas que se deslizaban hacia Miramar. El rumor del aire acondicionado apagaba los ecos de El Vedado. Supo que había dado en el blanco.

—El amor, don Pablo, pregunto si aún sigue creyendo en el amor.

—No seas ingenuo, muchacho. Eso es vitalicio —sintió que el poeta lo ponía en su sitio—. Buena noticia para ti, por lo demás, que acabas de comenzar. Mírame, ando cerca de los setenta y aún tengo fuerza. Se equivocaban los griegos al pensar que los ancianos eran ideales para gobernar por su falta de apetitos. A mis años ando más caliente y urgido que nunca, pues sé que las parcas me siguen a todas partes, ansiosas, impacientes.

Dos autobuses llenos hasta las puertas pasaron de largo, en carrera febril, ante el burujón de gente apostada en una parada. Más allá, una cola se churruscaba bajo el sol aguardando frente a la pizzería Vita Nova. Del alquitrán de las calles ascendía un vapor que hacía oscilar el barrio como si fuese un espejismo.

–Cuando ya no sienta el acicate del deseo, no podré escribir –continuó el poeta–. El deseo nutre mi poesía, muchacho. No te olvides, las cosas son así de simples. –Volvió a sorprenderlo–. ¿Qué sabes de Ángela? –Casi ni habían vuelto a mencionarla desde aquella noche en que, como sabía ahora, habían compartido su angustia ante la ventana frente al mar de Valparaíso.

–Se acabó, don Pablo. "Nosotros, los de entonces, ya no somos los mismos". Lo escribió usted.

–Me acuerdo, y también me acuerdo de por qué lo hice. Pero también escribí, más viejo y más sabio, "¡Juntos, frente al sollozo!". No te olvides. La vida es larga, aunque a mí me quede poco.

No supo si debía entristecerse o consolarse. Preguntó.

–¿Y qué hacemos ahora?

–¿Qué hacemos con qué?

–No se olvide de que estoy en La Habana, don Pablo. ¿Qué hago ahora que las huellas se esfumaron?

–Seguir el rastro. Espera ahí hasta que te consiga un visado para la República Democrática Alemana.

–¿De aquí me voy a Alemania?

–A Berlín Oriental. En cuanto aterrices me llamas desde allá. Te daré el nombre de alguien que puede ayudarnos. Confío en que encuentres a quien buscamos. Pero, no olvides lo más importante, Cayetano, la discreción.

DELIA

31

Antes de posarse en la pista de Schönefeld, el Ilushyn 62 de Aeroflot dibujó un círculo sobre la ciudad dividida haciendo silbar las turbinas. Desde el cielo jalonado por nubes, Cayetano distinguió la línea a veces recta, a veces sinuosa, aunque siempre amplia y despejada, del Muro, sus campos minados, las torres de observación y las alambradas. En su giro, la nave patinaba por el aire de este a oeste y luego de oeste a este, ignorando la frontera entre los sectores del Gran Berlín, planeando de un mundo a otro con la inmovilidad e indolencia de un pelícano, cosa que deslumbró a Cayetano.

Schönefeld le pareció al principio como cualquier terminal aéreo de Occidente: fría, moderna, funcional. Carecía, eso sí, de los colores, perfumes y fulgores del capitalismo. La gente vestía ropa pasada de moda, de tonos apagados, como si la vida se hubiese detenido en la década del cincuenta. Tal vez a eso se debía, pensó, que reinara un sosiego de provincia ajeno al vértigo de las grandes metrópolis occidentales, una atmósfera que le evocaba en cierta forma la siesta dominical de La Habana y de los cerros de Valparaíso.

–¿Cayetano Brulé? –preguntó una voz a su espalda.

Encontró a un hombre de cabellera revuelta, bigote espeso y ojos pequeños, oscuros, parecido a Charles Chaplin. Tenía, al menos, el mismo rostro pálido y melancólico, aunque de mirada pícara, las mismas cejas altas, la misma expresión ingenua y triste, ojos llenos de brillo.

—Soy Eladio Chacón —estrecharon manos—, encargado de asuntos laborales en nuestra Embajada. Llevo las relaciones con la central de trabajadores alemanes, la FDGB. Hace unos días me instruyeron de Cancillería para que lo asista en el terreno. ¡Bienvenido a la tierra de Karl Marx y Rosa Luxemburg!

—Se lo agradezco, Chacón.

—Puede llamarme Merluza, si quiere. Así me conocen mis compañeros de partido. También podría decirme Carlitos Chaplin; creo que me parezco más al comediante que a aquel pescado que llaman merluza. Pero usted sabe cómo son los chilenos, proclives a repartir apodos a diestra y siniestra. En fin, sé que usted es cubano y busca a una mexicana de origen alemán que llegó a radicarse a la RDA hace años.

—Hace unos diez o doce años, para ser más precisos.

En el estacionamiento el Merluza acomodó el equipaje en el maletero del Wartburg. El vehículo avanzó con escándalo de motoneta por las calles adoquinadas mientras Cayetano imaginaba que a lo mejor todos tenían dobles diseminados por el mundo. Las pruebas no faltaban: El poeta tronado de La Habana y el cantante Ray Orbinson eran idénticos, y el diplomático chileno era igual a Charles Chaplin. En algún lugar debía vivir alguien muy parecido a Neruda, a Ángela y a él mismo. En algún momento se detendría a repasar con detenimiento el asunto y se lo expondría al poeta. De algo estaba al menos seguro, de que él era Cayetano Brulé, y no un mero doble suyo.

A lo lejos, bajo el sol incandescente, divisó la Torre de Televisión y el rascacielos del hotel Stadt Berlin. El Wartburg buscaba el centro de la ciudad cimbrándose entre autos Volga, Skoda y Trabant, buses Ikarus y tranvías checos. De pronto entraron a una arteria comercial concurrida. La Pankower Allee, le explicó el Merluza. De solo verla Cayetano comprendió que Alemania Oriental no era Cuba. Aquí las vidrieras estaban abarrotadas, no había colas frente a los almacenes ni los restaurantes, y se respiraba un bienestar inimaginable para los isleños. El Merluza le anunció que se hospedaría en el Stadt Berlin, en las inmediaciones de la Alexanderplatz, pero que antes lo llevaría a almorzar al Ratskeller, un restaurante con setecientos años de historia.

—Ahí preparan un pernil de primera —continuó el Merluza—. Aunque también hay unas *Klösse*, de Turingia, que son de chuparse los bigotes. Y qué decir de la carpa al horno, acompañada de papitas hervidas. ¿Prefiere vino búlgaro o cerveza checa? En fin, allí los diplomáticos no necesitamos esperar, pasamos por encima de los mortales, nada más.

Quince minutos más tarde, en el subterráneo del Ayuntamiento Rojo, ordenaban consomé de cola de buey, pernil con papas hervidas y pilsen checa. Era una recepción especial la que le brindaba el contacto del poeta en Berlín Este. El Merluza militaba en el MAPU, agrupación minúscula y pequeñoburguesa, según los comunistas, que pasaría a la historia como una célula capaz de dividirse sucesivamente hasta desaparecer. Al Merluza lo habían enviado a Berlín Este, porque en Chile había osado demandar la expropiación no solo de las inversiones norteamericanas, sino también de las inglesas, incluso a riesgo de dejar en pelotas a la propia reina Isabel, lo que había causado revuelo en el Gobierno, que no quería enemistarse con los europeos. Ahí, en la República Democrática Alemana, primer Estado de obreros y campesinos en territorio alemán, como rezaban las pancartas, el Merluza debía empaparse de socialismo real y del funcionamiento del FDGB, que presidía el borrachín de Harry Tisch, en lugar de revolver el gallinero en Chile planteando utopías.

—Pues aquí nadie conoce a esa Beatriz —dijo el Merluza tras vaciar la primera pilsen y soltar un eructo disimulado.

—¿Y por qué no me avisaron antes? —preguntó acariciando el vaso frío.

—¿Qué cosa?

—Que aquí nadie sabe quién es esa mujer.

—Cálmese. La situación tampoco es desesperada.

–¿Cómo que no? De haber sabido que nadie la conoce, me hubiese ahorrado el viaje. Yo estaba muy bien en La Habana.

–Me lo imagino. ¿Buenas minas allá, no?

–En realidad, insuperables. Pero si Beatriz es aquí una perfecta desconocida, mejor me regresa a Schönefeld, eso sí, una vez yo le haya dado el bajo al pernil que me ha prometido.

–Escúcheme: no sé nada de su Beatriz, pero al menos encontré a una traductora de español, que puede ayudarlo.

–No necesito traductora, algo le pego al alemán. Viví años en Alemania Occidental.

–Cálmese –aprisionó la muñeca de Cayetano–. Según una chilena, en la JHSWP…

–¿La qué?

–JHSWP, la Jugendhochschule Wilhelm Pieck o Escuela Superior de la FDJ, en las afueras de Berlín, a orillas del lago Bogensee.

–¿La FD cuánto?

–FDJ, la Freie Deutsche Jugend, la organización juvenil de la RDA –explicó impaciente el Merluza–. En el socialismo se habla en siglas, señor Brulé.

–Bien, ¿qué pasa allí? –La cola de buey sabía ácida, por lo que bajó la primera cucharada con un sorbo de cerveza.

–Bueno, en los sesenta trabajó ahí una mujer que llegó de México. Puede tratarse de una casualidad, pero quizás es la persona que usted busca. Coinciden la edad, la época y el país de origen. Supimos de ella por la traductora chilena ya jubilada.

–¿Puedo hablar con esa chilena?

–Olvídela. Vive en Bucarest ahora. Se casó con un funcionario de Ceaucescu. Y lo único que escuchó fue que una mujer proveniente de México había traducido allá. Ahora lo importante es que usted averigüe en la escuela Wilhelm Pieck.

–¿Y qué esperamos para ir allá?

–Necesitamos un permiso para entrar. Allí adoctrinan ideológicamente a cuadros revolucionarios para todo el mundo.

Sobre la mesa aterrizaron los jamones más portentosos que Cayetano había visto jamás en su vida. En verdad, los cerdos de las granjas cooperativas de la RDA debían de ser del tamaño de las vacas y vivir como príncipes, como príncipes condenados a muerte, eso sí, pensó con un apetito de los mil demonios. Era curioso que la comida chilena no se pareciese a la cubana, sino a la alemana.

—Nos esperan pasado mañana, a las diez de la mañana en punto —agregó el Merluza escrutando las porciones—. Pero, explíqueme por favor, Cayetano, porque a estas alturas ya no entiendo lo que pasa por la cabeza de nuestros dirigentes en Chile: ¿Por qué esa mujer es tan importante cuando la situación chilena está tan jodida?

32

Me sentí atraído por Delia del Carril desde el momento en que la vi. Fue en la Cervecería Correos, del Madrid de 1934. Me deslumbraron su desenfado, su elegancia y los círculos de intelectuales con que se codeaba. Yo tenía treinta, ella cincuenta. Yo acababa de llegar como cónsul a España, acompañado por María Antonieta y la pobre Malva Marina. La guerra Civil se estaba incubando.

Delia le brindó un sentido a mi vida, me hizo comunista, difundió mi poesía y refinó mis gustos y modales. Entonces yo andaba despeinado y mal vestido, con los dedos manchados de tinta y los bolsillos sin dinero, pero hinchados de papeles. Ella me convirtió en el poeta que soy. La misma tarde en que la conocí puse con delicadeza mi mano sobre su hombro, y nunca más nos separamos. Nunca más. Bueno, hasta que veinte años después conocí a Matilde y la abandoné por ella.

Delia era distraída, olvidadiza y sensible, una curiosa mezcla entre mujer artista y mujer pragmática, pésima dueña de casa. No sabía freír ni un huevo, ni preparar un puré de papas u organizar una cena para amigos, pero al mismo tiempo descollaba como trabajadora inagotable, ducha en trámites, hábil en forjar amistades. Por ello la apodaban la Hormiga. Sucumbió como una marioneta sin hilos el día en que, en nuestra casa de Los Guindos, de Santiago, descubrió en el bolsillo de mi vestón la carta de Matilde anunciándome que esperaba un hijo mío.

—Pero es a usted a quien amo, Hormiga —mascullé. La carta temblaba entre sus dedos, y su rostro se había desencajado de estupor y sufrimiento—.

Lo otro es solo pasión pasajera. Usted siempre ha sido y será mi única reina.

—*Sin amor, lo nuestro ya no tiene sentido —repuso Delia con frialdad—. No somos un matrimonio burgués, atado por convenciones sociales, sino una pareja comunista unida solo por el amor, Pablo. Si ese amor murió, debemos separarnos.*

Me ordenó que dejara de inmediato la casa. Cuando lo hice, Santiago se desdibujaba bajo la lluvia, los zorzales guardaban silencio y a lo lejos la nieve arropaba los picos andinos. Me instalé en la casa La Chascona, a los pies del cerro Santa Lucía, la casa que años atrás había comprado en secreto para Matilde. Allí me esperaba ella. Cambié de casa y de mujer como esos jinetes que cambian de caballo en plena carrera. Nunca más he vuelto a ver a Delia, nunca ha hecho declaración alguna en mi contra y, según comentan algunos amigos en los cuales sigo confiando, aún me ama. Hoy anda por los noventa, habita entre las mismas paredes y los mismos muebles que presenciaron nuestra ruptura. Es pintora y graba-dora reconocida, y que yo sepa, nunca volvió a tener compañero. Algún camarada debe de haberle confidenciado que estoy enfermo. Cuando yo muera, expirará conmigo su esperanza de que nos reconciliemos.

Ella me presentó a Luis Aragón y a Elsa Triolet, a Paul Eluard y a Pablo Picasso. Fue ella quien publicó clandestinamente Canto general *en Chile y exigió el fin del exilio al que me condenó el tirano González Videla. Delia era argentina, divorciada, hija de una aristocrática familia venida a menos, y había ido a Europa a estudiar bajo la dirección del pintor Fernando Leger, por eso frecuentaba a los intelectuales comunistas europeos. En cuanto empezamos a vivir juntos me convenció de que no siguiera componiendo poemas herméticos, como los de* Residencia en la Tierra, *y que escribiera sobre el amor y las causas políticas que conmue-ven al mundo. Sin ella, no habría sido comunista ni mis versos habrían alcanzado a millones de lectores.*

Pero la verdad es la verdad: pese a que yo estaba casado con María Antonieta y tenía a mi cargo a Malva Marina, Delia se coló surrepti-ciamente en mi vida y me sedujo. Admito que no me costó abandonar a mi esposa e hija para instalarme con mi amante en la Casa de las Flores, en Hilarión Eslava, cerca de la Ciudad Universitaria de Madrid. Allí celebrábamos tertulias con García Lorca, Bergamín, Altolaguirre, Acario Cotapos y Miguel Hernández. Tomábamos vino tinto y anís de Chichón, y después íbamos a la Cervecería Correos, o a la boîte *Satán, administrada por Mario Carreño, en calle Atocha 60, donde muchachas semidesnudas bailaban* La danza de la cocaína *al ritmo de la Orquesta de Lecuona. Bebíamos champagne Monserra, manzanilla La Guita, y sidra Sorracina, y volvíamos tarde y borrachos a casa. Me separé de María Antonieta y Malva Marina en 1936, y me desentendí de ambas en 1943, cuando vivían en la Holanda ocupada por los nazis.*

Delia me ayudó a que millares de republicanos españoles encontrasen refugio en Chile tras la guerra Civil. Los salvamos de la prisión y el paredón enviándolos en el barco Winnipeg a Valparaíso. Hicieron de Chile su segunda patria, y dejaron su impronta en nuestra cultura. ¿Cómo fui capaz de tanto altruismo por esa masa anónima y al mismo tiempo de tanta ruindad hacia quien yo había amado y hacia quien llevaba mi sangre? Fue Delia quien compró, con su dinero, el terreno donde construimos la casa de Isla Negra, que no es isla ni negra, y que yo amo y muchos consideran mi casa predilecta. Dramas, dramas terribles, encierran mis casas: las del Oriente fueron arrasadas por los tifones; la de las Flores por la artillería franquista; la de los Guindos presenció el epílogo de nuestro amor; la de Isla Negra fue adquirida por la mujer que me formó y a la cual abandoné por una joven; la de Santiago, en el barrio Bellavista, la compré para ocultar precisamente a esa amante. Solo La Sebastiana, esta obra de aire que levita sobre Valparaíso, con una pajarera y una pista de aterrizaje, fue sin mancha concebida.

Hubiese querido tener una hija con Delia, una niña sana y rebosante que me hubiese permitido olvidar la melancólica sonrisa que esbozaba la monstruosa cabecita de Malva Marina. Pero Delia ya era una vertiente seca cuando la conocí, y no podía brindarme lo que yo anhelaba. Tal vez me confunden mis propios recuerdos. En rigor, yo no habría soportado otro fracaso, una nueva Malva Marina. Precisamente por eso escapé yo de

Beatriz cuando, años más tarde, en la laguna de Xochimilco, me anunció que estaba embarazada de mí. Me negué a creerlo. Me faltaba coraje para arrojar por la borda mi carrera poética junto a Delia y enfrentar la incertidumbre de una nueva paternidad. Y menos podía aventurar un viraje de esas proporciones en julio de 1943, justo cuando acababa de casarme simbólicamente con Delia en Tetecala, estado de Morelos. Ella tenía entonces cincuenta y nueve, yo treinta y nueve. Era bella y aún deseable, aunque mis enemigos se encarguen de murmurar lo contrario. La noche de Tetecala estaba henchida de jejenes. Bajo la luna llena le obsequié un collar de plata elaborado por los indígenas de Oaxaca y le prometí que estaría con ella hasta que la muerte nos separara.

—¿Estás segura de que soy el padre? —le pregunté a Beatriz en Xochimilco. Viajábamos asidos de la mano por los canales en una trajinera adornada con flores. Del agua plomiza emanaba un olor a raíces profundas, y la pátina de la luna encendía luciérnagas.

Beatriz me miró ceñuda.

—¿Quién sino tú? —reclamó.

—Puede serlo tu esposo —le dije a media voz, soltando su mano.

Guardó silencio. Detrás nuestro el trajinero seguía batiendo de pie el agua con golpes espaciados.

—No tengo huevos para ser padre —le confesé en un susurro—. Ya sabes el monstruo que me nació en España. Podría repetirse. Si es mío, prefiero que lo abortes. Solo puedo ser padre de seres deformes y de mis poemas.

Beatriz saltó de la trajinera, y chapoteó en la oscuridad hasta una milpa cercana. Luego su silueta se desvaneció entre los arbustos y los troncos de los árboles. Nunca más la vi. Años después me enteré de que había dado a luz un niño o una niña, no quise ni saberlo. Supuse entonces que era un retoño del bueno del doctor Bracamonte, porque ellos siguieron casados…

33

–Tenemos una reunión con la compañera Valentina Altmann –anunció el Merluza al *Volkspolizist*, que salió al camino asfaltado de una garita de troncos disimulada entre los abedules–. Somos de la Embajada chilena.

La escuela JHSWP se hallaba al noreste de Berlín, a orillas del pequeño lago Bogensee, rodeada por bosques. Frente al Wandlitz, un lago cercano, se extendía el barrio amurallado de la dirigencia del gobernante Partido Socialista Unificado de Alemania, el PSUA, liderado por Erich Honecker.

La barrera subió lentamente y el Merluza condujo por un sinuoso camino de gravilla que discurría entre las sombras proyectadas por los árboles.

–Este fue el refugio veraniego de Goebbels –explicó el Merluza. A través de la vegetación divisaron los contornos de una mansión de piedra y techo de madera–. Después de la guerra pasó a manos de los soviéticos, y estos se lo entregaron al gobierno germano-oriental. Primero fue centro de desnazificación. Desde hace treinta años pertenece a la FDJ, la organización juvenil del país.

Cayetano miró aquello con una sensación de orfandad y desconsuelo. Le costó entender por qué Beatriz había abandonado la vitalidad de Ciudad de México y el exotismo radiante de La Habana para radicarse en ese sitio recóndito y anónimo.

—Ahora es un monasterio donde enseñan marxismo-leninismo –afirmó el Merluza–. Dicen que la Stasi recluta aquí a los extranjeros. Los cursos comienzan en septiembre y duran hasta junio. En verano solo están los instructores y traductores, que viven en la escuela o en Bernau, una ciudad cercana.

—¿Y la mexicana de que hablamos?

—No sea impaciente. Los compañeros acá deben saberlo.

Parqueó el Wartburg junto a un Volga oxidado, y caminaron hasta una plaza rodeada por macizos edificios de arquitectura estalinista de tres pisos y fachada gris. Frente a una de las escalinatas de acceso los esperaba Valentina, una mujer delgada, de rostro aguzado y ojos azules. El Merluza los presentó y entraron al edificio. Atravesaron un vestíbulo espacioso, y desembocaron en un restaurante amplio y desolado, con imponentes lámparas de bronce.

—Estaré esperándolo afuera –afirmó el Merluza antes de retirarse con discreción.

—Pregúnteme todo lo que quiera –anunció Valentina mientras ordenaba té para ambos. Si no puedo darle la información, en la secretaría de la escuela hay gente con experiencia que conoce al revés y al derecho la historia de esta escuela.

Después de decirle que estaba al tanto de que él era emisario de un dirigente de la Unidad Popular, Valentina le aclaró de sopetón que no recordaba a nadie con el nombre de Beatriz Lederer en la escuela. Le advirtió que la investigación se complicaba puesto que en el establecimiento se usaban nombres ficticios de guerra y se prohibía fotografiar. Cuando Cayetano le mostró la foto de Beatriz, la traductora le aseguró que nunca la había visto. El té era ruso, y ambos vasos llevaban un gajo de limón incrustado en el borde. Bebieron en silencio. Cayetano temió que la "razón de Estado" pudiese estar bloqueando sus esfuerzos. En ese caso ni Neruda podría avanzar con la investigación, a menos que revelase su verdadero propósito.

Se sintió deprimido, no solo por el té tan amargo y con sabor a limonada, sino también porque se acordó de Maigret y envidió la confianza que depositaba en su propio talento, experiencia y destreza. Se dijo que la realidad era más jodida con la gente que cualquier ficción con sus personajes. El azar que regía el universo era más cruel que los escritores de carne y hueso que redactaban novelas. Era más fácil ser un excelente detective en una novela policiaca que un detective mediocre en la implacable realidad. Y eso tendría que conversarlo un día con el poeta, echándose unos tragos, apoltronado en ese sillón floreado, tan cómodo y con tan buena vista, del *living* de La Sebastiana.

—¿Desde cuándo trabaja usted aquí? —le preguntó a Valentina, que exprimía una rodaja de limón sobre el té.

Había llegado a la escuela cuatro años antes, en 1969, y le gustaban el lugar y los estudiantes extranjeros, no así sus compatriotas, que eran seres aburridos y desapasionados. Una gota voló hacia su pecho y rodó por el triángulo de piel que exhibía el escote de su blusa. Cayetano imaginó unos senos pequeños y enhiestos, bronceados por las tardes de sol en que seguramente se tendía desnuda frente al lago Bogensee. Se preguntó cómo sería untar con la yema de un dedo esa lágrima ácida que ahora escurría entre sus pechos, y vio a Valentina traduciendo párrafos de *El manifiesto comunista*, de Marx y Engels, y *El Estado y la revolución*, de Lenin, en aulas colmadas de revolucionarios africanos, asiáticos y latinoamericanos, que al cabo de unos meses la miraban con el deseo encendido en los ojos. Vio a muchachos empeñados en compartir ideales y estudiar teorías políticas, al igual que su mujer en Punto Cero. Vio la JHSWP rebosante de jóvenes ansiosos por aprender los secretos para derrocar a la clase burguesa e instaurar una sociedad socialista en los países del Tercer Mundo, los vio estudiar los textos revolucionarios por las mañanas, cantar himnos de combate y organizar foros por las tardes, forjar alianzas secretas durante noches de discusión y cerveza, enamorarse de alemanas y fornicar con ellas en el bosque. Vio a muchos de ellos morir en combates, o siendo torturados o asesinados por los aparatos policiales de sus países. ¿Él, en cambio, a qué se dedicaba? ¿Qué utopías lo alimentaban? Tenía razón su mujer al criticar su escepticismo, su negativa a abrazar causa alguna, su tendencia a contemplar las cosas desde lejos.

–Si usted llegó acá en 1969, no puede, obviamente, haber conocido a la persona que yo ando buscando –rezongó volviendo malhumorado de sus reflexiones.

–Es cierto –reconoció Valentina tras absorber con la punta de una servilleta la gota del pecho.

–¿Entonces por qué no me lleva a ver a colegas mayores?

Cuando cruzaban la plaza en dirección a la secretaría, se toparon con una joven de rostro pálido y cabellera clara, vestida con una saya larga, que destacaba sus caderas. Se llamaba Margaretchen Siebold, abrazaba con cierta teatralidad unos libros de tapas gruesas contra su pecho. Les preguntó en qué andaban y Cayetano se lo explicó.

–No recuerdo a nadie con ese nombre. Pero voy con ustedes. También necesito hablar con Käthe.

La oficina estaba en el último piso del edificio que dominaba desde una colina el conjunto de construcciones levantadas alrededor de la plaza y servía de albergue para la biblioteca, el teatro, salas de clases y el secretariado de la escuela. Valentina franqueó una puerta, y dejó a Cayetano con Margaretchen en el pasillo.

–*"Historischer und dialektischer Materialismus, Grundlagen der kapitalistichen Wirtschaft, Geschichte der KpdSU"* –leyó Cayetano en voz alta los lomos de los libros que la muchacha cargaba–. ¿Eso enseña usted aquí?

–No enseño. Traduzco para los latinoamericanos. Hay que estar al tanto de la materia.

–Por eso habla perfectamente español.

–Si usted lo dice…

–Una lástima que ya nadie se acuerde de su colega. Uno se pasa la vida creyéndose imprescindible, y cuando se muere, con suerte el primero de noviembre le llevan flores los hijos. Después nadie se acuerda de uno. ¡Y con lo que me urge ubicar a Beatriz! –sacudió la cabeza apesadumbrado.

—Aquí no le van a soltar nada —murmuró la traductora—. Nunca dan información sobre sus empleados. Nadie tiene nombre ni rostro aquí. ¿No lo sabía?

—Lo sabía, pero me van a ayudar, porque me respalda la embajada chilena. Eso es un argumento contundente.

—¿De veras?

—Claro. Tengo un buen padrino. Y las relaciones entre Allende y Honecker son las mejores —repuso Cayetano, picado por la suspicacia de la muchacha.

—Solo si lo apoya la Stasi pueden mejorar sus perspectivas —dijo ella.

—No bromeo. El chileno que me envió tiene muchísima influencia.

—No sea ingenuo —se acomodó la melena sobre los hombros. —Aquí nadie le dirá nada. Menos sobre Beatriz.

—¿Entonces usted la conoce?

—¿Quién es ese chileno tan influyente, que desea verla?

No se lo diría. Ella podía ser una agente de la Stasi, encargada de averiguar el motivo de su viaje, pensó. A través de la ventana se quedó contemplando la escultura de bronce, de tamaño natural, que refulgía en la plaza central. Representaba una hilera de niños cogidos de las manos que brincaban felices sobre el prado.

—Entiendo su desconfianza —dijo ella. El pasillo se alargaba encerado y vacío con las puertas grises a un lado, y las ventanas de vidrios limpios por el otro—. Si quiere conversar conmigo, puede encontrarme mañana, a las ocho en el Zum weissen Hirsch. Vaya a verme si aquí no le sueltan prenda.

La muchacha se alejó en el momento en que Valentina abría una puerta en compañía de una anciana de piel rosada y ojos azules, que parecía una figura de porcelana Lladró.

—Adelante, Cayetano —anunció Valentina—. La compañera Käthe le informará sobre todo lo que usted necesita averiguar. Pase, por favor…

34

El Zum weissen Hirsch queda en la Eberswalderstrasse 37, de Bernau, cerca de la carretera bordeada de manzanos que conduce a la ciudad industrial de Eberswalde. Por sus viejos muros trepaba una enredadera que a trazos dejaba entrever unos ladrillos que asomaban como dientes cariados en el estuco revenido. Cayetano entró al local cortando el humo y el tufo a cerveza, y avanzó por la penumbra a través de la cual llegaba la inconfundible voz aguardentosa del vocalista de Karat cantando "Schwanenkönig". Tardó unos instantes en ubicar el rostro de Margaretchen, que fumaba ante una *pilsner* y un vasito de *Doppelkorn* en una mesa que daba a una ventana.

—Se lo advertí, ellos jamás revelan nada sobre su gente —dijo ella. Su rostro pálido y ojeroso, y el fulgor metálico de su mirada volvieron a impresionar a Cayetano.

—Usted tenía razón —Cayetano se acomodó frente a Margaretchen—. Ni Valentina ni Käthe sabían nada de Beatriz.

De la radio llegaba ahora una balada de Karel Gott, la voz de oro de Praga, con sus resonancias a lo Elvis Presley y Lucho Gatica. En una esquina, detrás de un paragüero, cenaban una pareja mayor, y más allá unos melenudos de camisas floreadas, y hacia el fondo las mesas estaban atestadas de clientes bulliciosos. Cayetano y Margaretchen pidieron sopa de cebolla y Klösse con papas, y una botella de Stierblut, un vino búlgaro nada detestable, según la traductora.

—¿Entonces usted conoce a Beatriz? —insistió Cayetano.

—Conocí a una Beatriz en la escuela —se pasó las manos por su cabellera—. Puede ser la mujer que usted busca. Venía de México y su apellido era Schall. Beatriz Schall.

—¿Schall? ¿Segura?

—Absolutamente.

—Pero en la JHSWP la gente lleva nombres falsos.

—Los estudiantes extranjeros. Pero el personal y los alumnos alemanes usan sus nombres reales. Mi nombre es el real.

Cayetano extrajo de la guayabera la foto de Beatriz, publicada en la revista mexicana, y la colocó bajo la luz de la lámpara. Margaretchen la examinó con atención.

—Se parece bastante —comentó entornando de forma sensual y misteriosa los párpados.

—¿Es ella o no?

—Beatriz Schall era más gruesa y era una mujer decidida.

—Pero en la foto solo tiene veinte años y uno cambia con el tiempo. ¿Cuándo me dijo que la conoció?

—Durante su último año en la JHSWP. Ella se iba, yo llegaba. Eso no pude mencionarlo delante de Valentina. Es una *Apparatchik* de miedo. No se fíe de ella.

Cayetano se acarició la punta de los bigotes y miró hacia la pareja mayor, que en ese momento pagaba la cuenta para retirarse.

—Discúlpeme —el anciano ayudaba a su mujer a ponerse un impermeable—. ¿Qué edad tiene usted?

—Veintisiete —dijo ella y vació el vasito de *Schnaps*.

—Si Valentina, que lleva siete años allí, no alcanzó a conocer a Beatriz, menos usted; a menos que haya comenzado a trabajar a los dieciséis.

—Es que yo conocí a Beatriz cuando fui alumna de la Wilhelm Pieck —dijo ella. Hizo un gesto para ordenar otro vaso—: La conocí en 1963, diez años atrás.

—Si estamos hablando de la misma mujer, ella entonces tenía cuarenta.

—Esa edad representaba.

El cambio de apellido de Beatriz lo desconcertó. De Lederer en La Habana a Schall en Berlín Este. ¿Cuál había sido su nombre verdadero en Ciudad de México? ¿Fichte, no decía el poeta? En el archivo del Four Roses Institut la recordaban como "de Bracamonte". Guardó la foto y encendió un Populares cubano, que despidió un penetrante olor a yerba seca. Aspiró el humo, preocupado.

—Dígame, ¿cómo era ella?

—De pelo claro y ojos verdes. Piel blanca. Una alemana de rasgos eslavos.

—¿Y qué hacía en la escuela? —soltó el humo por la nariz sintiéndose un modesto dragón en la pradera prusiana.

—Traducía en los cursos de marxismo-leninismo que se dictan para los latinoamericanos. Como lo hago yo ahora. Es un trabajo grato y bien remunerado, se conoce a gente de otros países.

—¿No le conoció algún amante?

—Si lo tenía, era de fuera de la escuela. Alquilaba un apartamento frente a la torre del Verdugo, cerca del muro medieval de la ciudad. Recuerdo que Beatriz tenía una hija. Tina, creo que se llamaba.

—¿Qué edad aparentaba Tina? —las cosas coincidían, pensó alentado.

—Unos veinte. La vi dos o tres veces, en actividades de la escuela. Para el primero de mayo y el siete de octubre, cuando celebramos la fundación de la RDA.

Los ojos miopes de Cayetano recogieron el resplandor ya sucio de la tarde que se colaba por los vidrios. Las cosas parecían ordenarse: Beatriz era de origen alemán, y por eso había enseñado alemán en el instituto del Distrito Federal y viajado a la RDA. Todo eso sugería algo. ¿Pero era esta Beatriz Schall la misma Beatriz Lederer de Cuba y la misma Beatriz de México que él buscaba? ¿Por qué, asumiendo que era la misma, había dejado el Distrito Federal y luego la Cuba revolucionaria para refugiarse en una apartada escuela ideológica de Berlín Este? Si había llegado a Alemania Oriental poco después de la construcción del Muro, era una mujer de convicciones izquierdistas. ¿Por qué cambiaba de apellido? ¿De quién se ocultaba? Supuso que tal vez había estado involucrada en la muerte de su esposo, mayor que ella. ¿Habría heredado dinero de él?

El cantinero colocó la botella de Stierblut sobre la mesa, la destapó con ademanes bruscos, llenó las copas hasta los bordes, sin darles ocasión de catar el vino, y volvió a sumergirse en la penumbra del Zum weissen Hirsch.

–¿Por qué confía en mí? –le preguntó a la mujer mientras aplastaba la colilla contra el fondo del cenicero. Una canción de los Pudhys hablaba ahora del anhelo de vivir tanto como los árboles, lo que lo hizo pensar en Neruda–. Soy extranjero, la JHSWP prepara revolucionarios, y usted me da información sobre uno de sus ex empleados. Creo que eso lo llaman aquí "traición a la patria".

Margaretchen saboreó un sorbo de Stierblut como si buscara la respuesta en el cuerpo del tinto, y después dijo:

–Confío en usted simplemente porque me cae bien.

–Es una respuesta bastante ingenua para alguien que trabaja con agentes clandestinos.

–Usted es el desconfiado.

–Y usted podría ser agente de la Stasi…

–A la salud de la Mata Hari de Bernau, entonces –dijo ella burlona, con un fulgor en sus ojos, y volvió a beber–. Los búlgaros no tienen mal vino –afirmó mirándolo fijamente.

Ahora Demis Roussos cantaba "Forever and Ever", envolviendo el local en melancolía mediterránea. A Cayetano le despertó suspicacia la ingenuidad de Margaretchen. ¿Era real o fingida? ¿Era o no agente de la Stasi esa mujer tan bella? Al menos trabajaba en una institución política clave. Pensó que al conversar con ella, podría estar malográndolo todo. Vio al poeta en su sillón de Valparaíso, confiando en que él se dedicara las veinticuatro horas del día a la misión que le había encomendado. Sin embargo, él coqueteaba en ese momento, en un remoto pueblo de Bernau, con una alemana que podía ser perfectamente una informante germano-oriental. Pensó en Ángela, que a esa hora estaría arrastrándose por lodazales, escalando escaleras de cuerda o desarmando AK-47 en el monte cubano, enfundada en un uniforme verde olivo, sucio y sudado.

—¿Por qué hace todo esto, Margaretchen? —insistió—. Usted no sabe con quién se está metiendo. Puedo acarrearle problemas. Pueden sancionarla en la escuela.

—¿Sabe a qué fui ayer a la Wilhelm Pieck? —ella vació su copa deprisa.

—Me imagino que a hablar con Käthe y a recoger textos de la biblioteca.

—A vaciar mi oficina —dijo lentamente e hizo una pausa, sosteniéndole la mirada—. Fue mi último día allí.

—¿Cómo?

—Me despidieron —dijo y se mordió los labios. El mozo vertió otro *Doppelkorn* en su copa—. Se acabó mi carrera.

—¿Y por qué?

—"Conducta política incompatible con el trabajo" —dijo ella imitando un tono oficial—. Averiguaron que tuve hace años un amante occidental. Alguien me acusó. Pero mejor olvidemos eso. Usted solo quiere saber por qué lo ayudo, ¿verdad?

—Tal vez no es el mejor momento para hablar de eso.

—Al contrario. Cambiar de tema me calma. Mis colegas ya empezaron a evitarme. ¿Sabe? Tendré que abandonar mi apartamento y volver a casa de mi madre, en Magdeburgo. En fin —dijo, apartando con el filo de su cuchillo las migas del mantel—. Lo ayudo porque creo que usted tiene una razón válida para buscar a Beatriz. Yo la admiré mucho. En esa época yo creía en todo esto. Ella era una revolucionaria auténtica, alguien que había hecho cosas en el Tercer Mundo, una de esas personas imprescindibles de las que habla Brecht. No como nosotros, que somos extras de una película, números, estadísticas, gente condenada a imaginar el mundo desde detrás del Muro.

—¿Fueron amigas, entonces?

—Me hubiese encantado, pero ella era mucho mayor que yo. Un día dejó la escuela y nunca más volvimos a verla.

—¿Qué explicación les dieron?

Margaretchen soltó un bufido.

—Ninguna. Simplemente desapareció. Nadie la vio ni siquiera hacer las maletas. Su oficina amaneció vacía una mañana. No se supo más de ella. Y en esa escuela hay cosas que sencillamente no se preguntan, *Herr* Brulé. Fue en 1964.

—¿Y la hija?

—Estudiaba teatro o algo así, pero en Leipzig. Nunca más supe de ellas.

Ahora sí había tocado fondo, pensó con desánimo. Ya ni siquiera en la Wilhelm Pieck conocían el paradero de Beatriz. Y se estaba involucrando con alguien conflictivo, que probablemente quería ayudarlo guiada por el ánimo de venganza. Pensó en Maigret. En un caso semejante, el inspector barajaría tranquilo varios escenarios, mientras degustaba con fruición un plato de berenjenas y una bandeja de *moules* en un bistró de la Gare du Nord. Pero él no estaba en una novela de Simenon, sino en una derruida *Gaststätte* del Bernau de la Alemania Oriental, a kilómetro y medio de una guarnición del ejército Soviético, sin otra experiencia policial que la que le brindaban unas novelas. Si Maigret investigaba en el centro del mundo, él lo hacía en sus márgenes. En eso estribaba la diferencia entre un detective de ficción, creado por la pluma de un célebre escritor del Primer Mundo, y un detective de carne y hueso, un proletario de la investigación, un exiliado sobreviviente de los rigores del Tercer Mundo. Consultó el Poljot ruso que le había cambiado en La Habana a Paquito D'Rivera por una guayabera panameña, y que por fortuna aún funcionaba. Eran más de las once de la noche.

—El último S-Bahn sale a las once y cuarenta y siete —anunció Margaretchen lacónica—. Después no podrá volver a Berlín, sino hasta las cuatro y cuarenta y siete de la mañana.

Se quedó observando su mirada esquiva entre el humo de los cigarrillos. Desde la radio llegaba la voz pausada de un locutor que informaba sobre récords en la producción de carbón en Leipzig y el estrechamiento de los lazos eternos entre la República Democrática Alemana y la Unión Soviética. ¿Cómo sería vivir con alguien que se sabía de memoria el itinerario de los trenes?, se preguntó. ¿Sería más fácil o más complicada la vida con alguien así? Los alemanes vivían prendidos de los relojes, los cubanos no los necesitaban, y los chilenos, aunque los usaban, no creían mucho en ellos. Era obvio que ya no iba a llegar a tiempo a la estación.

—Tomo un taxi para Berlín —comentó limpiándose los bigotes con la servilleta.

—Esto no es Berlín occidental, *Herr* Brulé. Aquí no hay ni bus ni taxi por la noche.

—Al menos encontraré un hotel cerca.

—Se nota que no conoce el socialismo real —repuso Margaretchen—. Aquí los hoteles hay que reservarlos con meses de antelación. Puede quedarse en mi apartamento, si lo desea. Tiene solo una habitación, pero de algún modo nos arreglaremos. ¿Prefiere irse caminando hasta la Alexanderplatz, o pasar la noche conmigo?

35

En el departamento de Margaretchen el tiempo parecía haberse detenido en los años cincuenta. Estaba en el quinto piso de un edificio de la Strasse der Befreiung y se circunscribía a un *living*-comedor, que por las noches Margaretchen convertía en dormitorio. Había un estante con obras de Marx, Engels y Lenin, un pequeño televisor en blanco y negro, y un radiocasete. Un oso de peluche descansaba sobre un sofácama, tocado con una corona dorada. En un extremo se hallaban la *kitchenette* y un baño con ducha, y en el otro una ventana y una puerta que comunicaban al balcón.

—Este sitio es como tú —dijo Cayetano al sacarse los zapatos. Margaretchen había colocado los suyos detrás de la puerta.

—¿Como yo? —preguntó con los ojos aletargados por el alcohol.

—Bueno, es acogedor, auténtico.

Sonrió halagada, y Cayetano pensó que con las mujeres, a veces, bastaban palabras cariñosas para conquistarlas. Desde el balcón se divisaban las luces del regimiento soviético encargado, según Margaretchen, de enfrentar a las tropas occidentales que pretendiesen tomar Berlín Oriental. Cayetano pensó que si en ese instante estallaba la tercera guerra mundial, sobre sus cabezas caerían no solo los misiles del Tratado de la OTAN lanzados contra Berlín Este, sino también los del Pacto de Varsovia que no dieran en Berlín Occidental. Dormir allí, pensó, era como acostarse bajo un cocotero, tarde o temprano un coco te partía la nuca.

—Descorcha el vino blanco que hay en el frigobar —ordenó Margaretchen—. Yo me encargo del resto.

Transformó el sofá en una cama de dos plazas, y luego desplegó
sobre ella unas sábanas bordadas por su madre. Apachó las almohadas
rellenas con pluma de ganso y sacó del ropero dos toallas limpias. Sus
movimientos eran precisos y rutinarios, como si compartir el lecho
con un desconocido fuese algo usual en su vida. Cayetano llevó la
botella de vino al balcón, y aspiró profundo la noche tibia, colmada
de estrellas y perfumes ácidos.

—Hacia allá está Polonia —comentó Margeretchen indicando con su
boca hacia el este mientras sacaba las copas al balcón—. Y un poquito
más allá, la tierra de Lenin.

¿Ese tono irónico buscaba provocarlo?, se preguntó Cayetano. Brindaron y se quedaron mirando el paisaje en silencio. Dentro de poco
compartiría cama con Margaretchen, pensó, certeza que aplacaba su
deseo, porque él pertenecía a la escuela amorosa latinoamericana, a
aquella que prefería los encuentros amorosos de comienzo titubeante,
de consumación gradual, revestida de romanticismo, y a iniciativa
del hombre. Aquella emancipación femenina del socialismo real le
incomodaba, inhibiéndolo. El vino, rumano, era dulzón, de los que
descerrajan la cabeza, pensó preocupado. Un tren avanzó en la noche,
a la distancia, con su hilera de luces, y a él le pareció distinguir un
canguro muerto junto a la carretera a Eberswalde. Cuando volviera a
Valparaíso, iría a ver a su amigo, el oftalmólogo John Stamler. Precisaba
más dioptrías, seguramente.

—El expreso a Moscú —anunció Margaretchen—. Viaja todas las
noches del Ostbahnhof a Varsovia, y después cruza la estepa. Viene de
Oostende, ciudad que jamás podré visitar mientras sea joven porque
a una no la dejan salir de la RDA hasta que se jubile.

La serpiente iluminada se alejó con su traqueteo. Ahora el edifi-
cio se alzaba solo y silencioso frente los manzanos de la Eberswalder
Strasse, iluminada a trechos por sus faroles. Ni restos del canguro de
Bernau.

—Porque encuentres a Beatriz —brindó Margaretchen sonriente, la copa en alto.

Se miraron en la penumbra. Los visillos de la sala filtraban la luz de la sala. Cayetano cogió a la muchacha por la cintura y la condujo con delicadeza al interior. Colocó su copa en el antepecho de la ventana y se abrazaron. Ella le susurró al oído:

—Duchémonos primero.

Cayetano se sintió cohibido. No le gustaba planificar un acto amoroso como si fuese una visita al médico. Cuando la pasión se encendía, había que echarle más carbón, no anteponerle obstáculos ni condiciones. Fue poco, sin embargo, lo que pudo hacer. Margaretchen comenzó a desnudarse delante de él, dejando caer sus prendas como flores cortadas. Tenía el cuello largo y fino, unos senos pequeños de pezones rosados y muslos firmes. Entró al baño dejando en la retina de Cayetano su impecable trasero de luna llena.

36

Lo despertó a la mañana siguiente con un tazón lleno de café y una tostada con mermelada. Llevaba una bata de algodón y la cabellera revuelta. Cayetano se incorporó aspirando el aroma a café entreverado con el perfume ácido de la campiña brandemburguesa que se filtraba, por el balcón abierto, con himnos soviéticos.

–Este servicio lo brindo solo el primer día a mis amantes –aclaró Margaretchen con una sonrisa burlona en los labios. Sobre la bandeja de madera había dos copas de Rotkäppchen, el famoso vino espumante germano-oriental–. Y solo si han aprobado en la cama. Después tenemos los mismos deberes. Así somos las mujeres en este país: la misma paga por el mismo trabajo. Date por enterado.

–¿Y cómo lo hice?

–No estuvo mal para después de un viaje tan largo –comentó ella guiñándole un ojo después de beber el Rotkäppchen.

Cayetano se envolvió en la bata de seda azul, que Margaretchen parecía reservar para sus amantes ocasionales, y salieron a terminar el desayuno al balcón. Más allá de las barracas militares, la carretera soltaba destellos, la llanura se convertía en maizales, y el canto de los pájaros henchía la mañana. No es un mal lugar para vivir, pensó Cayetano mientras limpiaba sus gafas y Margaretchen desplegaba el *Neues Deutschland* sobre la mesa. Se preguntó cómo sería instalarse a vivir detrás del Muro, de espaldas a Occidente, dispuesto a reiniciar una vez más la vida, esta vez junto a una muchacha como Margaretchen.

Pero apartó apresurado esos pensamientos y se dijo que debía volver a lo suyo. Tal vez en ese preciso instante el poeta o el Merluza intentaban ubicarlo en el hotel Stadt Berlin. ¿Qué debía hacer ahora que las huellas de Beatriz volvían a complicarse?

—Eres la única persona que puede ayudarme a encontrar a Beatriz Schall —le dijo a Margaretchen. El Rotkäppchen le supo como el *champagne* chileno Valdivieso—. Tienes que echarme una mano.

—Primero dime por qué buscas a esa mujer.

Si él le revelaba el motivo, traicionaría al poeta, porque probablemente Margaretchen era agente de la Stasi, pensó. Lo intimidaba que ella, siendo funcionaria de la JHSWP, se involucrara con un extranjero como él. Valentina, por el contrario, se había mostrado distante. Además resultaba demasiada casualidad que Margaretchen hubiese aparecido justo en el momento en que él preguntaba por Beatriz en Bogensee. Tal vez la Stasi interceptaba sus conversaciones telefónicas y ahora buscaba los detalles que explicaran su pesquisa. O Remigio, el miembro de seguridad del Estado en la UNEAC, había alertado a sus jefes en La Habana, y estos a sus colegas de Berlín Este. Tampoco podía descartar que el Merluza hubiese informado a los alemanes. ¿No decía el poeta que en Cuba muchos chilenos colaboraban por convicción con la policía política? ¿Por qué iban a actuar de forma diferente en la RDA?

—Busco a Beatriz por una historia amorosa —afirmó, cosa que no era mentira pero tampoco toda la verdad. Un investigador debía aprender a ganarse la confianza de sus fuentes, sugerían las novelas de Maigret.

—Suena romántico, pero no te creo —repuso Margaretchen. Se sentó de frente, a horcajadas sobre él, y su mano apartó la bata y exploró entre los muslos de Cayetano mientras sus labios húmedos resbalaban por su cuello—. ¿Beatriz involucrada en un lío amoroso?

—¿Por qué no?

—Porque ella era incapaz de amar a alguien. Era demasiado pragmática.

Cayetano percibió la caricia tibia del sol de la mañana sobre la frente mientras una languidez soporífera se adueñaba de su cuerpo. Cerró los párpados. Las piernas de Margaretchen eran suaves y firmes. Aspiró el aliento etílico de su boca.

—Es una mujer difícil de localizar —le susurró ella en la oreja.

—¿Adónde se fue cuando dejó la escuela?

—Es demasiado influyente como para que puedas dar con ella.

—Dime al menos quién puede ayudarme.

Margaretchen inició un suave vaivén de caderas. Por sobre su hombro, Cayetano divisó un grupo de ciclistas que pedaleaba bajo los manzanos de la Eberswalder Allee. El aire seguía preñado del canto de los pájaros y el coro soviético.

—No podrás localizarla. Pertenece a una institución poderosa —dijo ella sin dejar de contonearse.

—¿Para quién trabaja?

—No puedo decírtelo. Sería mi sentencia final.

—¿Quién puede ayudarnos entonces?

—Tal vez solo su hija.

—Pero si ni siquiera sabemos dónde está.

—Tienes resistencia, pero no malicia, tontito —musitó ella.

—¿A qué te refieres?

—A que la hija debe de haberse matriculado en algún momento en la escuela secundaria de Bernau...

37

Margaretchen volvió radiante de la escuela secundaria en su vestido amplio, verde y de lunares blancos, que le confería un aspecto estudiantil. Cayetano la esperaba en el restaurante Mitropa de la estación del S-Bahn, hojeando una revista frente a una botella de Dresdner Pilsner. La directora del establecimiento había encontrado en los archivos a una Tina Schall que en los sesenta enseñaba teatro los sábados por la tarde a pesar de que durante la semana estudiaba en el instituto de teatro de la Karl-Marx-Universität, de Leipzig. Había convalidado en la escuela de Bernau su enseñanza media, porque venía de México. Pero no había vuelto a saber de ella.

–¡Eres una bárbara, chica! Esa Tina es, sin lugar a dudas, la hija de Beatriz –exclamó Cayetano estampándole un beso en la boca–. ¿Qué te apetece?

–Un *Schnaps* me vendría fenomenal.

Volvió de inmediato con el aguardiente *Doppelkorn* a la mesa. Un ventilador mezclaba el tufillo a cebada con la canícula que se colaba por la puerta abierta.

–Tengo que localizar a Tina y hablar con ella –dijo empinando la botella.

–Hay que viajar a Leipzig, entonces –Margaretchen sacudió su cabeza con un gesto agrio tras saborear el *Schnaps*–. Tengo un amigo dramaturgo en la zona, que podría orientarnos.

Al día siguiente, luciendo la corbata con estampas de guana-quitos verdes que le había regalado el poeta, Cayetano abordó con Margaretchen el D-Zug al sur. Cinco horas más tarde se hospedaban en el céntrico hotel Hesperia. Cuando salieron a estirar las piernas por las calles adoquinadas de la ciudad, a lo largo de fachadas descas-caradas, entre los tranvías de madera que chirriaban en las curvas, los envolvió un penetrante olor a hulla.

Cenaron en el Auerbachskeller, situado en la bóveda de un edi-ficio céntrico, donde se les uniría Karl von Westphalen, el amigo de Margaretchen que dirigía el teatro obrero de Halle-Neustadt. Llegó cuando ellos terminaban una trucha al vino blanco. Era alto, de ojos negros y cejas gruesas, y llevaba el cabello recogido en una cola de caballo. Por la forma en que se miraban, Cayetano dedujo que ha-bían sido amantes. Karl se acordaba vagamente de haber tenido una alumna llamada Tina en una clase de dicción en la escuela de teatro de la Universidad Karl Marx, de la ciudad.

–Debe de haber sido en 1963, pero no recuerdo bien su rostro. Solo que su alemán tenía acento.

–La mujer que busco vivió en América Latina antes de llegar acá.

–Puede ser ella. Hablaba buen alemán –subrayó von Westphalen acariciándose la cabellera.

Desde una mesa vecina llegaba el escándalo de unos estudiantes borrachos. A Cayetano seguía intrigándolo por qué Beatriz se ape-llidaba Lederer en Cuba, pero Schall en la República Democrática Alemana. ¿Era Schall un *nom de guerre* en la escuela junto al lago? Debía establecer la verdadera identidad de Beatriz para avanzar en la pesquisa. Ahora envidiaba a Maigret: él siempre disponía de archivos oficiales, contaba con el apoyo del Estado y recibía, condensada, la información del registro de identidad. Así no tenía gracia investigar, pensó.

–La muchacha a que me refiero debe de tener hoy unos treinta años –dijo Von Westphalen entre el jolgorio de los estudiantes. Había entre ellos un tipo delgado, de rostro pálido y voz áspera, vestido de negro, con trazas de mago. A ratos el mago simulaba llenar jarras mediante un chorro de cerveza que brotaba de la pared, o que al menos a Cayetano le parecía que brotaba de la pared. No se tomó muy en serio el asunto, porque había bebido más de la cuenta esa noche. Prefirió preguntarle a Karl cuál era la trayectoria usual de un graduado de teatro en la RDA.

–Los mejores hallan trabajo en Berlín o Weimar –explicó Von Westphalen–. Otros van a Rostock, Dresde o se quedan aquí, en Leipzig. Y los que no tienen contactos terminan en algún teatro de provincia, como le ocurrió a este modesto servidor.

–¿No habrá alguien en la escuela de teatro que sepa algo sobre la ex alumna? –preguntó Cayetano.

Von Westphalen repuso que conocía a un periodista berlinés de la *Die Weltbühne*, antigua revista cultural, que solía estar al tanto del mundo del teatro. Tal vez él fuese la persona indicada. No era un informante seguro, sin embargo, pues Hannes Würtz atravesaba a veces por malas rachas, pero lo llamaría al día siguiente. En caso de que averiguase algo, le dejaría un mensaje en el Hesperia. Luego ordenó más cerveza y *Schnaps*.

Después de ir de copas por los bares del centro de Leipzig y acudir a una fiesta estudiantil en un edificio de la Strasse des 18. Oktober, Cayetano y Margaretchen se despidieron de Von Westphalen y regresaron abrazados y tambaleándose al cuarto de su hotel.

–¿En qué piensas? –le preguntó Margaretchen a través de la puerta abierta del baño, donde se retiraba el maquillaje frente al espejo.

Cayetano colocó los anteojos sobre el velador y dijo melancólico:

–Me encantaría mostrarte Valparaíso. Es como la vida: a veces estás arriba, otras abajo, pero siempre hay escaleras y pasajes por los que puedes subir o bajar, o sacarte la cresta. Y allá, aunque no lo creas, los muertos resucitan. ¿Te animarías a ir?

–Sigues sin entender este mundo, Cayetano. No puedo salir de aquí hasta que no cumpla los sesenta años. Tendrías que armarte de paciencia.

Guardó silencio, irritado por su propia torpeza. Contra el cielo de la habitación parpadeaba verde el letrero del Hesperia. Recordó de pronto a Ángela bajo las majaguas del parque de Miramar, sus pasos apresurados hacia el Lada que la esperaba en la distancia, la soledad que lo había embargado después. Y también le vino a la memoria la mañana en que se conocieron en el Ocean Drive, de Miami Beach, donde los jubilados dejaban pasar el tiempo en los portales, esperando la muerte. La vio de nuevo en su uniforme verde olivo, diluyéndose en la suave penumbra habanera. Admitió que anhelaba con desesperación una compañera con la cual dormirse abrazado cada noche para desayunar al día siguiente frente al mar de Valparaíso. En ese momento sonó el teléfono.

–Cayetano, ¿eres tú? –preguntó Karl von Westphalen en la línea–. Mi amigo dice que la persona que buscas trabaja en el Berliner Ensemble.

38

Se llamaba Tina Feuerbach. O al menos bajo ese nombre actuaba en el Berliner Ensemble, teatro fundado en 1949 por Bertolt Brecht. Esta vez lo del cambio de nombre no lo sorprendió, pues muchos artistas usaban seudónimo. ¿Pablo Neruda no se llamaba acaso Neftalí Ricardo Reyes Basualto? ¿Y Gabriela Mistral no era en verdad Lucía Godoy Alcayaga? La voz de Von Westphalen le devolvía la esperanza. ¡Tina Feuerbach era Tina Lederer, la hija de Beatriz Schall, el bebé nacido en México en los cuarenta! Se preguntó si era la hija del poeta. ¿Cómo establecerlo con certeza? ¿Y estaría ella al tanto de la probabilidad de que su padre no fuese un médico cubano-mexicano sino un poeta chileno? ¿Y dónde se encontraba ahora su madre, la mujer de la cual Neruda se había enamorado cuando era joven, y la única persona en el mundo que conocía la verdad a la que aspiraba con angustia el poeta?

A la mañana siguiente consiguieron en una oficina de turismo un folleto con el programa de la temporada del Berliner Ensemble. Anunciaba que Tina Feuerbach hacía el papel de Virginia, la hija del astrónomo, en *Galileo Galilei*, pieza escrita por Brecht en el exilio durante la época del nazismo. Cayetano invitó a Margaretchen a servirse algo en la terraza del Kaffeebaum, bajo el sol blanquecino de la mañana. Se sentía optimista. Si Margaretchen reconocía en Virginia a Tina, él se las ingeniaría para acercarse a la actriz y llegar hasta su madre.

Volvieron a Berlín en el primer expreso de la tarde, y una vez allá se dirigieron al Berliner Ensemble, donde compraron las dos últimas butacas disponibles para la función del fin de semana. Quedarían en la última fila de la platea, pero podían considerarse afortunados pues *Galileo Galilei* era siempre un éxito de taquilla en la República Democrática Alemana, les explicó la vendedora. Más ahora, que Wolfgang Heinz representaba a Galileo, y nada menos que bajo la dirección de Fritz Bennewitz. Tenía razón el poeta, pensó Cayetano. Mientras paseaban por Valparaíso le había comentado que solo con el socialismo adquirían plena importancia el arte y la literatura, que solo allí la gente seguía con devoción a los escritores y los artistas, y que por ello los gobiernos vigilaban a los intelectuales. En el capitalismo, en cambio, cualquier artista podía decir lo que se le antojara porque pocos lo escuchaban. Durante los días de espera, Cayetano y Margaretchen hicieron el amor con delirio y pasión en el pequeño cuarto del hotel Stadt Berlin mientras sobre la ciudad caía una lluvia copiosa, fría y persistente, que empapaba de tristeza sus techos y sus calles adoquinadas por donde pasaban chirriando los tranvías. En cuanto escampaba y la claridad agrietaba el cielo sucio, salían a pasear tomados de la mano o abrazados, tratando de olvidar que lo suyo estaba condenado a morir en cuanto él cruzase el Muro hacia Occidente. En esos días comieron en el Ganymedes, un restaurante exclusivo ubicado cerca de la estación de la Friedrichstrasse, el Café Flair, de la Schönhauser Allee, subieron a la plataforma del giratorio de la torre de Televisión, desde donde se divisan los confines de la ciudad dividida, y visitaron la casa-museo de Brecht.

—Así cualquiera es comunista —reclamó Margaretchen, mientras observaban por una ventana del espacioso departamento de Brecht el cementerio donde descansan los restos de personalidades de la historia alemana—. Apoyó el régimen del PSUA, pero vivía como un burgués, publicaba en Occidente y podía viajar libremente al otro lado.

—Chica, digamos que creía, pero no del todo —comentó Cayetano recordando las tres casas del Poeta en Chile y la que acababa de adquirir en Normandía, y la jugosa cuenta en dólares con la que le financiaba aquella investigación internacional.

—Fue como Galileo, supo convivir con el poder, callar cuando le convino y cosechar las ventajas que el régimen le ofrecía. Por eso escribió esa obra. Galileo era su héroe. Brecht se acobardó igual que Galileo cuando le mostraron los instrumentos de tortura.

—¿Y a ti no te pasaría lo mismo? —la provocó Cayetano.

—¿Y quién tiene pasta de mártir? Desgraciado el país que necesita héroes, decía Brecht. Y tenía razón. Héroes llama el poder a quienes le sirven de carne de cañón —repuso ella triste.

La gravilla crujía bajo sus pies mientras caminaban entre los árboles del cementerio. Habían dejado atrás las tumbas de Hegel y Fichte, y ahora se detenían ante el obelisco y el autorretrato que Karl Friedrich Schinkel había esculpido para su sepulcro. Unos gorriones volaron asustados. Más allá estaban las dos grandes piedras con los nombres de Brecht y su esposa, Helen Weigel. Las gotas que aún caían del follaje le arrancaban una fragancia a raíces frescas a la tierra. Después volvieron al Stadt Berlin, e hicieron el amor frente a la ventana, contemplando el Muro y, más allá, detrás de la franja de la muerte, las calles de Berlín Occidental, inalcanzables para Margaretchen.

La noche de la función compraron rosas en un kiosco de la Friedrichstrasse y las llevaron al Berliner Ensemble, donde las dejaron encargadas en la guardarropía. Cayetano confiaba en poder acercarse a la actriz cuando ella saliera de los camerinos. No se perdieron detalle de la actuación. En el escenario Virginia atendía con veneración a su padre, un Galileo ya viejo y medio ciego, que garrapateaba papeles, cortejaba a los burgueses y vacilaba ante los sacerdotes de la Inquisición. Cayetano se fijó en la cabellera trigueña de la actriz, en sus ojos color marrón, sus pómulos salientes y su cuerpo grueso, y se preguntó si estaba ante la hija del poeta. Maquillada, Tina Feuerbach podía pasar por latinoamericana, lo que aumentaba las posibilidades de que fuese su hija. Pero tuvo que admitir que el aspecto no significaba nada, puesto que tanto el poeta como el doctor Bracamonte eran latinoamericanos. La actriz podía ser hija de cualquiera de ellos.

Para su sorpresa, mientras trataba de reconocer en ella la huella del poeta, algún remoto rasgo en su rostro o cuerpo que resultase innegable y los emparentara, descubrió, con inquietud, que había un personaje en el que él mismo, con el transcurrir de la obra, iba sintiéndose reflejado: Andrea, el joven y osado discípulo de Galileo. Era como si la obra, mediante ese personaje, se esforzase por colocarle un espejo ante los ojos. No podía negarlo. Con la misma pasión con que se había entregado aquel huérfano italiano a la ciencia por emular a su maestro, él, Cayetano, como detective creado por Neruda, se entregaba a la causa de este y eso, debía admitirlo, lo llenaba de orgullo y lo revestía de una vitalidad insospechada. Galileo, Brecht y Neruda tenían más en común que la mera huida ante la amenaza del dolor: los tres eran capaces de transformar a quienes los rodeaban, de hacerles ver el mundo de otra forma, de transmitir sus enseñanzas casi sin darse cuenta. Él ya no era el mismo que antes de conocer al poeta. El final de la obra, la escena en que Andrea, después de renegar de Galileo al abjurar este de sus teorías, se reconcilia con su maestro y recibe de sus manos su legado científico, lo conmovió profundamente. ¿Sería él capaz de cumplir la misión que el poeta le había encargado? ¿Sería aquella muchacha que fingía en escena rogar al cielo por la fe de su padre, la hija fiel que don Pablo anhelaba?

En cuanto cayó el telón y los aplausos irrumpieron en la sala, Cayetano y Margaretchen pasaron al *foyer* a retirar el ramo y se dirigieron de inmediato a la puerta de salida de los actores. Llovía y buscaron refugio bajo una marquesina, junto a un puñado de cazadores de autógrafos, jóvenes de pelo largo con aspecto rebelde, que ya esperaban a los artistas conversando en medio del humo de cigarrillos. Margaretchen estaba desconcertada. No se atrevía a afirmar que Virginia fuese efectivamente la hija de Beatriz que ella había visto desde lejos, diez años atrás, en las fiestas de la escuela frente al lago. El maquillaje, la iluminación y la distancia con el escenario, así como el paso de los años conspiraban contra un reconocimiento definitivo. Una hora más tarde, cuando pensaban que Tina se había escabullido por otra puerta, la vieron emerger bajo la marquesina. Corrieron hacia ella con los fanáticos.

–¡Tina, estas flores son para usted! –le gritó Cayetano a la actriz en español y le extendió el *bouquet* por entre los curiosos.

Tina llevaba chaqueta y pantalón negros, una bolsa al hombro y anteojos oscuros. Al ver la rosas se detuvo impresionada. Sin el maquillaje del escenario, parecía mayor que Virginia y más latina, aunque con innegables rasgos alemanes, pensó Cayetano.

–¿*Für mich*? –preguntó ella, sorprendida.

Los admiradores le acercaban programas para que los autografiara.

–Por su formidable actuación, *Frau* Schall. ¡De primera! –insistió Cayetano, en español.

–Feuerbach. No Schall –corrigió ella mientras recibía las flores, firmaba autógrafos y reanudaba la marcha. En la calle esperaba un vehículo negro con cortinillas.

–Quisiéramos entrevistarla para una revista de Chile –agregó Margaretchen tratando de aproximarse a Tina–. Cuando usted pueda y donde le convenga.

–¡Todo el éxito del mundo al pueblo chileno en la construcción del socialismo! –repuso la actriz, esta vez en español, sin dejar de caminar hacia el coche en medio del asedio de los admiradores.

–Aquí tiene mis datos –Cayetano le pasó un papel con sus señas justo en el momento en que alguien gritó que el director de la obra estaba saliendo de los camerinos. Los cazadores de autógrafos corrieron en tropel hacia la marquesina, dejando a Cayetano y Margaretchen solos con Tina Feuerbach.

–No se preocupe. Lo buscaré –prometió ella, guardando el papel en su cartera, sin detenerse.

–¿Usted no conoce a Beatriz Bracamonte? –le preguntó Cayetano.

—¿Beatriz Bracamonte?

—Sí, de Ciudad de México.

—No, no conozco a nadie con ese nombre. ¿Es una actriz mexicana?

—Vivió en México y Cuba.

—Disculpe, pero me esperan —señaló hacia el automóvil. El chofer se había situado junto a la puerta trasera—. Buenas noches.

—Antes que se vaya —gritó Cayetano—. ¿Dónde aprendió usted español?

—En la escuela, cuando era niña.

—¿En Bernau enseñan tan buen español?

—Buenas noches —repitió ella, dando por terminada la conversación.

El chofer abrió la portezuela trasera, y Tina se deslizó al interior del espacioso automóvil. En ese instante Cayetano alcanzó a divisar a un hombre de cabellera oscura, terno y corbata, que iba sentado atrás. El vehículo arrancó veloz por la Friedrichstrasse, que a esa hora se alargaba desierta y en penumbras, y se perdió seguido por dos coches Volga hacia la estación del S-Bahn.

—¿Sabes qué autos eran esos? —le preguntó Margaretchen al rato, cuando paseaban por Unter den Linden bajo la tenue llovizna berlinesa.

—Evidentemente del Gobierno —dijo Cayetano, y se detuvo junto a un tilo para encender un cigarrillo. La luz de un escuálido farol se reflejaba débil en el pavimento mojado.

—Son carros de la Stasi, Cayetano. El de cortinillas era un Volvo, reservado solo para los dirigentes más encumbrados. Tina Feuerbach tiene algo que ver con alguien muy bien situado. Y con alguien muy bien situado. Me está dando escalofríos todo esto.

Cayetano expulsó con parsimonia una voluta de humo, pasó un brazo encima de los hombros de Margaretchen y le dijo que no se preocupara, que pasearan tranquilos, que cenarían y beberían a la carta en el Stadt Berlin porque habían dado un paso importante esa noche. Apoyó su cabeza contra la de ella y caminaron así por un rato, en silencio, mirando la torre de Televisión que descollaba al final de Unter den Linden esbelta e iluminada, como la Torre Eiffel en las novelas de Simenon por encima de los techos de París. Con una sensación de voluptuosidad, estrechó a Margaretchen contra su cuerpo y la besó en la boca, diciéndose que Maigret jamás entendería los deseos ni las angustias de un latinoamericano extraviado en el este de Europa durante la Guerra Fría. Fue entonces que notó que un vehículo los seguía.

39

Le ordenó a Margaretchen que volviese a su apartamento. Los temores de ella se habían hecho realidad. La policía política los espiaba, y a ella no le convenía aparecer involucrada con un extranjero. Margaretchen se aferró a su brazo, negándose a abandonarlo en esa Unter den Linden que se alargaba solitaria entre las fachadas resplandecientes de los edificios históricos. A lo lejos, más allá de la Staatsoper y la Universidad de Humboldt, divisaron el letrero rojo de un bar, que parpadeaba como un guiño reiterado.

—No te voy a dejar, menos ahora —repuso Margaretchen.

—Hazme caso y vete —insistió Cayetano. La llovizna cubría de un terciopelo luminoso el techo del Volga—. No es bueno que nos detengan a ambos. Vete, y mañana iré a verte. A mí no pueden hacerme nada. Soy extranjero. Si estás conmigo, te complicarás la vida

—Me da lo mismo. Ya me despidieron del trabajo.

—Vete, Margaretchen. Regresa y no podrán seguirte. Yo puedo irme de la RDA, tú no. Vete ahora mismo. Hazme caso.

—No te voy a dejar solo ahora —le apretó fuerte el brazo.

—No seas terca, te lo suplico. Si aprecias lo nuestro, tienes que irte. Ahora.

Ella lo besó furtivamente en la boca y volvió sobre sus pasos por Unter den Linden de manera que el Volga no pudiera seguirla. El coche se detuvo. Era evidente que sus ocupantes no sabían ahora a quién seguir. Unos instantes después el coche continuó rodando junto a Cayetano. Este respiró aliviado. Si Margaretchen alcanzaba el metro o la S-Bahn, ellos perderían su pista. Siguió su marcha, el Volga a su lado. Frente a la plaza Marx y Engels, el interior del Palast der Republik fulguraba como una exposición de lámparas, y por encima de su placa de concreto la esfera giratoria de la torre de Televisión era un platillo volador suspendido sobre Berlín. Los reflectores de un avión pronto a aterrizar en Tempelhof apuñalaron las nubes antes de zambullirse en ellas.

De pronto dos tipos desembarcaron del Volga. El cierre de sus puertas resonó compacto en el silencio de la noche. Se le acercaron con sigilo. Un escalofrío se apoderó de su cuerpo. Se sintió rematadamente solo.

—Buenas noches —le dijo el más robusto. Llevaban impermeables y sombrero de ala ancha negros, y parecían cuervos. A Cayetano le vinieron a la memoria las películas de Humphrey Bogart. Pero reconoció que aquello no era un film ni una novela de gánsteres, sino algo real que le ocurría a él bajo la llovizna de Unter den Linden. Aquello era la vida de verdad en el áspero mundo del Berlín Oriental de la Guerra Fría, no una escena ante una fachada de cartón piedra de un estudio en Hollywood. Devolvió el saludo con los dientes apretados, sin dejar de caminar, imitando el estilo de un Bogart acorralado para aparentar dignidad. No recordaba ningún capítulo de Maigret asediado por policías.

Uno de los tipos se ubicó a su izquierda, el otro a la derecha. Caminaron un rato a su mismo paso, sin abrir la boca. El Volga los seguía sin hacer ruido.

—¿En qué puedo ayudarlos? —les preguntó al intuir que no se libraría de ellos. Los detectives de la ficción se convertían en héroes con facilidad, pero los de carne y hueso no pasaban nunca de su condición de proletarios de la investigación. Él era tal vez como Galileo Galilei, se dijo, un Galileo de la investigación detectivesca, y no estaba para alimentar hogueras. Trató de nuevo de recordar alguna situación semejante en las novelas de Simenon para saber qué hacer, pero fue en vano. Comprobaba que en la ficción las cosas sucedían de otro modo, de acuerdo a otras reglas, bajo la mano de ese dios, nunca indiferente al destino de sus personajes, que era el escritor. Ahora sabía por fin por qué los autores protegían tanto a sus protagonistas, especialmente si eran personajes de una serie. Interesados en cobrar anticipos por las siguientes novelas, los escritores se volvían dioses magnánimos y, torciéndole la mano a la realidad, les arrojaban salvavidas de último minuto a sus personajes, salvavidas que en rigor no existían, pero que él, el lector, estaba dispuesto a aceptar como auténticos. Mas él no era un personaje de ficción, aunque ahora quisiera serlo, sino el modesto investigador de un poeta herido de muerte, incapacitado para socorrerlo desde la distancia. Al menos él, Cayetano Brulé, era de carne y hueso, y no habitaba en una novela sino en la realidad, esa realidad implacable, donde no había dioses o, de haberlos, eran indiferentes e insensibles frente a los destinos humanos, pensó.

—Súbete al vehículo —escuchó que le ordenaban, arrancándolo de sus pensamientos.

—¿Policías? —preguntó con serenidad impostada. La llovizna le rezumaba helada por el cuello de la camisa.

—¡Al coche, te dije!

La presión contra sus hombros fue un argumento irrebatible.

Quedó en el asiento trasero del Volga, entre ambos armatostes. Adelante iban dos más, de terno y corbata, y cabello corto. El copiloto lanzó un mensaje cifrado por un micrófono mientras el Volga cruzaba raudo frente al Palast der Republik.

—¿Se puede saber adónde me llevan?

El coche se desvió por calles lóbregas y desiertas. Solo se escuchaba el rumor sordo de los neumáticos sobre el adoquinado húmedo y una voz grave dictando cifras a través del radio. Lo sabía, lo interrogarían en un cuartel de la Stasi, y no podría mentir. ¿Cómo justificar la razón por la cual buscaba a Beatriz viuda de Bracamonte sin traicionar al poeta? ¿Cómo explicar su visita a la escuela junto al lago? Tal vez el famoso Merluza pudiera sacarlo del lío, pensó mientras el auto corría a lo largo del Muro. Se arrepintió de haber involucrado a Margaretchen en el asunto. Ahora admitía que había sido irresponsable de su parte pedirle ayuda. El velocímetro marcaba cien kilómetros por hora. Se preguntó qué nervio de la República Democrática Alemana había tocado al acercarse a la actriz del Berliner Ensemble, que ahora la Policía lo secuestraba.

Tras enfilar por una recta orillada por abedules, el carro ingresó a una playa de estacionamiento solitaria y oscura, rodeada de árboles. Sus faroles barrieron un letrero, que decía Treptower Park. Luego el Volga se detuvo. A lo lejos, sobresaliendo por sobre las copas, Cayetano vio una mole de concreto de contornos imprecisos.

—Bájese.

Echaron a caminar entre los troncos, esquivando pozas y ramas caídas, y llegaron a una explanada donde se extendían unos inmensos rectángulos de cemento. Al fondo se alzaba la mole. Se dio cuenta de que era una estatua. Construida en bloques de granito, representaba un soldado con capa que cargaba en sus brazos un niño y un fusil. Inclinaba la cabeza en señal de duelo. Era la estatua más monumental que había visto en su vida.

—Sígame —le ordenó un hombre. Ascendieron por peldaños de piedra hasta llegar al nivel de las botas del coloso.

Una silueta emergió lentamente de entre las tinieblas. La brisa agitaba su impermeable desabotonado. No tardó en reconocerlo: era el mismo hombre que, poco antes, había visto ocupando el asiento trasero del Volvo en que Tina Feuerbach se había alejado del Berliner Ensemble.

40

El hombre del impermeable tenía el mentón ancho y rectangular, pómulos altos, nariz aguileña y una mirada penetrante. Cayetano se dijo que aquel rostro de eslavo aristocrático parecía esculpido en el mismo granito del monumento. Bajo la llovizna el Treptower Park comenzó a oler a tierra húmeda.

—¿Por qué busca usted a Beatriz viuda de Bracamonte? —le preguntó el hombre en inglés, con fuerte acento alemán.

—¿Y usted quién es? —repuso Cayetano, intuyendo que, de acuerdo a las circunstancias, lo suyo era pura retórica.

El hombre introdujo con parsimonia las manos en los bolsillos del impermeable, e inclinó el rostro con un gesto entre curioso y crispado. El rugido de un león llegó desde lejos por el cielo de Berlín Oriental. Cayetano se preguntó si no estaba enloqueciendo. En Bernau había visto un canguro. Ahora escuchaba a un león. Al menos su rugido no era una mala metáfora para su situación.

—Sé bastante de usted y sus pasos por la República Democrática Alemana, señor Brulé. Pero no tema, podrá salir del país tal como entró. Explíqueme primero en forma convincente, por qué busca usted a esa mujer.

—¿Usted es de la Stasi?

El hombre carraspeó, se paseó molesto el índice entre la camisa y el cuello, e insistió:

—¿Por qué busca a esa mujer?

—Primero necesito saber con quién estoy hablando. Soy un turista. No merezco este trato.

—Le acabo de formular una pregunta…

—Y para hacerla me ha secuestrado.

—Se puede ir ahora mismo si quiere. Mi arma no es la imposición, sino la persuasión –dijo el hombre, conciliador. Tenía dientes pequeños y largos, labios gruesos, algo de la mirada de un niño sorprendido.

—¿Seguro puedo irme?

—Absolutamente.

—No soy ingenuo, señor… ¿Cómo puedo decirle?

El hombre retrocedió un paso y un rayo de luz agudizó la palidez de su rostro.

—Puede llamarme Markus.

—No soy ingenuo, Markus. Me deja ir ahora y me detiene después en el cruce fronterizo, cuando esté a punto de irme. Prefiero aclarar las cosas. No tengo nada que esconder, no soy espía. Vengo del país de Salvador Allende y Pablo Neruda.

—Eso lo sé. Pero aún no me dice por qué busca a esa mujer.

Echó a caminar lentamente, y Cayetano lo siguió. Los guardaespaldas hicieron lo mismo, guardando distancia. El coloso de granito se recortaba contra las nubes negras como si estuviera al acecho. Si sabía tanto sobre su persona, solo podía deberse al Merluza, supuso Cayetano, o a Valentina, o a Käthe, o tal vez a Margaretchen. En verdad, las cosas parecían complicarse para él.

—Ando de viaje con el apoyo de la embajada chilena –explicó–. Un dirigente chileno me encargó buscar a Beatriz. Cuestiones personales, ningún secreto de Estado. No hay razón para que la Stasi se inmiscuya.

Markus siguió caminando en silencio.

—¿Está al tanto de esto? –preguntó volviéndose hacia Cayetano. Extrajo un sobre del impermeable, y de él un juego de fotografías en blanco y negro. Se las entregó. Cayetano las observó bajo la linterna que Markus encendió–. ¿Reconoce a alguien?

En algunas fotos aparecía acompañado de Margaretchen en Berlín, Leipzig y Bernau, y en otras, tomadas en los mismos lugares, había dos hombres con aspecto de turistas. Uno portaba una cámara fotográfica con *zoom*, el otro una bolsa deportiva colgada al hombro. Pero algo en la tensión de sus rostros sugería que no andaban de vacaciones, o que al menos no las disfrutaban.

—¿Los conoce?

—Primera vez que los veo.

De nuevo llegó el rugido. Un zoológico, o tal vez un circo, pensó Cayetano.

—Son chilenos. Oficiales de Ejército —explicó Markus con voz grave—. Lo siguen a usted por Europa, y usted al menos debe suponer por qué.

—No los conozco —reiteró sorprendido. —Además, no tengo nada que ver con política —recordó los *jeeps* militares patrullando Valparaíso, los rumores de golpe de Estado, los atentados con bombas, las advertencias de su mujer. En realidad, nadie que viviera en Chile podía estar al margen de la política en esos días, admitió—. ¿Me siguen todavía?

—Se alojaron un piso debajo del suyo, con pasaporte militar estadounidense, pero son chilenos. ¿Por qué lo siguen? ¿Solo porque usted busca a una mujer? ¿Lo siguen o le sirven de apoyo logístico? ¿Quién le encargó buscar a esa mujer? No podrá irse del país si no me aclara eso antes, señor Brulé.

—Ya le dije. No conozco a esos tipos.

—Pero, ¿usted sabe al menos lo que eso significa?

—Jamás los he visto.

—Entonces le voy a proponer un arreglo, pero tiene que respetarlo escrupulosamente —dijo Markus tranquilo, sosegado, y se levantó el cuello del impermeable. Apagó la linterna y le pasó las fotos a un guardaespaldas—. Usted me cuenta qué busca en la República Democrática Alemana, y yo le garantizo la salida por la Friedrichstrasse…

41

−Así que usted busca una cura para el poeta del Nobel −comentó
Markus con las manos en los bolsillos, serio. Caminaban por el
Treptower Park envueltos en la penumbra y la llovizna, amparados
por el monumento al soldado soviético caído en la capital del Tercer
Reich. La brisa le arrancaba murmullos al follaje, y la ciudad dividida era un pálpito ronco y distante en la noche, un mero resplandor
opalescente en el techo de nubes.

−En eso ando por este mundo.

Cayetano se sentía ahora un miserable. En cuanto Markus le había
mostrado los instrumentos de tortura, había traicionado al poeta.
Era como Galileo y Margaretchen. Si bien había retocado la historia
y ocultado la verdadera razón por la cual el poeta buscaba a Beatriz,
Markus presentía ya la existencia de otro secreto. No se tragaría por
mucho tiempo la mentira que le había servido.

−Pero todavía no me queda claro por qué necesita a la actriz del
Berliner Ensemble −reclamó Markus impertérrito.

−Porque simplemente me encantó su actuación en *Galileo Galilei*.
Si uno viene a Berlín Este, tiene que ir al Berliner Ensemble.

−Pero usted compró el ramo de flores dos horas antes de ver actuar
a la Feuerbach. ¿Sabía de antemano que le iba a encantar tanto?

No podría engañarlo. Markus sabía demasiado sobre él. Ahora
perseguía su confesión, una confesión extraña, superflua, porque tenía
la impresión de que estaba al tanto de la verdad.

—¿Puedo saber qué relación tiene usted con la actriz? —le preguntó mientras volvían a subir hacia la base del monumento.

—Aquí las preguntas las formulo yo —aclaró Markus con firmeza.

Una vez en la plataforma, se detuvieron a contemplar las explanadas que servían de tumba a los soviéticos caídos en la batalla por Berlín.

—No se puede entender la posguerra si se olvida a estos héroes —aseveró Markus—. Yo crecí en la Unión Soviética. Mis padres se refugiaron allí en 1934 porque eran judíos y comunistas, enemigos de Hitler. De quienes descansan aquí surge la justificación moral para mis actos de hoy, señor Brulé. —Escrutó el rostro de Cayetano y luego agregó—: Aún me debe una respuesta...

—Voy a ser franco, entonces, Markus. Tina Feuerbach es hija de Beatriz viuda de Bracamonte.

—Eso es algo que usted supone.

—Usted sabe que es cierto. Usted sabe bien quiénes son ellas.

—Me cuesta entenderlo, señor Brulé. Primero me cuenta que busca a un doctor que vivió en México, luego que busca a su viuda, y al final asocia a esa mujer, que no conozco, con una actriz de nuestro Berliner Ensemble. Así no llegará lejos en su investigación, y el poeta morirá sin la asistencia que necesita.

—No intente confundirme. Usted puede ayudarme a ubicar a la viuda, porque conoce a la hija. Ella sabe dónde está su madre.

El hombre del impermeable sacudió la cabeza y se miró los zapatos salpicados de barro.

—Que a usted lo sigan espías del ejército chileno, que trama un golpe de Estado contra Salvador Allende, significa por lo menos que usted está en aprietos.

—¿Usted cree que podrán?

—¿Neutralizarlo a usted?

—No, dar el golpe.

—Usted quiere saber demasiado. Pero nadie puede violentar el curso de la historia. Los acontecimientos ocurren cuando tienen que ocurrir, no decenios antes ni después. Chile volverá a su camino de siempre y pagándolo caro. Pero dejemos la especulación para los filósofos de la historia. Usted está ahora en problemas con sus militares.

—Ellos no me quitan el sueño. No tienen el poder. Pero si me echa una mano con ellos, se lo agradecería. Tal vez impedirles que me sigan pisando los talones.

—Ya veremos —dijo Markus pensativo.

—Se lo agradecería, aunque mi tarea sigue siendo localizar a la madre de la actriz.

—Me está exasperando, señor Brulé. ¿Cómo quiere que se lo diga? La madre de Tina murió hace años. Era alemana, miembro condecorada de la resistencia anti-nazi. Jamás vivió en México. Fue ciudadana de la RDA. Dudo que haya salido alguna vez de la República.

Si la madre de Tina estaba muerta, entonces su investigación hacía agua desde el comienzo, concluyó con amargura Cayetano. Se acarició los bigotes, perlados por la llovizna fría. En algún momento había perdido el rumbo como esos andinistas que se extraviaban en el invierno de las montañas andinas para aparecer, como cadáveres rigurosamente conservados, con el deshielo de primavera. A lo mejor la antigua amante del poeta vivía aún en México. Decidió hacer otra concesión y dijo:

—Si el panorama es como usted lo pinta y esos militares me persiguen, yo le prometo una cosa a cambio de una sola garantía suya.

—¿Qué quiere prometerme el señor Brulé en el Treptower Park?

—Que me marcho y le dejo en paz para siempre a su actriz del Berliner Ensemble.

—¿Y eso a cambio de qué?

—Que me garantice la salida de la República Democrática Alemana, pero me regale unos días más de permanencia…

—¿Para pasarlos con la muchachita de Bernau? —preguntó irónico—. No me diga que es de los que se enamora rápido…

—Quiero despedirme de ella —repuso Cayetano serio.

Markus giró sobre sus talones y se quedó contemplando el primer resplandor de la alborada, que teñía con timidez el horizonte por entre los abedules. Un hoyuelo le horadaba cada mejilla cuando giró sonriendo hacia Cayetano.

42

Le quedaban treinta y seis horas para dejar la RDA, se dijo al mediodía siguiente, mientras esperaba a Margaretchen en el Mokka Bar de la Alexanderplatz hojeando el *Neues Deutschland*, que traía noticias desalentadoras sobre la escasez de alimentos y el paro de los camioneros en Chile en contra de Allende. A medianoche, cuando allá atardecía, había llamado al poeta para decirle que la investigación progresaba, aunque sin revelarle que creía haber encontrado a su hija en Berlín Este. Fue extremadamente cauteloso con cuanto decía, pues ahora sospechaba, o más bien tenía la certeza, de que espiaban sus conversaciones. Ni siquiera se atrevió a comentarle lo de las fotos de los espías que le había mostrado Markus, ni su suposición de que presagiaban la inminencia de una contrarrevolución tan sangrienta como la de Yakarta.

Margaretchen llegó tensa y demacrada al café. No había logrado conciliar el sueño por temor a que la Stasi derribara la puerta de su apartamento y la arrestaran. Mientras apuraba un té, Cayetano le explicó, sin abundar en detalles, lo acaecido en la víspera, algo que espantó a la traductora. Luego cogieron un taxi, que los dejó en la Leipziger Strasse, cerca del edificio donde vivía Tina Feuerbach. La dirección se la había dado a Cayetano esa mañana una secretaria del Berliner Ensemble, donde había llamado haciéndose pasar por diplomático mexicano. Le bastó con anunciar que debía entregarle a la actriz un *bouquet* de flores para que le dictaran la dirección. La Leipziger Strasse era la avenida comercial más exclusiva de Europa del

Este. A metros del Muro, bordeada por altos edificios, reunía tiendas, cafés y restaurantes de lujo que llevaban el nombre de las capitales de los países socialistas.

—¿Seguro es la dirección? —preguntó Margaretchen.

—Absolutamente seguro —dijo Cayetano mientras pasaban junto a una vitrina con jarrones de Turingia y cristalería de Bohemia.

Entraron al edificio. El portero no estaba en su caseta. Dormitaba, en cambio, frente al televisor encendido en una salita contigua, donde olía a café y había revistas y una botella de Doppelkorn sobre un escritorio. Era un hombre viejo, de barba y melena blanca, y en la solapa de su chaqueta llevaba prendida la insignia del PSUA.

—Estamos buscando a la señorita Feuerbach —anunció Margaretchen.

El anciano se incorporó sin saber si tenía que molestarse por la interrupción de los desconocidos, o alegrarse por no haber sido sorprendido por un jefe viendo la televisión occidental. Se aclaró la garganta y dijo:

—Vive en el 1507, *gnädige Frau*. Pero nunca está a esta hora. ¿En qué puedo ayudarla?

—Tenemos un regalo oficial para ella en el automóvil —dijo Cayetano.

—¿De qué institución vienen?

—De la Embajada de Cuba. Es un obsequio que usted debe guardar en un lugar seguro hasta que regrese la señora. ¿A qué hora vuelve?

—Nunca se sabe. Pero mi oficina es un lugar seguro, así que no se preocupe. Aquí nunca se ha extraviado nada. ¿Embajada de Cuba, me dijo?

—Efectivamente. La isla de la música y el ron, abuelo.

—Hay mucho conjunto cubano rumbeando en la TV, y mucho obrero cubano en las fábricas estatales, pero hace años que no huelo ni la etiqueta de un ron cubano en este país —reclamó el portero gesticulando con una mano. En ese instante Cayetano reparó en que le faltaba el meñique de la derecha.

—Pues, si se arma de paciencia, le traigo ahora mismo una botella. No, no una, sino dos. Una de ron blanco y otra de ron añejo. Havana Club. Lo mejor de lo mejor. Y escúcheme bien: se las traeré firmadas por el mismísimo Mauro Triana, embajador extraordinario y plenipotenciario de Cuba en la República Democrática Alemana, y descendiente directo del primer europeo que avistó tierras americanas.

43

–Con dos botellas de ron, una cajita de bombones y un florero de cristal estaríamos resolviendo el problema –le dijo Cayetano a Margaretchen mientras se ubicaban en la cola del Intershop del hotel Stadt Berlin.

La tienda, que expendía productos solo en moneda occidental, olía a perfumes y detergentes, y estaba atestada de gente que admiraba las mercancías, preguntaba con timidez por los precios y luego compraba apenas una misérrima barra de chocolate, un par de pantimedias o un paquete de café Melitta, envasado al vacío.

–No entiendo mucho, pero tú sabrás –murmuró Margaretchen.

–Las botellas son para Kurt, los bombones para su amiga, y el florero para Tina Feuerbach. Y pídele que me envuelvan todo como regalos separados, menos las botellas, que las quiero en una bolsa.

–¿Cómo piensas acercarte de nuevo a Tina? ¿No te bastó con que te denunciara a la Stasi?

–Solo se trata de entrar a su apartamento…

–¿Te has vuelto loco? El *Genosse* portero jamás te lo permitirá.

–Ayúdame con esto, sígueme en todo. Ya verás cómo entro.

Kurt dormitaba de nuevo frente a un capítulo de la serie de televisión *Mr. Ed* cuando regresaron. El caballo le confesaba afligido a su dueño que anhelaba una novia. Cayetano simpatizaba con Mr. Ed. Le parecía un caballo noble y decente, más cuerdo que muchos conocidos y testigo privilegiado y sagaz de un Estados Unidos que iba desapareciendo. Sobre el escritorio de Kurt yacía el *Neues Deutschland* abierto en la página deportiva. Despertó y sonrió al ver que Cayetano sacaba botellas de la bolsa.

—Son de Cuba, abuelo. Esta botella, "carta blanca", es para usted —aclaró Cayetano, al viejo—. Y también un regalito para su señora.

Kurt cerró presuroso la puerta de la oficina, los invitó a sentarse, abrió la botella y escanció generoso y diligente el ron en unos vasos con la insignia del club de fútbol Dynamo. Sus mejillas se encendieron mientras saboreaba el destilado y les explicó su labor en el edificio.

—Cosas menores. Un fusible que se quema, una llave con gotera, una ventana trabada —se zampó otro sorbo, luego hizo aparecer un salami húngaro de donde guardaba llaves, cortó unas rebanadas y las colocó sobre el *Neues Deutschland*—. Es una pega ideal para un tornero jubilado. Además, aquí todos son amables conmigo.

—Este es el envío del señor ministro de Cultura para Tina Feuerbach —anunció Cayetano colocando el paquete más grande sobre la mesa—. ¿Dónde puede guardarlo?

—Aquí mismo. ¿Qué es?

—Ni nosotros lo sabemos. Un regalo que viene de muy arriba, usted me entiende —dijo Cayetano con su voz grave, simulando que se acariciaba una barba inexistente—. Solo que necesita colocarlo en un sitio seguro porque es caro, fino y frágil.

—Aquí nunca se ha perdido nada.

—No es que se pierda —dijo Cayetano mientras le llenaba otro vaso a Kurt—, pero se puede quebrar. Sería una pérdida irreparable, no solo por la calidad y el precio, sino también porque es un envío oficial que viene de lejos. Usted sabe a qué me refiero. Esto puede traer consecuencias para nosotros e incluso para usted...

—Kurt Plenzdorf sabe exactamente lo que hay que hacer con eso.

—¿Qué hará entonces, abuelo?

—Ir a dejarlo ahora mismo al apartamento. Así ustedes se van conformes y yo me quedo con la conciencia tranquila. No quiero líos con el comandante.

—¿No prefiere que yo cargue con el paquete?

Los ojos de Kurt escrutaron al bigotudo mientras Mr. Ed seguía lamentando la monotonía de su soledad en la caballeriza. Alguien bajó del elevador, pasó frente a la puerta haciendo resonar los tacos y continuó hacia la Leipziger Strasse.

—¿Desconfía de mí, acaso? —reclamó Kurt secándose los labios con el dorso de la mano.

—No, pero a lo mejor usted ya bebió más de la cuenta.

Kurt soltó una risotada y vació desafiante un nuevo vaso.

—Esto no es nada para Kurt Plenzdorf, ex tornero de la Wehrmacht, la Nationale Volksarmee y la fábrica propiedad del pueblo Narva —farfulló disimulando un eructo—. Ustedes quédense acá, tranquilos. Yo dejaré esto en el departamento de *Frau* Feuerbach y vuelvo en seguida. Pero lo haré solo bajo una condición —agregó con mirada pícara.

—Usted dirá, abuelo…

—Que me deje la otra botella.

—*Kein problem, Herr* Plenzdorf.

Kurt abrió el clóset y cogió una de las llaves que colgaban de un tablero. Abrazó el paquete, simuló por un instante que se le caía, y luego se dirigió al ascensor.

—¿No te lo advertí? El *Genosse* Plenzdorf es un prusiano de pies a cabeza —comentó Margaretchen—. Nunca te dejará entrar al apartamento.

—Eso está aún por verse —repuso Cayetano, y volvió a llenar el vaso de Kurt.

44

Cuando Kurt regresó y colgó la llave en su gancho, Cayetano le entregó la botella de ron añejo, que el administrador ocultó regocijado en el estanque de la taza del pequeño baño mientras Cayetano se apoderaba de la llave y anunciaba que iría a reservar mesa a un restaurante de la Leipziger Allee.

En lugar de eso, cogió el ascensor y subió al piso quince.

La puerta del 1507 cedió con el quejido de bisagras sin aceitar. Este Plenzdorf no cumple a cabalidad sus tareas, pensó. Se encontró ante un comedor amplio, ordenado y limpio como una sala de exhibición, y ante un ventanal que enmarcaba los edificios de Berlín Occidental. Recorrió el apartamento. En el escritorio de un estudio había una máquina de escribir Olivetti, una biografía de Helen Weigel, y los *Tagebücher* de Bertolt Brecht. Una foto de Tina Feuerbach desplegada en un dormitorio atrapó su atención. Aparecía en traje de baño, delgada y muy joven. Sonreía, atrás el oleaje se mecía suavemente. En la cocina halló una cuenta de la luz a nombre de la actriz. ¡La prueba de que Feuerbach era su apellido real! Se sintió satisfecho. Al comenzar a investigar, no tenía ni la más remota idea de cómo proceder, pero ahora creía que la investigación era como la vida: te presentaba problemas que ella misma se encargaba de resolver. Supuso que se aproximaba más rápido de lo esperado al esclarecimiento del asunto. ¿Pero era Tina Feuerbach la hija de Beatriz, viuda de Bracamonte? ¿Y era el poeta su padre? Un estremecimiento repentino sacudió su cuerpo al imaginar a

Neruda sumido en el frío y la incertidumbre de Valparaíso, dictando en La Sebastiana sus memorias a Matilde, componiendo poemas, esperando impaciente sus noticias de ultramar.

En el cajón del velador de un dormitorio pequeño encontró pastillas, preservativos y una novela de Harry Türk. ¿De quién era ese cuarto? ¿De un hijo o de un amante de Tina? Daba lo mismo. Debía regresar pronto a la planta baja, estaba jugando con fuego al prolongar la inspección. Fue al pasar de nuevo por el *living* cuando reparó en el animal del estante, ubicado discretamente detrás de la portezuela de vidrio. Era una llama en miniatura, no más alta que una botella de cerveza, manufacturada con piel auténtica, provista de una vistosa manta que llevaba bordado el nombre de Bolivia. Detrás de la llama había una foto.

Abrió la portezuela y tomó el documento en sus manos. Una pareja sonreía frente a la cámara. El hombre, de sienes canosas, pasaba un brazo sobre los hombros de una mujer de cabellera y ojos claros. Estaban junto a una placa de bronce que anunciaba "Club Social". Al reverso de la foto alguien había escrito "Santa Cruz, marzo, 1967". Fue entonces cuando escuchó que alguien manipulaba la chapa de la puerta de entrada al apartamento. Se guardó la foto en un bolsillo, agarró una jarra cervecera y fue a ocultarse detrás de la puerta del estudio. Desde allí, a través de la hendidura, podría espiar a quien entrara.

Era un hombre. Llevaba pelo corto, traje oscuro y era fornido y tenía la nariz achatada, lo que le daba aspecto de boxeador. ¿Se trataba del compañero de Tina, o de un agente de la Stasi encargado de seguirlo? ¿O quizás de un militar chileno? Un escalofrío le trepó por la espalda con solo imaginar que si el tipo entraba al estudio, notaría indefectiblemente su presencia al volver a salir. Lo vio cerrar la puerta del departamento y detenerse en el pasillo, donde se contempló por unos segundos en el espejo. Cayetano apretó la jarra entre sus manos mientras el sujeto se aproximaba al estudio tocándose el nudo de la corbata.

Lo derribó de un feroz golpe, al que le imprimió sin asco la potencia de uno de Teófilo Stevenson. Quedó tendido de bruces en la alfombra. Un hilo de sangre comenzó a manar de su nuca. Cayetano temió haberlo mandado para el otro mundo.

Limpió con el pañuelo sus huellas en la jarra cervecera, como solían hacerlo los delincuentes de las novelas de Maigret, y dejó el apartamento. Bajó a toda prisa por las escaleras. El corazón le bombeaba furioso y la sangre le inundaba la cabeza, perturbándolo, impidiéndole pensar con claridad. Se detuvo en un rellano a recuperar el aliento. El olor a sofrito y basura que ascendía por la caja de escaleras le causó náuseas. De pronto quedó sumergido en la oscuridad total. ¡Lo habían cazado!, pensó. Pero se mantuvo agazapado, inmóvil, y aguzó el oído y contuvo la respiración. No se oían pasos. Esperó quieto, sin hacer ruido. Había comenzado a sudar frío, y las piernas le temblaban. Pero no escuchaba nada. Al parecer nadie lo seguía. Debía de ser el interruptor automático, se dijo mientras su mano buscaba a tientas un botón en la pared. Dio con uno, y lo obturó. Respiró tranquilo al ver que volvía la luz y la bajada estaba despejada. Encendió un cigarrillo para calmarse. No podía llegar alterado a la sala de Kurt. Despertaría sospechas en él. Siguió bajando los peldaños, y súbitamente creyó recordar quién era la mujer de la fotografía que llevaba en el bolsillo. La extrajo con mano temblorosa y se detuvo para contemplarla de nuevo. No pudo creerlo. Fue como si de pronto un velo cayera de sus ojos. ¡Esa mujer era Beatriz, viuda de Bracamonte!

45

–Fue todo culpa del invierno, que se confabuló con los bolcheviques en contra de la Wehrmacht. En Stalingrado perdí el meñique y dos dedos del pie derecho. Me salvé por un milagro de morir congelado –le contaba el portero a Margaretchen cuando Cayetano volvió a la salita–. ¿Consiguió mesa?

–Y muy cerca de aquí, abuelo, en el Sofía. Espero que la comida búlgara sea al menos tan buena como la cubana. ¿Cómo va ese ron?

La pantalla mostraba ahora el último modelo de un coche Audi. Plenzdorf le echó una mirada a la botella, asintió con la cabeza y volvió a servirse un trago, y dijo:

–Después de reconstruir pueblos siberianos, nos desnazificaron –agregó escanciándole también a Cayetano. Del salami húngaro solo quedaba la colita–. En el campo de prisioneros estudié materialismo histórico y dialéctico, y me volví estalinista. Y en octubre de 1949, poco antes de que los *tovarich* fundaran la RDA, me fletaron con miles de ex soldados en un tren de carga hacia Fráncfort del Óder. Llegamos a Berlín cantando la Internacional. Diez años antes habíamos salido de aquí entonando el Horst-Wessel-Lied. Así es la historia, lo demás son pamplinas –masculló con el vaso en la mano.

Cayetano se echó el ron al seco para recuperar la calma.

–Es hora de irnos, Margaretchen –precisó.

Kurt los invitó a saborear en su despacho unas *Bockwürste* con mostaza, que él preparaba en cosa de minutos. Les saldría más barato que un aperitivo en un restaurante de la Leipziger Allee.

—No se preocupe —dijo Cayetano—. El almuerzo me lo paga la Embajada.

—Ya quisiera yo ser diplomático —rezongó Kurt con sus ojos colmados de codicia.

—¿No necesitabas pasar al baño? —le preguntó Cayetano a Margaretchen.

—En ese caso, permítame examinar primero si todo está en regla, *gnädige Frau*. Usted sabe lo desordenados que somos los hombres —dijo Kurt y entró bamboleándose al baño.

Mientras limpiaba con una esponja el lavamanos y apartaba unas cajas de cartón de la taza, Cayetano le indicó con un guiño a su amiga que se acercara al portero. Fue entonces cuando aprovechó para volver a colgar la llave en el interior del clóset.

A instancias del *Genosse* tornero brindaron con el ron añejo en honor de "Papaíto Stalin", a quien Plenzdorf aún admiraba, y luego Cayetano y Margaretchen salieron a la Leipziger Allee, donde cogieron un bus hacia Alexanderplatz.

—Tengo lo que necesitaba —comentó Cayetano aferrado a la barra del pasillo del Ikarus—. Kurt me ayudó sin querer. Tal vez nunca se dé cuenta de lo que ocurrió.

—Pero Tina sospechará cuando reciba un regalo de un desconocido —apuntó Margaretchen.

—Creerá que se trata de un admirador anónimo. Y en todo caso, más la sorprenderá otra cosa…

Se bajaron en Alexanderplatz y caminaron por la plaza, a esa hora inundada de turistas polacos y soviéticos.

—Escúchame, Margaretchen —dijo Cayetano deteniéndose junto al Reloj Mundial—. Por tu seguridad, ahora debemos separarnos. Nada me gustaría más que seguir contigo hasta Chile. Pero ahora es mejor decirnos adiós.

Los ojos de ella se humedecieron de golpe y él pudo imaginarse a la perfección lo que pensaba: así era el amor con los occidentales. Cruzaban el Muro hacia Berlín Oriental, invitaban a una chica a comer y a bailar a sitios reservados para occidentales, se la llevaban a la cama y luego desaparecían detrás del Muro para no regresar jamás.

—¿Te vas? —preguntó ella apartándose las lágrimas con los dedos.

—No me queda otra.

—¿Cuándo?

—Ahora mismo.

Margaretchen lo abrazó y ocultó el rostro en su pecho. Estuvieron así durante un rato, sin decirse nada, incapaces de decir algo que pudiera alentarlos. Cayetano pensó que la vida era como el poeta decía, un desfile de disfraces y sorpresas, una actuación sin guión preestablecido. Alrededor de ellos la ciudad seguía vibrando indiferente.

—Déjame acompañarte hasta la Friedrichstrasse, al menos —dijo ella desmelenada, con los ojos enrojecidos por la emoción y el alcohol.

—No puedes seguir conmigo —la besó en la frente. El tiempo corría en contra suya. El tipo del apartamento alarmaría a la Stasi, y esta no tardaría en circular su retrato entre los guardafronteras. Los pasos fronterizos se cerrarían como compuertas de un submarino para él. Nadie podría ayudarlo. Ni el poeta. Maigret nunca se había enfrentado a una situación tan apremiante, pensó.

Le estampó un beso en la boca, aspiró su hálito a ron mezclado con su aliento juvenil y percibió la leve acidez de esa piel cuyo roce tibio y amable iba a extrañar. La estrechó recordando el balcón de su departamento que se abría a la campaña brandemburguesa, imaginando que, bajo otras circunstancias, tal vez habría podido tener la posibilidad de ser feliz junto a esa muchacha.

—Si vuelves, ya sabes que estaré esperándote —dijo ella al soltarle la mano.

—¡Suerte, Margaretchen! —masculló él antes de unirse al gentío que transitaba por Alexanderplatz. Iba a extrañarla, pensó, pero no se atrevió a voltearse para mirarla por última vez.

MATILDE

46

Una vez al otro lado del Muro, Cayetano Brulé cogió el metro para el aeropuerto de Tempelhof. Tomó el primer vuelo disponible hacia Fráncfort del Meno, y se alojó en un hotel parejero ubicado en las inmediaciones de la estación central, en la Kaiserstrasse, donde prostitutas en minifalda y blusa escotada aguardaban en las esquinas, proxenetas las vigilaban fumando en las sombras y drogadictos, pálidos como la muerte, husmeaban en los tarros de basura con los ojos inyectados en sangre. Pese a ello, Cayetano se sentía allí a salvo. Calculaba que cuando Markus descubriese su jugarreta, liberaría a los militares chilenos para que se hicieran cargo de él. Tendría que andarse con cuidado. Por la noche, después de saborear en un boliche kurdo carne de cordero con una cerveza muniquesa, llamó a Merluza, el diplomático.

—Gracias por todo. Vuelvo a Santiago —le anunció. En su departamento de Pankow el diplomático estaba viendo, en el noticiero *Aktuelle Kamera*, los récords de producción que rompían las empresas estatales y cooperativas agrícolas de la República Democrática Alemana. A ese paso arrollador, el socialismo liquidaría a Occidente antes del fin del milenio, calculó con sorna Cayetano.

—No te preocupes —repuso el Merluza—. Fue un placer haberte ayudado. ¿Dónde estás?

—En Occidente —prefirió ser vago—. A punto de tomar el avión.

—¿Te ayudó al final la compañera Valentina?

—Todo salió a pedir de boca.

—Ya sabes. Si necesitas otra ayuda, estoy aquí para servirte. Y llévale toda mi solidaridad a la Unidad Popular. Diles que yo lucho desde esta trinchera. Los fascistas no pasarán.

—No pasarán, Merluza —repuso Cayetano sin convicción.

—Antes que cuelgues —dijo el Merluza—. ¿Te enteraste de que los camioneros comenzarán un paro nacional y que lo continuarán hasta que caiga el gobierno popular? Nos esperan el hambre y el caos, Cayetano.

Prefirió ahorrarse comentarios y colgó. Le pidió de inmediato a la operadora que lo comunicara con la casa del poeta, en Valparaíso. Estaba de suerte. No tuvo que esperar demasiado.

—Le hablo desde Fráncfort del Meno, don Pablo. ¿Cómo está? —Se lo imaginó arrebujado en el poncho, resistiendo los restos del otoño, esperando nuevas suyas.

—Ahora que te escucho, me siento mejor. Estoy releyendo las memorias, y Matilde está abajo, preparándome una cazuela de ave. De esas sustanciosas y con mucho orégano. Después me tomaré mi Oporto a escondidas, ya sabes. ¿Qué novedades me tienes?

Su voz nasal resonaba extenuada, su respiración algo agitada. Pero también se oía distante, como si supiera que alguien más los escuchara y debiera fingir que aquellas novedades se referían a algún encargo cotidiano, una primera edición extranjera o un objeto raro de los que le gustaba coleccionar.

—Localicé el paradero actual de la mujer de México.

—Es una gran noticia —le dijo en el mismo tono—. ¿Hablaste con ella?

—Aún no, don Pablo, pero sé al menos dónde está. Por eso vuelvo a Valparaíso. Necesito que hablemos.

—¿Diste o no con ella? —al menos ahora mostraba impaciencia.

—La localicé. Sé dónde vive.

—¿Dónde?

—En un país vecino, don Pablo.

–¿En otro país? –sonó irritado–. ¿Y qué hace allá? ¿Está con la hija?

–Lo ignoro, don Pablo. Mañana sale mi avión para Chile. Allí hablaremos sobre esto. Quiero que decida si la sigo buscando o no. Depende de usted. En cuanto llegue, iré a verlo. Mientras prepáreme un Coquetelón, don Pablo, por favor. Pero que sea doble.

47

Ahora que el cangrejo horada concienzudo y en silencio mis entrañas, vuelven a atormentarme mis antiguas pesadillas. Asoman entre el sueño y la vigilia, entre los ecos metálicos de este Valparaíso rezagado en las tardes plúmbeas de invierno. Franqueo umbrales y más umbrales, pero desemboco siempre en un cuarto a oscuras. Avanzo y desemboco siempre en ese espacio fresco y en penumbra, donde intuyo me aguardan agazapadas las mujeres y la hija que abandoné. Sus ojos me escrutan con la misma inclemencia con la que el cangrejo cava galerías en mi cuerpo.

A veces, bañadas por un vértice de luz, vislumbro a María Antonieta y a Malva Marina, mi pequeña hija deforme. Profieren gritos desgarradores mientras intentan trepar tomadas de la mano los diques holandeses. Cuando están a punto de conquistar la plataforma, resbalan y ruedan por la rampa de concreto, revestida de algas y arena. Las persigue una jauría de soldados con casco y uniforme nazi de la SS, de rostros tan grotescos como los que pintaba George Grosz. Malva Marina grita "papaíto, no me dejes, papaíto", mientras yo, resuelto, pero con el alma hecha girones, abordo un bote y me alejo remando presuroso mar adentro para salvar mi vida, escuchando los sollozos de la niña que al final se traga el viento.

En esa oscuridad veo también a Prudencio Aguilar, mi viejo amigo caribeño que murió de un lanzazo asestado en el trópico colombiano. Ha seguido envejeciendo en la muerte, y aún sangra por la misma herida que lo despachó de este mundo. Siento que me espera en todos los cuartos a los que entro con la esperanza de que sean diferentes. Y, tal como me ocurrió el día en que Delia se me extravió en un viaje en tren por Italia, porque se bajó, distraída como era, en una estación equivocada, sueño, entonces, que he perdido a Matilde en el metro de París, donde hemos acordado reunirnos a una hora incierta y en una estación imprecisa. Y veo también el día en que, mientras paseábamos con Matilde junto al río Charles, al norte de Boston, encontramos a una pareja sentada en un banco, que éramos nosotros mismos, aunque treinta años más viejos. Desde el sendero, sin apartar mi vista de la corriente, oso preguntarles cómo han transcurrido sus vidas. Y al acercarnos a ellos, constatamos algo espeluznante: son esqueletos, esqueletos perfectos y completos, con sus manos entrelazadas y la sonrisa macabra esculpida en sus calaveras.

La existencia no es nada más que una cabrona sucesión de disfraces y despedidas, una travesía pletórica de celadas y decepciones que te induce a cometer errores y termina ufanándose de poseer una memoria de elefante, que no te perdona desliz alguno, como se lo dije ya varias veces a este empeñoso muchacho llamado Cayetano. Matilde llegó a mi vida en México, cuando yo estaba casado con Delia y enfermo de flebitis. Era una chilena joven, jugosa y deseable, dedicada al canto popular y al partido. Se ofreció para atenderme. La ingenua de mi mujer aceptó el ofrecimiento, otra de las emboscadas de la vida. Y ocurrió lo que suele ocurrir cuando un hombre y una mujer se encuentran al borde de un lecho en un cuarto solitario. Aunque Matilde propaga la versión de que nos conocimos mucho antes, ya en 1946, en el parque Forestal de Santiago, yo no me acuerdo de eso. Son patrañas. Una treta suya para dotar a nuestro amor de una prehistoria digna. En realidad, este amor surgió de la traición a Delia, del aprovechamiento ruin del tiempo y la confianza que ella nos brindó, atareada, como estaba por encargo mío, en difundir mis poemas por el mundo y exigir el fin de mi exilio.

Matilde ordenó mi vida hogareña, esa que Delia, ocupada con mis traducciones, giras y editores, había descuidado. A esas alturas yo precisaba un ama de casa, no una intelectual. En fin, Matilde cocina tal como lee. No guisa ni lee libros sofisticados, pero tiene buena mano y asimismo un gusto más afín al de mis lectores que al de tantos críticos resentidos.

Erradicó de raíz la vieja costumbre de mis amigos de pasar por mi casa cuando les viniera en gana, e impuso reglas de protocolo: sin invitación no hay acceso a La Chascona, a Isla Negra ni a La Sebastiana. Y, lo más importante: al conocerla, esa mujer resucitó mi deseo aletargado. Agradezco gozoso que fuese ya una amante experimentada. Sus giras artísticas por América Latina habían sido al mismo tiempo tórridas lecciones de amor. Cuando arribó en puntillas, sonriente y maquillada, con la mirada encendida y la blusa ajustada, a mi cuarto de enfermo en Ciudad de México, a Delia solo me unía ya la amistad y la compasión que sentía por ella. La noche en que escapé con Matilde a la isla de Capri, y dejé a Delia preparando mi retorno a Chile y la publicación clandestina del Canto general, *la suerte estaba echada: Matilde tenía cuarenta y uno, Delia sesenta y ocho.*

Pido perdón a las víctimas de mi felicidad. A Josie Bliss y a María Antonieta, a Delia y a Beatriz, y también a Matilde, a todas las mujeres que naufragaron en el océano de ilusiones alimentado por mis versos. Ignoraban que las palabras que hilvana el poeta son simulacros, artificios, no la verdad misma. ¿Cuándo me comporté más vil en mi vida? ¿Cuando abandoné a María Antonieta y Malva Marina en Holanda? ¿O cuando publiqué en Italia anónimamente Los versos del capitán, *inspirado en Matilde, a pesar de que aún estaba casado con Delia? Fue un homenaje a mi amante, a su ternura y su cuerpo embriagador, y un bofetón desalmado contra la lealtad de Delia. Todo Chile intuía que los poemas eran míos y que no podían haber sido inspirados por una anciana. Cuando regresé al país, también Delia lo sospechaba.*

Tres bebés míos malogró Matilde en su vientre. Ahora que la bahía, muda, grisácea e inmóvil, parece uno de aquellos melancólicos grabados de Carlitos Hermosilla, intento imaginar cómo habría discurrido mi vida si esos hijos hubiesen nacido. Es tarde ya para pensar en eso, tarde e inútil. Un día le pedí que dejáramos de intentarlo, que renunciáramos a los hijos, que nuestro amor podía sobrevivir sin ellos. En lugar de niños, tendríamos amigos; en lugar de criar, viajaríamos por todo el mundo; en lugar de contar cuentos de hadas, leeríamos a Baudelaire, Whitman y

Dostoievski; y en lugar de comprar juguetes, coleccionaríamos los objetos más exóticos imaginables: catalejos, botellas, caracolas, estrellas de mar, vasijas, planchas de acero y mascarones de proa.

—Olvidemos mejor los hijos, Matilde —le propuse—. Yo solo puedo ser padre de mis poemas, mi propio hijo.

48

–¿Alicia? ¿Dijo que se llamaba Alicia? –exclamó Laura Aréstegui. Conversaban en el Vienés, un tradicional café de Valparaíso, que no había perdido el esplendor de antaño y que, pese a la escasez reinante en el país, seguía ofreciendo café y una repostería de primera.

–Así es –repuso Cayetano mientras encendía un cigarrillo–. Dijo que se llamaba Alicia, y que el poeta andaba en Santiago corrigiendo las galeras de un nuevo libro.

–Es Alicia Urrutia, no cabe duda.

–¿Quién es Alicia Urrutia?

–Una sobrina de Matilde. Una muchacha de grandes pechugas y rostro atractivo. Dicen que es la amante del poeta…

Cayetano apartó con incredulidad la taza de café de sus labios y miró a través de la ventana hacia la calle Esmeralda, por donde desfilaban los nacionalistas de Patria y Libertad, armados con garrotes y cascos, vistiendo pantalón negro y camisa blanca. Enarbolaban banderas chilenas y otras blancas con una gran araña negra, geométrica, parecida a la esvástica nazi, inscrita en el centro. Gritaban consignas contra Allende, y conminaban a salvar al país del comunismo. Desde las veredas algunos aplaudían entusiastas, otros los observaban en silencio.

–Esa muchacha es amante del poeta –insistió Laura.

¿Con que el poeta tenía una nueva amante? ¿A sus años y enfermo?, se preguntó. No es que él fuese puritano y tuviese que cuidarle

238

el marrueco a don Pablo, pero todo tenía sus límites. ¿Y entonces qué coño tramaba al enviarlo a viajar por el mundo para restañar heridas del pasado si al mismo tiempo tenía una nueva aventura? El país se asfixiaba en un clima de odios y divisiones políticas y estaba a punto de zozobrar en una guerra civil, y el poeta seguía arrojando leña a su hoguera personal. Si lo descubría Matilde, le cortaría los huevos. Sí, con cáncer y todo, ella se los iba a cortar y arrojar a la chimenea de La Sebastiana, para que calentara de una vez por todas la casa en medio de ese invierno implacable e interminable, porque ella era una mujer de armas tomar, pensó Cayetano. Se alivió el nudo de la corbata con figuras de guanaquitos, y bebió otro sorbo de café, decepcionado.

—¿Me vas a decir que el poeta, a estas alturas y con sus achaques, tiene amante? —le preguntó a Laura sin poder disimular el asombro.

—¿Y por qué no? Total, a los hombres se les para hasta después de muertos.

—Es que me cuesta imaginarlo…

—A causa de Alicia Urrutia terminó Neruda de embajador en París —añadió Laura Aréstegui.

—Ahora si que no entiendo nada —le arrancó un nuevo trozo al berlín, y la crema de vainilla le quedó pendiendo del bigote. La apartó con una servilleta de papel—. Explícame eso de que el poeta se fue a París por culpa de Alicia, por favor.

—Hace unos años Matilde llevó a Alicia, su sobrina, a vivir con ellos como empleada.

—Eso ya lo sé.

—Bueno, Matilde se pasaba afuera haciendo diligencias para su marido, mientras Alicia lo atendía en casa. Y la ocasión, un par de pechugas contundentes, el miedo a la vejez, en fin, tú sabes…

—¿Yo se qué?

—Cayetano, por favor, conmigo no te vengas a hacer.

—¿Y cómo lo descubrió Matilde?

—In fraganti. Fingió un día que viajaba a la capital, pero se volvió a mitad de camino. Los sorprendió en la cama. Ahí mismo le dijo que tenían que irse de Chile para alejarse de la sobrinita.

—Le pasó lo que ella le hizo a Delia del Carril en los cuarenta, en Ciudad de México.

—Y lo que Delia le hizo a María Antonieta, en Madrid. Las mujeres somos nuestras peores enemigas —añadió Laura. El Vienés se había llenado de gente que huía de los tumultos que se formaban afuera.

—¿Por eso se marcharon de embajadores a París?

—Al poeta no le quedó más que agachar el moño. Le rogó a Allende que lo nombrara en París. ¿Quién podría hacerlo mejor que él? Y así se fue.

—Pero ahora está de vuelta, aunque oficialmente sigue siendo el embajador en Francia. Está de vuelta, enfermo y jodido, y con Alicia Urrutia a su lado.

—Y te apuesto que si Matilde se descuida, él acaba casándose con la sobrina. ¿Vas a escribir también sobre esa faceta de la vida en tu reportaje?

Cayetano se preguntó si debía continuar la farsa de que preparaba algo sobre el poeta para una revista cubana. Las mentiras tenían siempre las patas demasiado cortas, se dijo. Afuera aumentaban los manifestantes, ahora llegaban algunos con cascos, linchacos y cañas, pero ondeando banderas rojinegras con la imagen del Che Guevara. Las consignas a coro estremecían Esmeralda, los linchacos giraban furiosos, las lanzas apuntaban al cielo y las piedras centelleaban en las boleas. A Cayetano le vino a la cabeza el frustrado golpe de Estado de junio, cuando desde la Alí Babá había sido un simple espectador de los acontecimientos. Tenía la impresión de que las cosas se repetían con pasmosa precisión: él nuevamente sentado a una mesa, un gran vidrio de por medio, afuera la historia fluyendo vertiginosa.

—No voy a escribir una sola línea sobre la vida amorosa del poeta —repuso continuando la farsa—. Eso es algo privado, que no le incumbe a nadie.

—Me decepcionas.

—¿Por qué? —afuera se iniciaba una gresca entre el MIR y los naciona-listas. Más gente buscó refugio de los peñascazos en el café. Vaccarezza, el dueño, dio orden de cerrar la puerta y bajar las cortinas metálicas en el momento en que las fuerzas antidisturbios corrían en pos de los revolucionarios—. ¿Por qué te decepciono, chica?

—Porque es precisamente su vida amorosa lo que lo retrata de cuer-po entero y mejor revela qué piensa de las mujeres —las lámparas del Café Vienés se encendieron, irradiando una luz opalescente mientras las cortinas metálicas bajaban y convertían al local en una cápsula—. Escapó de Josie Bliss; abandonó a María Antonieta y la hija; y arrojó como un estropajo a Delia. Y ahora que a Matilde le entraron los años y ya no es la mujer de antes, se está tirando a su sobrina. ¿Qué te parece el poeta? ¿Cómo se llaman esas cabronadas? ¿Sonetos, églogas, verso libre? Si no lo describes tú, ¿quién lo hará?

—Tú misma, chica. ¿No estás redactando acaso tu tesis para la Patricio Lumumba?

—No molestes, Cayetano. Sabes que si incluyo eso en mi trabajo de posgrado, me desaprueban. ¿Cuándo has visto que la Iglesia descuere a sus santos?

49

Desde la fuente de soda Alí Babá, Cayetano vio al poeta internándose por el pasaje Collado. Iba a paso lento, ligeramente encorvado, con poncho y gorra, auxiliado por su chofer. Acabó su café, dejó unas monedas sobre la mesa y salió del local con la sensación de que la salud de Neruda se deterioraba al mismo ritmo que la del país.

En cuanto abrió la puerta del jardín, Sergio le anunció que el poeta descansaba en su cama, instalada ahora en el comedor porque ya el cuerpo no le daba para subir al dormitorio. Cayetano corrió escaleras arriba y encontró al poeta acostado junto al ventanal, las piernas cubiertas con una frazada. El caballo verde de carrusel, que le había llamado la atención desde su primera visita, ya no cabalgaba por esa sala.

—¿Dónde está ella? —preguntó el poeta después de incorporarse contra los almohadones y, en un gesto inesperado y emocionante para Cayetano, abrazarlo en silencio, entornando sus grandes párpados de saurio.

—Sospecho que en Bolivia, don Pablo —repuso Cayetano.

—¿En Bolivia? ¿Y qué hace allí, muchacho?

Le contó lo que había logrado averiguar, aunque omitiendo de momento a Tina del relato. No quería crearle expectativas desmesuradas.

—¿Y estás seguro de que se trata de la misma Beatriz que yo conocí en Ciudad de México, en 1941? —le preguntó después de escuchar sin interrumpirlo.

—Como que dos más dos son cuatro, don Pablo.

—Es que no entiendo el papel que juega ese apartamento de la Leipziger Strasse en todo esto. Si Beatriz vive hoy en Bolivia, ¿por qué aparece una foto suya en Berlín Oriental? Muéstrame esa foto ahora mismo.

Extrajo un sobre de su chaqueta, y de él la fotografía.

—¿Reconoce aquí a alguien?

El poeta cogió el documento y lo examinó con la lupa.

—Esta mujer es Beatriz —exclamó con voz trémula, abriendo mucho los ojos—. Así era. ¡Es ella! Y aquí está Ángel, un buen hombre, víctima lamentable de nuestra pasión. En esa época Beatriz y yo éramos amantes, Cayetano. Y es probable que después de esta recepción, nos hayamos visto a escondidas, y yo haya besado esos labios y estrechado su talle de niña y hecho el amor con ella.

Lo enternecía su propio pasado. Cayetano intentó traerlo a la realidad.

—Acababan de conocerse, don Pablo.

En vano.

—Octubre de 1941. La foto no le hace honor a su belleza, pero me basta para reconocerla. Yo soy la causa de esa alegría, Cayetano. ¿Sabes lo que eso significa? Ella es aquí la Gioconda, y solo tú y yo sabemos por qué sonríe. En ese momento éramos una pasión alocada y clandestina, ignorábamos que estábamos a dos años de separarnos para siempre, a menos de tres del nacimiento de la niña... —lo miró con los ojos húmedos—: De nuestra hija, Cayetano.

Se sentó en el borde de la cama con un sentimiento de agobio al comprobar que el poeta, pese a su discurso sobre la juventud y la esperanza, la vejez y las certezas, en realidad vivía de suposiciones, de una visión romántica e idealizada de su pasado. A lo lejos el Pacífico se sublevaba contra la ciudad, azuzado por el viento, y por el norte despuntaban los cerros costeros confundidos con las cimas nevadas de los Andes.

—Constato que te has convertido en un detective de verdad, muchacho —comentó el poeta, mostrándose satisfecho—. Ya ves que la literatura policiaca no es puro entretenimiento.

—Puede ser, don Pablo. Pero disculpe, dudo que en Ciudad de México o La Habana Maigret me haya sido un guía muy útil.

—Desde luego que no. Ya te lo dije hace tiempo. El es parisino, Cayetano, como *Monsieur* Dupin, no un latinoamericano de tomo y lomo como tú. Tú eres diferente, auténtico, nuestro, un detective con sabor a empanadas y vino tinto, como diría Salvador, o a tacos y tequila, o a congrí y ron. Pero...

—Pero, ¿qué?

—¿Por qué piensas que Beatriz está en Bolivia?

—Por esta otra foto, don Pablo.

El poeta la tomó entre sus dedos y la observó con ansiedad. Su respiración volvió a agitarse. Se ayudó con la lupa.

—¡Es ella! ¡Años después, pero es ella! No hay duda —murmuró, reprimiendo su emoción—. Esta mujer es Beatriz Bracamonte, mi dulce amante mexicana. Son sus ojos, es su corte de cara, su frente alta y pálida, la suave ondulación de sus labios, solo que años más tarde...

—Mediados de los sesenta, don Pablo.

—Aquí ella tiene menos de cincuenta, muchacho, una niña.

Mejor ir a los hechos, se dijo Cayetano, y puntualizó:

—Está frente a un club social de Santa Cruz, en la región tropical de Bolivia, don Pablo.

—¿Y él? ¿Quién es? ¿Su esposo?

—Es algo que todavía ignoro.

—Debe ser su actual esposo. Una mujer tan bella no puede quedar sola por mucho tiempo —se le notaba a don Pablo el orgullo retrospectivo—. Deben de haber hecho cola los pretendientes. ¿Dónde la conseguiste?

—Estaba en un apartamento de la Leipziger Strasse , don Pablo.

—Departamento, Cayetano, no apartamento. Aprende a hablar como los chilenos. ¿De quién es ese apartamento?

—De una actriz del Berliner Ensemble, que supongo recibe correspondencia de Beatriz.

—Una actriz… —pareció hundirse en sus pensamientos y enseguida emerger hacia él como un relámpago— ¿joven o vieja?

Cayetano pensó que el poeta estaba a punto de quemarse, aunque tal vez no fuera a encontrar más que una decepción. Respondió resignado.

—De unos treinta años.

—¿Cómo se llama?

—Tina Feuerbach.

El poeta posó los pies sobre el piso de tablas y caminó arrastrando las pantuflas hacia la chimenea encendida, con las manos cogidas a la espalda, pensativo. Atrás la bahía era un cristal esmerilado bajo el sol crepuscular.

—¿Cómo es esa actriz?

—No creo que sea su hija, don Pablo.

—No estoy afirmando eso. ¿Cómo es Tina Feuerbach, te digo? ¿Se parece a mí?

No, la dulce Virginia de las tablas del Berliner Ensemble no se parecía a ese animal ansioso.

—¿Por qué iba a parecérsele? —replicó Cayetano, desafiante.

—¿Se parece a mí la actriz que viste o no? —repitió modulando con impaciencia, agitando los brazos.

—Más bien parece alemana.

—Beatriz es medio alemana. ¿No lo ves acaso en las fotos? Por eso, aunque Tina parezca alemana, puede ser hija mía —subrayó el poeta mientras hurgaba con manos temblorosas entre las botellas del bar. Vertió cubitos de hielo y unas medidas de Chivas Regal en dos vasos.

—¿Está seguro de que le conviene beber, don Pablo?

—No molestes, que no eres médico —advirtió llevando los vasos que recogían el ámbar del atardecer—. Este es un día demasiado importante como para no celebrarlo —le entregó un vaso a Cayetano y se sentó de nuevo en la cama. Bebió un sorbo, hizo una mueca de disgusto con los ojos cerrados–. ¿Se me parece o no?

Al verlo tan perturbado Cayetano bajó la guardia. Vaciló. Saboreó el whisky y dijo:

–Podría ser, don Pablo.

Se arrepintió al instante. Estaba actuando como Matilde y los demás. No era para eso que lo habían contratado.

–¿Cómo que podría ser?

–Es que no estoy seguro. –Era verdad, pero más verdadero era su temor a equivocarse. Por eso no se atrevía a obedecer a su intuición, que le decía que aquellas no eran falsas esperanzas, y prefiriendo creer que debía ser objetivo dejaba que las circunstancias le impusieran su corrosiva ambigüedad.

–¿Por qué no me trajiste una foto de ella, entonces? ¿No es actriz, acaso?

Trató de ganar tiempo.

–Por eso, don Pablo. En *Galileo Galilei* actúa como Virginia, la hija del astrónomo. Es decir, anda maquillada y disfrazada. Y en los afiches del *foyer*, no se parece a ella, sino a la hija de Galileo. ¿Me explico?

–Da lo mismo –contestó brusco el poeta–. Mejor dime derechamente: ¿se parece a mí o no? –repitió, y se puso de pie con una vitalidad insospechada.

Como si solo se interpusieran entre él y su hija las dudas de Cayetano, don Pablo quería forzarlo a afirmar. Pero aquella insistencia en el parecido acabó provocando la reacción contraria.

–Es una alemana con rasgos latinoamericanos, don Pablo, pero…

–¿Pero qué?

–Ángel Bracamonte también era latinoamericano.

El poeta colocó el vaso sobre el velador, junto a un manuscrito, y se sentó en la cama cabizbajo, como herido por una cerbatana.

–Tienes razón –admitió con tristeza, y resopló encorvado, con las palmas apoyadas en las rodillas–. Me olvidaba de Ángel, una vez más.

–Guardó silencio durante unos instantes y luego ni siquiera lo miró al hacerle la pregunta siguiente, como si de ese modo se declarara incapaz de adoptar ya cualquier iniciativa–. ¿Qué haremos ahora?

50

Entonces, literalmente enviado por el cielo, los sacó de aquel desencanto un acontecimiento portentoso. El batir de las aspas de un helicóptero se acercaba a La Sebastiana. Un viento huracanado barrió los papeles en el pasaje Collado y asustó a los perros del teatro Mauri. El *living* empezó a vibrar como si se tratara de un terremoto. El poeta y Cayetano se miraron sorprendidos antes de asomarse al ventanal. Desde allí lo vieron. En lo alto parecía una libélula gigante con su gran cabeza de cristal refulgente y su cola rojiza. Volaba con estrépito en torno a La Sebastiana, soltando destellos furiosos bajo el sol matinal, atronando el cielo como un tambor de hojalata, alarmando a todos los vecinos del cerro Florida.

—Sebastián Collado Mauri debe de estar revolcándose de alegría en su tumba —exclamó el poeta alzando los brazos al cielo—. ¡Por fin se hizo realidad su sueño! ¡Quieren aterrizar en su pista para naves espaciales!

El helicóptero sobrevolaba a escasa altura de La Sebastiana, estudiando su azotea. Los perros ladraban furiosos, los niños salían corriendo a las calles inclinadas, y las mujeres dejaban de colgar la ropa al viento para que se oreara, y hasta quienes hacían cola frente a los almacenes se olvidaron de la espera agobiante y el desabastecimiento, y dirigieron sus miradas al cielo, para ver azorados esa nave que nunca antes habían visto de cerca ni imaginado tan escandalosa.

El helicóptero volaba ahora rozando los techos de calamina y los mástiles de las banderas, tan apegado a los cables de la luz y las copas de los plátanos orientales, que podía distinguirse a las dos personas que viajaban en su interior.

—¡Está aterrizando en la azotea de Modesto! —gritó eufórico el poeta cuando vio aparecer al chofer en el *living*—. ¡Subamos, nunca nadie ha utilizado esa pista!

Ascendieron alborotados por la escalera de caracol, el poeta sin aliento, moviendo a duras penas sus piernas, maldiciendo el dolor de rodillas; Cayetano y Sergio detrás, impacientes, intrigados, aunque en silencio, espiando cuanto ocurría a través de los ojos de buey de la casa. Cuando llegaron al estudio de madera, temieron que a este lo arrancase de cuajo la ventolera que despedían las aspas de la nave. El poeta abrió presuroso la puerta empapelada con la gran fotografía de Whitman, y los tres salieron a la azotea, donde el viento los despeinó, y agitó con brío sus vestimentas. De pronto al poeta le arrebató de sopetón su gorra y la arrastró por los aires, dibujando círculos, saludando los cerros de Valparaíso. A Cayetano la escena le recordó los huracanes de su isla, y al chofer, aterrado, pues nunca había visto nada semejante, le dio por parapetarse junto a la puerta, sin ánimo ya para cruzar la terraza.

—¡Es Salvador! —le gritó de pronto el poeta entre el escándalo de rotores y las ráfagas de aire.

—¿Quién?

—¡El presidente! —volvió a gritar el poeta, feliz, haciéndole señas al helicóptero.

En ese instante Cayetano reconoció a la figura sentada junto al piloto de uniforme. Era Allende, que agitaba su mano desde la burbuja de vidrio, con sus anteojos negros y su cabellera peinada hacia atrás, vestido con una chaqueta a rayas y corbata. Era él. No cabía duda.

—¡Mejor me voy, don Pablo! —atinó a exclamar Cayetano.

—No seas pendejo. Quédate que yo te presento.

—¡Lo viene a ver a usted, no a mí! —ripostó Cayetano a gritos.

El helicóptero posaba ya sus ruedas negras sobre las fisuras de la azotea, y Valparaíso parecía recobrar su color y quietud en medio del ventarrón.

—Déjate de payasadas y corre a sacar del ropero el disfraz de mozo —le ordenó el poeta—. Póntelo y baja al bar a prepararnos algo. No te puedes perder esto. Él prefiere whisky en las rocas, sin agua, y sírveme otro a mí para acompañarlo. Búscate el Chivas de dieciocho años, y cubitos de hielo. El de dieciocho años, y no te confundas.

La pena desnuda por la hija perdida parecía haberse disipado. Cayetano aceptó participar en el juego. Regresó al estudio, sacó el traje del ropero y se lo puso mientras observaba por la ventana cómo el presidente bajaba de la nave, avanzaba con paso decidido y la espalda recta hacia el poeta, y lo abrazaba. Cayetano se examinó en el espejo del baño y admitió que parecía un mozo de verdad. Los bigotes y los lentes le conferían además el aspecto de mozo de un local de copas y mantel blanco. Encontró la botella de whisky justo en el instante en que el poeta y el presidente descendían por la escalera de caracol. Tomaron asiento frente al ventanal, el poeta en su Nube, el presidente en el sillón floreado, y empezaron a conversar del viaje, de lo hermosa y verde que se veía la zona central desde el aire, y de las turbulencias que causaba el viento al soplar por las calles retorcidas, las escaleras infinitas y los cerros de la ciudad. Conversaban como si ninguna desgracia amenazara.

—Pues aquí me tienes, Pablo —dijo al rato el presidente, contemplando de reojo la cama de Neruda en el comedor—. Querías leerme tu último poemario. Sé que es muy político. Pues bien, venía del sur y le ordené al capitán Vergara que hiciera escala en tu casa. Cuando Mahoma no va a la montaña, la montaña viene a Mahoma.

El poeta le agradeció la visita en tono solemne y le explicó que se trataba de un manuscrito que estaba por entregar a la editorial Quimantú. Quería que el mandatario fuese el primero en conocerlo.

—Pues a eso vine —dijo Allende—. ¿Y cómo anda la salud? Recuerda que a un médico no se le miente. Menos a un médico presidente.

—Estoy jodido, Salvador, pero me defiendo. Tú sabes, no nos engañemos. Pero no viniste a escuchar mis lamentos, sino a conocer mis últimos poemas. ¿Un whisky?

Cayetano se aproximó presuroso con los vasos servidos. Le tembló la mano al acercarle la bandeja al mandatario, que le dirigió una mirada afectuosa y un buenos días cordial, fresco, y le siguió temblando al ofrecerle el otro vaso al poeta, que le guiñó un ojo cómplice, entusiasmado por lo bien que hacía el papel de mozo. Neruda tenía razón, pensó Cayetano, la vida era un desfile de disfraces.

—¿Puedes pasarme el manuscrito, que está sobre mi cama, por favor? —le pidió el poeta.

Lo recogió aprisa y le echó una mirada a la portada. El título, escrito a máquina, rezaba: "Incitación al nixonicidio y canto a la revolución chilena". Se lo entregó al poeta y volvió al bar. Neruda se enjuagó la boca con un sorbo de whisky y comenzó a leer los versos escritos en tinta verde. Aunque simulaba estar atareado lavando vasos, pasando el estropajo por la barra y dejando escurrir el agua del caño, en realidad Cayetano espiaba paso a paso ese inusitado recital. Neruda leía los versos con voz extenuada, monótona, recurriendo al tono nasal que alargaba las vocales y convertía sus lecturas en una suerte de lamento desesperanzado, de canto de huérfano, mientras el presidente oía con la mirada fija en la bahía, las piernas cruzadas y la barbilla apoyada en un puño. Permanecía inmóvil durante un rato, luego descruzaba las piernas, se rascaba una sien y se estiraba con elegancia las mangas de la chaqueta, pero sin dejar de atender al poeta, que seguía recitando, a trechos de memoria, a trechos leyendo, refrescándose de vez en cuando la boca con la bebida. Cayetano pensó que soñaba. Ahora no solo trabajaba de investigador privado para el mayor poeta vivo del mundo, sino que era el único testigo de un encuentro que el futuro seguramente consideraría histórico. ¿Soñaba? Lo cierto es que ambos estaban allí, a pocos pasos de su persona, el poeta y el presidente revolucionario haciendo historia. ¿Era aquello cierto o esa escena porteña la imaginaba desde su antigua vida en la Florida, y nada de eso era verdad, ni Allende ni Neruda, ni La Sebastiana ni su prolongada estancia en el puerto de Valparaíso?

—Es una imponente epopeya política, Pablo —exclamó el presidente desde su sillón, sin moverse, aunque conmovido, cuando el poeta hubo terminado—. Nunca nadie había escrito algo tan cierto sobre una revolución y sus enemigos. Tiene una fuerza y una belleza avasalladoras. Debe conocerse en todo el mundo. Es la certera denuncia artística de la brutal agresión de la que somos víctimas por parte del Imperio.

—Gracias, presidente —repuso el poeta y cerró sus grandes párpados de saurio.

—Solo me asalta una duda, querido Pablo —dijo el presidente al rato, después de haber vaciado el vaso.

—¿Cuál, Salvador?

Cayetano escuchaba atento y quieto. No quería perderse detalle de lo que hablaban.

—¿Cómo voy a mantener como embajador a un poeta que incita a sus colegas del mundo a asesinar, aunque sea con poemas, al jefe del Imperio?

Para Neruda, la cuestión estaba zanjada.

—No te preocupes —repuso posando sus palmas sobre el manuscrito abierto en la última página—. Renuncio ahora mismo, ante ti, a mi cargo en París. Es la hora de la defensa de la revolución en Chile. No puedo ausentarme de esta batalla. Como embajador no puedo decir todo lo que quiero decir como poeta. Te dejo las manos libres, Salvador.

Allende se puso de pie y el poeta hizo lo mismo. Luego Cayetano los vio fundirse en un abrazo sin palabras frente al ventanal, con la bahía relumbrando en la distancia, bajo el cielo despejado, frente a las montañas lejanas. Intuyó, mientras volvía a secar unas copas que había lavado ya varias veces, que era una despedida, que nunca más volverían a verse, y que él, venido de una isla lejana y cálida, había tenido el privilegio de presenciar, por las casualidades de la vida, aquel último encuentro.

El presidente comenzó a subir lentamente la escalera hacia la azotea, seguido por el poeta. Cayetano iba detrás, vestido de mozo. Descansaron en el estudio, donde el presidente examinó la vieja Underwood y el estante colmado de novelas policiacas. Allende cogió *La máscara de Dimitrios*, de Eric Ambler, y se la pidió prestada al poeta diciendo que Orlando Letelier, su ministro de defensa, acababa de recomendársela, y después salieron a la brisa de la azotea, donde Sergio conversaba con el piloto.

Los vio despedirse con un nuevo abrazo mientras las aspas empezaban a girar con un zumbido ensordecedor. El presidente abordó la nave, cerró la portezuela y se sentó junto al piloto. Había regresado a su burbuja.

Mientras el viento desordenaba su menguada cabellera, el poeta sonreía con las manos en los bolsillos en dirección al presidente. De pronto el helicóptero despegó de la pista y ascendió columpiándose por encima de los techos del cerro Florida mientras Allende hacía señas. Desde el pasaje Collado, la avenida Alemania y las plazas con sus palmeras, desde las ventanas y los balcones de madera respondían los vecinos coreando su nombre y agitando banderas. Era como si en Valparaíso hubiese estallado un carnaval. Pablo Neruda y Cayetano Brulé mantuvieron sus brazos en alto hasta que el helicóptero, convertido en una minúscula libélula dorada, se desdibujó con un silbido remoto entre los ponchos de nieve de las crestas andinas.

Volvieron cabizbajos y silenciosos al interior de la vivienda, y después de un rato Cayetano se sintió obligado a retomar la conversación. No por reducir la tensión, sino por lealtad al punto en el que la habían dejado.

—Hay que ir a Bolivia, don Pablo.

Don Pablo no respondió. Tampoco lo miraba. Parecía estar pensándolo una y otra vez.

—Veo que las lecturas que te recomendé surten efecto, muchacho –dijo al rato y atrapó aire con dificultad–. A propósito, te aparté otra novela interesante, *Veintitrés instantes de una primavera*, de Konstantin Simonov. Debes leerla. Espionaje soviético en el Berlín nazi.

Cayetano le siguió la corriente. Seguramente la visita lo había dejado demasiado emocionado como para pasar de inmediato a la acción.

—¿Es mejor que Simenon? –preguntó.

—Como militante disciplinado debería decirte que sí. Pero aquí, entre nosotros, haz de saber lo siguiente: nadie supera a los franceses en comida ni en cultura. Tienes que leerte esa novela. Me cargan los tipos que solo leen buenos libros. Es señal de que no conocen el mundo.

—¿Y lo del viaje a Bolivia, don Pablo?

De nuevo tardó en contestar. Y de nuevo volvió a sorprenderlo.

—No, muchacho, ya no. Se acabó el caso.

Ahora fue él quien se quedó sin palabras. Pero el detective que ya llevaba dentro habló, guapeando.

—¿Cómo que cerramos el caso?

Don Pablo iba y venía lentamente por la sala con las manos a la espalda.

—Me he equivocado –repuso sin mirarlo–. Muchas veces me equivoqué en mi vida, pero esta vez la visita de Salvador me ha abierto los ojos. No tengo derecho a dedicarme a una obsesión personal, a un fantasma de mi pasado, cuando el destino de Chile, del socialismo, de todas las cosas en que creo y que defendí toda mi vida, están en juego. Cuando era joven vivía como sonámbulo, enfrascado en mis sueños y especulaciones, lejos de la gente real, y si desperté fue por el comunismo y la guerra de España. "¡No, ya era tiempo, huid, / sombras de sangre, / hielos de estrella, retroced al paso de los pasos humanos / y alejad de mis pies la negra sombra!" –recitó, como si en esos versos escritos hace años hallara la fuerza para reafirmarse–. Ahora la historia se repite, es lo mismo, lo mismo. Hay demasiado que hacer aquí como para mirarse el ombligo y cazar fantasmas, Cayetano.

Hizo un alto pero no lo miró. Cayetano, en cambio, no le quitó los ojos de encima.

—Este fantasma es de carne y hueso, don Pablo. Y ya lo dejó escapar antes.

El poeta cambió de tono.

—No eres el primer detective que contrato, Cayetano. Hace tiempo que esta historia me remuerde. Me gasté varios miles de dólares en investigadores profesionales que no encontraron nada, y algunos hasta trataron de engañarme. Con fotos y todo. Al fin y al cabo, Matilde tenía razón en espantarlos. No eran celos suyos solamente. No era solo de mí que desconfiaba. —Ahora lo miró, pero sus ojos ya no eran los de antes. Flotaba en ellos un destello frío y distante—. Por eso recurrí en secreto a ti, Cayetano. Necesitaba en quién confiar y tu juventud me despertó confianza. Pero tú también eres una ficción mía.

Sintió que tenía que defenderse.

—Ya no soy una ficción, don Pablo. Le he encontrado pistas y pruebas contundentes.

—¿Pistas y pruebas de qué, Cayetano? —se detuvo en medio del *living*, mirándolo ceñudo—. Aquí está Chile rodando hacia el peor abismo imaginable y nosotros perdidos en conjeturas sobre mi parecido con una actriz alemana. ¡Te mando a investigar lo que ocurrió hace treinta años cuando deberíamos estar ambos con los cinco sentidos en el aquí y el ahora!

Don Pablo huía, como tantas veces antes. Quizás se engañaba a sí mismo, pero a pesar de la urgencia de la situación política, no engañaba a Cayetano. Como Galileo Galilei, el poeta temía el dolor; y el temor más profundo, aquel para el que estaba menos preparado, no lo amenazaba y acobardaba desde las circunstancias presentes sino desde el pasado, desde el corazón, desde la profundidad de su propia memoria.

—Hace treinta años renunció a su hija. Y ahora acaba de renunciar a su cargo y quiere seguir renunciando. Así quién no, así la vida resulta fácil…

El ex embajador no se ofendió. Como fugitivo reincidente, habría oído semejantes reproches más de una vez.

—No me comprendes, Cayetano —dijo como aflorando a la superficie de un lago después de una larga zambullida—. ¿Acaso no escuchaste lo que le dije a Salvador? Si como embajador debo callar lo que debo decir como poeta, entonces debo dejar de ser embajador. Mi verdad está en mi poesía. ¡Son mis obras lo que me sobrevivirá!

—No es lo que me dijo antes de enviarme a Cuba, don Pablo.

El poeta lo recordaba perfectamente. No lo negó, pero ya no podía sostenerlo.

—Entonces quería ilusionarme, Cayetano. Lo necesitaba para seguir viviendo. Ahora ese empeño me parece otra forma de mi egoísmo. ¿Para qué puede necesitarme esa muchacha, si como dices es una actriz del Berliner Ensemble que vive en el mejor barrio de Berlín Oriental, admirada y reconocida? Tú tienes toda la vida por delante, Cayetano, sigue siendo detective si quieres, has mostrado olfato y persistencia de sabueso —la voz del poeta no pudo ocultar su irritación, pero mantuvo su tono nasal, tristón—. Pero es hora de que yo me deje de ilusiones y pamplinas, y me enfrente a la realidad. Si mi destino es no dejar más descendencia que mis libros, más vale que lo cumpla sin pataleos y con dignidad.

Además de poeta seguía siendo diplomático, pensó Cayetano. Pues en el fondo le ofrecía un pacto: dejarle la identidad que había creado para él a cambio de que él lo dejara a su vez en paz. Debían pactar entonces, pero el trato debía ser otro.

—Don Pablo, usted es chileno. Yo soy cubano. Usted ha dado su palabra a Chile. Yo estoy aquí por una mujer que me abandonó. Déjeme ir a Bolivia. Así cada uno permanecerá en su puesto: usted en el de poeta y yo en el de detective. Es lo mejor para ambos.

Sintió que nunca había sido tan elocuente en su vida. Algo debía de haber aprendido del diplomático o del poeta, y de los libros que le recomendaba. Después de un silencio y de reanudar su paseo por la sala, haciendo crujir las tablas de la sala, Neruda dijo:

—Vete a La Paz mañana a primera hora. Conozco allá a un camarada que a lo mejor puede ayudarte. Y ahora déjame solo, mejor, mi Maigret del Caribe. Sucede que a veces efectivamente me canso de ser hombre.

51

La primera noche que Cayetano Brulé pasó sufriendo la altura de la ciudad de La Paz, en Bolivia, pensó en medio de su agonía que sería la última de su vida. En cuanto bajó del bimotor del Lloyd Aéreo Boliviano y quiso apresurar el paso por la pista para alcanzar el edificio de la terminal, sintió que una plancha de acero le oprimía el pecho e impedía que el delgado aire cordillerano, frío como agua de vertiente, fluyese hasta sus pulmones. Se tuvo que sentar en un banco a recuperar el resuello.

—Con esto se le pasa la puna, caballero —le prometió un indio viejo y desdentado mientras le enseñaba una taza con té de hoja de coca—. Pero, por diosito, no se le vaya a ocurrir enredarse con una paceña, que se va derechito al infierno —agregó serio, enfundado en un poncho, estirando la palma.

Llegó menos agobiado al vestíbulo del hotel, donde lo esperaba el amigo del poeta. Emir Lazcano había estudiado literatura en Santiago, en la Universidad de Chile, en la legendaria época de la reforma. Corrían los años sesenta y el país bullía en medio de una rebelión impulsada por jóvenes de pelo largo, adictos a la marihuana, al amor libre, las camisas con flores y los pantalones pata de elefante. Admiraban a Janis Joplin y Joe Cocker, eran pacifistas y no creían en nadie que tuviese más de treinta años. Cayetano le agradeció su gentileza, su modo pausado de hablar y de pronunciar las eses. Cenaron un suculento arverjado de cordero en un sitio estrecho y largo, con vigas a la vista, en las inmediaciones del Palacio Quemado.

—Sería preferible que se mantuviera fiel al té de coca en estos días —le recomendó Lazcano mientras bebía cerveza—. Con la puna no se juega. Se lleva a mucho turista para el otro lado. Llegan felices a La Paz, beben, comen y fornican en exceso. Después la altura les pasa la cuenta: salen de La Paz acostados en la barriga del avión.

El académico había conocido al poeta en los sesenta, durante un acto del Partido Comunista en el teatro Caupolicán, de Santiago. Por algún tiempo Neruda le había ayudado a costear su estadía en la capital chilena. Lazcano estaba al tanto de los rumores sobre su salud, pero no había imaginado que pudiese estar herido de muerte. Había preferido evitar el tema cuando el poeta lo telefoneó pidiéndole que asistiera a un emisario suyo en una tarea que merecía máxima discreción, incluso ante el Partido boliviano.

Le mostró la foto de Beatriz posando junto a un hombre delante del club social, y le preguntó si la conocía.

—Nunca la he visto —dijo Lazcano tras examinar la foto.

—¿Y al acompañante?

—Tampoco. Están ante el club más exclusivo de Santa Cruz, que acepta solo a gente con mucho dinero.

—¿Y está seguro que no conoce a ese hombre?

—¿A quién busca usted? ¿A la mujer o al hombre?

—A ella.

—Si anda buscando información sobre una extranjera, no hay problema —aclaró serio y cortante—. Pero si sigue a un boliviano influyente, debe andarse con cuidado. Las cosas no pintan bien aquí. Si lo sorprenden en eso como cubano enviado por Chile, puede terminar mal.

—Necesito encontrar a esa mujer, o al menos al hombre. Don Pablo me aseguró que podría contar con su ayuda. No es nada político.

—De todas formas le recomiendo andarse con pie de plomo.

—Tal vez entre sus camaradas alguien puede localizar a este hombre o ayudarnos a encontrar a la mujer.

A la picada entraba gente sobándose las manos, entumida de frío, envuelta en parkas y chaquetones. Era gente silenciosa, quitada de bulla, el opuesto de los cubanos, siempre bulliciosos y aspaventosos, pensó Brulé recordando que afuera el filo de la noche cortaba las mejillas.

—Solo puedo reiterarle que las cosas están complicadas —insistió Lazcano—. Nos enfrentamos a una situación difícil: amenazas de huelga por el lado de los sindicatos mineros y de golpe de Estado por el de los militares. El círculo infernal de este país.

—Escúcheme bien, Emir, que voy a hacerle una oferta en nombre de nuestro amigo.

Lazcano encendió un Viceroy y aguardó con la vista baja, encorvado sobre la mesa, intranquilo por el asunto en que lo involucraban.

—Si me ayuda a encontrar a esta gente —Brulé bajó la voz—, le regalo una primera edición del *Canto general*, firmada por el vate. ¿Se da cuenta de lo que estoy hablando? Una primera edición, autografiada por el mayor poeta vivo de la lengua española. ¿Me ayuda o no con este asuntito?

TRINIDAD

52

Simón Adelman era un abogado judío de origen alemán, que había hecho fortuna en Bolivia representando a empresas mineras. Pero su corazón viraba a la izquierda, y ahora se dedicaba a denunciar abusos laborales y a buscar criminales de guerra nazis, que se hacían pasar por inocentes pioneros en zonas remotas del Beni. Siete familiares suyos habían perecido durante el Holocausto en el campo de concentración de Buchenwald, en lo alto del Ettersberg, cerca de Weimar, la bella ciudad de Goethe y Schiller, y por lo tanto Adelman estudiaba con lupa a todo alemán mayor que se convertía en eremita en Bolivia.

Cuando Lazcano le presentó al abogado, a Brulé lo desconcertaron dos cosas de él. La primera, que por su indumentaria pareciese un maestro de escuela rural, algo inaudito en La Paz, donde los ricos dejan meridianamente clara su condición social a través del coche y la vestimenta. El pantalón brilloso, la chaqueta arrugada y la camisa sin corbata no hacían suponer que se trataba de un abogado de éxito. La segunda era que, aunque pertenecía a la clase alta, mayoritariamente católica y conservadora, se identificase con la izquierda.

Según Lazcano, se podía confiar en él, aunque el partido no lo mirase con buenos ojos porque Adelman era trotskista. Sin embargo, en el país tenía fama de persona discreta, de saber codearse con la flor y nata de los círculos influyentes y de frecuentar sus clubes. El único pecadillo imperdonable era su admiración por León Trotsky, cuya casa en Coyoacán visitaba con asiduidad, ofrendando siempre una corona de flores y una piedra junto a la estela de su tumba.

—¿Así que usted conoce a esta mujer? —Cayetano le mostró la foto sin preámbulos.

—Efectivamente. Y también conozco ese club —dijo Adelman impávido—. Marcó época con sus salones de lámparas de lagrimones, espejos biselados y suelos frescos. Allí se celebran cenas y fiestas suntuosas en que se sella el destino de muchos bolivianos. Es, además, la sede de quienes propician el separatismo de Santa Cruz.

Ocupaban una mesa en el café Strudel, un local con paredes entramadas y afiches de Baviera, que pertenecía a los menonitas. Por la puerta entreabierta se filtraba el frío, y a través de las ventanas podían verse los edificios desconchados de enfrente.

—A mí me interesa la mujer —aclaró Cayetano—. Se llama Beatriz viuda de Bracamonte. Pero no sé si usa aquí ese nombre. ¿Cómo puedo localizarla?

—La vi un par de veces en recepciones —Simón tenía los ojos azules, el pelo canoso, el rostro enjuto, y unos setenta años—. Pero no se llama como usted dice.

—¿Cómo?

—Que su nombre no es Beatriz.

—¿Y cómo se llama entonces?

—Tamara. Tamara Sunkel.

—¿Está seguro de que es la misma mujer de la foto?

—Completamente. Es alemana, de Fráncfort del Meno. Incluso hablé con ella sobre proyectos inmobiliarios.

—¿Tiene hijos?

—No sé. La Paz es pequeña, pero tampoco un villorrio.

Un mozo les sirvió café en tazas grandes y trizadas. Cayetano miró a su alrededor. Abundaban allí oficinistas de traje y corbata que fumaban ensimismados, leían diarios o conversaban con parsimonia. En las alturas de los Andes parecía sobrar el tiempo, como en La Habana, pensó Brulé.

–¿Y también conoce al hombre de la foto?

–¿Es realmente el amigo de confianza? –Adelman consultó a Lazcano.

Asintió sin demasiada convicción, y desvió la vista hacia la calle, por donde pasaban unas mujeres indígenas con sus sombreros y atuendos, ajenas a la llovizna que entristecía la tarde.

–Digamos que en Bolivia ese hombre no es un rostro conocido –continuó Adelman escogiendo cauteloso las palabras ante el bigotudo del Caribe–. Es decir, lo conoce solo cierta gente.

–¿Por qué?

–¿Seguro es de confianza? –la mirada de Adelman buscó de nuevo la de Lazcano.

–Aunque viene de Chile, lo es –aseveró Lazcano, con la cabeza hundida entre los hombros.

–Ese hombre es el coronel Rodolfo Sacher, señor Brulé. En 1967 dirigía un comando ultrasecreto de la inteligencia boliviana.

–No entiendo –Cayetano colocó la foto sobre la mesa y sorbió el café. No se sintió defraudado, aunque el menjunje sabía peor de lo esperado.

–Sacher era el contacto de la CIA con el Palacio Quemado, la sede presidencial.

–¿Para qué?

–Usted conoce la historia del Che Guevara, ¿verdad?

–Cómo no. Murió en este país, en 1967, emboscado por los *rangers*.

–En rigor, lo asesinaron en la escuelita de La Higuera, adonde lo trasladaron herido, aunque no de consideración. Un oficial se tomó incluso una foto con él. Lo tuvieron en una camilla, sin saber qué hacer con ese hombre que era demasiado hombre para ellos. La orden llegó de Washington, aunque dijeron que salió del Palacio Quemado.

–¿Y qué rol jugó el coronel Sacher en eso?

–Fue quien infiltró al grupo de apoyo de la guerrilla en la ciudad. Sin saberlo, Tamara Bunke, amante del Che Guevara, lo guio hasta donde estaba este con sus hombres. Ella se había ganado la confianza de la oligarquía y los militares bolivianos, y tenía órdenes expresas de La Habana de no contactar al Che. Pero las desobedeció. ¿Sabe usted por qué?

—Por entusiasmo revolucionario —dijo Cayetano y no le quedó más que pensar en su mujer, uniformada de verde oliva, ahora en la manigua cubana.

—Por amor al Che —corrigió Adelman y guardó silencio, asintiendo con la cabeza, como si no se convenciese de lo que decía—. A Sacher le bastó con seguir a Tamara para dar con la columna del argentino. Y no solo hizo prisionero al comandante, sino que también impartió la orden de ejecutarlo en La Higuera…

—¿Seguro tenía tanto poder como para decidir eso?

—Al menos para imponer el orden en medio de soldaditos cagados de miedo frente al prisionero que les había caído en las manos. Barrientos, el presidente de turno, no tenía idea de lo que ocurría. Al final dispuso un funeral con honores para Tamara Bunke, que había adquirido la nacionalidad boliviana e incluso contribuido a la investigación del folklor nacional como agente infiltrada. Los cubanos culpan a Regis Debray de haber delatado a la guerrilla, pero en verdad al Che lo perdió una revolucionaria alemana enamorada de él.

Cayetano apartó la taza y examinó una vez más la foto. Sacher tenía rasgos zorrunos: rostro filudo, ojos alargados bajo cejas pobladas, la cabellera rala peinada hacia atrás. Se preguntó por qué Beatriz cambiaba de nombres y aparecía en lugares tan contradictorios. Tal vez Beatriz no era Tamara Sunkel. Alguien, el poeta o Adelman, se confundía al interpretar esa foto.

—¿Y cómo puedo encontrar a Tamara? —preguntó tras otear la calle a través de los vidrios mojados.

—Me temo que no sea fácil dar con ella.

—¿No me dijo que sabía dónde estaba?

—La conocía. Ella desapareció de La Paz hace tiempo. Vendió sus propiedades y se marchó.

266

–¿Adónde?

Adelman soltó un bufido.

–Quizás a Alemania –dijo.

–¿Cuándo?

–Hace unos cinco años. Pero puede que me equivoque.

–¿Y qué pasó con el coronel Sacher?

–Murió.

–No era tan viejo para morir –se escuchó decir. Y pensó de inmediato que lo que acababa de afirmar era una estupidez. Uno estaba listo para morir desde que lo concebían.

–Se mató cuando su vehículo se desbarrancó en el camino al aeropuerto de El Alto.

–¿Antes o después de la muerte del Che?

–Poco después.

–¿Antes o después de la desaparición de Tamara Sunkel?

–Antes –repuso lacónico el abogado.

53

Colocó la taza con té de coca sobre el velador y se quedó observando el tupido velo de la Vía Láctea a través de los cristales empañados de su cuarto. La noche era un bloque de granito negro con incrustaciones diamantinas. Atusándose los bigotes pensó que estaba viendo el mundo como solía hacerlo el poeta. No podía dormir. El aire entraba por su garganta apenas, fino como un hilo del algodón de azúcar que vendían frente a su escuela de la infancia.

Si la amante del poeta se había apellidado en México Bracamonte, en Cuba Lederer, en Alemania Oriental Schall, y en Bolivia Sunkel, entonces había dos posibilidades. La primera, que se tratase de mujeres diferentes, y que él hubiese estado mal encaminado desde el inicio de la pesquisa, porque ser detective era mucho más complicado de lo que contaba Simenon o imaginaba el poeta. En ese caso, la mujer de la cual Neruda se había enamorado en México había desaparecido sin dejar rastro y no tenía nada que ver con las de La Habana, Berlín Este y La Paz. Pero también era factible que esas mujeres fuesen una y la misma: la joven esposa infiel del médico cubano, la beldad de veinte años, seducida por los versos del artista, cuando este vivía con Delia del Carril, señora de sesenta años. Tampoco esa alternativa implicaba necesariamente que la hija de Beatriz fuese a la vez hija de Neruda. La segunda alternativa abría, además, un flanco inquietante, pensó mareado, sin aliento, volviendo a sorber el té de coca del velador. La mujer de los múltiples apellidos emergía como alguien extraordinariamente enigmático: en los cuarenta había sido la amante de un vate comunista, aparecía después fugazmente en La Habana revolucionaria, y en los sesenta se instalaba en la República Democrática Alemana, al otro lado del Muro, trabajando en una escuela de adoctrinamiento ideológico para jóvenes del Tercer Mundo. Y de pronto reaparecía en Bolivia como empresaria y compañera de un coronel involucrado en la muerte de Ernesto Che Guevara.

Se incorporó y discó el número de teléfono de Adelman.

—¿Simón?

—Con él.

—Habla Cayetano —expulsó el humo del cigarrillo contra la pantalla de la lamparita del velador y se calzó los anteojos como si pudiesen ayudarle a conversar mejor—. Necesito volver a hablar con usted. ¿Podría ser ahora?

—¿Ahora?

—Es que me voy mañana de Bolivia.

La noche esperaba acurrucada detrás de los vidrios y por las ventanas mal selladas se colaban el frío y un rumor de camiones.

—Pídale al taxi que lo lleve al Club Francés —le indicó Adelman—. Es un sitio conocido. Voy para allá.

Cuando Cayetano desembarcó ante el frontis iluminado del establecimiento nocturno, Simón no había llegado aún. Lo esperó bajo el farol de la puerta, con frío y las manos hundidas en los bolsillos de la chaqueta de chiporro, que Ángela le había comprado en Mendoza. A esa hora su mujer, o ex mujer, ya no lo sabía con exactitud, estaría acampando entre ceibas y palmeras, escuchando el croar de ranas, oyendo el suave rumor del follaje tropical, con las botas puestas para instaurar el socialismo en Chile. Pobre Allende, pensó. Mientras se desvelaba en su casa de calle Tomás Moro por consolidar su revolución pacífica, en La Habana, a espaldas suyas, otros tramaban la guerra popular extraída de manuales tan ajenos a la realidad chilena como las calles, bares y bistrós de las novelas de Georges Simenon.

Adelman llegó instantes después, a paso rápido, envuelto en un abrigo largo. La linterna de un mozo los guio por una sala oscura y bulliciosa hasta una mesa con una lamparita roja. La gente charlaba, bebía y reía a carcajadas en las mesas situadas en torno a un proscenio, donde un hombre de terno y corbata cantaba un bolero, acompañado por dos guitarristas. Ordenaron pisco con coca-cola.

—¿Qué pasa? —preguntó Adelman serio. Llevaba la misma chaqueta de la tarde y el cuello desabotonado.

—Se trata de Tamara Sunkel. No me dijo todo lo que sabe de ella.

—Se equivoca. Le conté todo. No tendría por qué ocultarle nada.

—En ese caso no habría aceptado esta cita.

Unos aplausos desganados revolotearon en las penumbras. El bolerista comenzó a cantar "Nosotros" con la melancolía propia de un desterrado.

—¿Usted es detective? —preguntó Adelman.

Cayetano pensó en la novela que estaba leyendo. En ella un Maigret ya canoso y con sobrepeso salía de vacaciones, pero se veía involucrado en un caso que ocupaba las primeras planas de los diarios parisinos. Se sentía como ese detective europeo, arrastrado en contra de su voluntad hacia un asunto que, en rigor, no debía incumbirle.

—No soy detective, pero intuyo que usted sabe más de Tamara —dijo encendiendo un cigarrillo. La llamita del fósforo danzó en las pupilas del abogado—. Ella tiene que haber sido parte de la colonia alemana, y eso no puede habérsele escapado a usted.

—Ya le dije todo lo que sé.

—Usted tiene necesariamente que haber investigado algo más. Usted frecuenta el club alemán, debe de haber conocido a Tamara Sunkel y al militar. Precisamente gente como esa despierta su interés como investigador.

—Todo eso se lo conté esta tarde.

—Todo, pero no algo que obviamente debe de haberle llamada la atención: la repentina desaparición de Tamara Sunkel tras la muerte del coronel.

—Eso es un asunto de la Policía.

—Adelman, necesito que me ayude –dijo Cayetano–. Vine a Bolivia porque necesito ayuda. Es un caso humanitario.

Los boleristas dejaron el proscenio entre la indiferencia del público, lo que amargó a Cayetano, pues supuso que esos hombres tenían mujer e hijos, alquilaban una modesta vivienda en las afueras de La Paz, pagaban a plazos sus atuendos y habían soñado con cazar esa ardilla díscola que era la fama. Pero la sala estalló en aplausos estruendosos cuando apareció sobre las tablas una rubia de traje sastre y tacones altos, que comenzó a menear las caderas al ritmo de "La pantera rosa" mientras sonreía al vacío con sus labios pintados.

—Ya le conté todo lo que sé –Adelman siguió con ojos ávidos los pasos de la estriptisera.

Cayetano esperó unos instantes a que la mujer se desprendiera de la blusa y mostrara sus pechos, apenas contenidos por un diminuto sostén negro, y cuando se dio cuenta de que el trámite iba para largo, dijo:

—No me interesa saber a qué se dedica Tamara. Solo me urge verla por encargo de alguien que estuvo muy cerca de ella hace mucho.

—¿Quién es esa persona?

—No puedo revelarle la identidad, pero es un enfermo terminal que desea hablarle. Por eso viajé hasta La Paz, Simón. En serio, esa persona se muere.

—Ya le dije que ignoro su paradero, y que no sé cómo dar con ella –Adelman bebió de su piscola con los ojos cosidos a la rubia. Ahora ella bailaba solo vestida con el calzón y el sostén.

—No le creo. Si usted no supiese cómo dar con ella, no me habría preguntado por el nombre de la persona que necesita contactarla.

Adelman guardó silencio, mirando a la artista, sin dejar de acariciar el vaso con el dorso de una mano. La rubia sacudía furiosa sus caderas en el escenario, sometiendo a prueba la consistencia de sus carnes albas, despertando murmullos y silbidos de aprobación entre la concurrencia.

—Es para que se vean brevemente –insistió Cayetano–. Tamara se lo agradecerá. Debe creer que mi cliente murió hace años, llevándose un secreto de ambos a la tumba.

La rubia trazó un círculo sobre las tablas y ofreció su espalda a los espectadores mientras sus manos desabrochaban lentamente el sujetador. Lo dejó caer y volvió a enfrentar a la concurrencia, esa vez con sus senos entre los brazos, paseándose al ritmo de una cumbia algo tristona, y por último dejó a la vista sus frutos algo caídos y contundentes, y se desprendió del calzón. Fue como un acto de magia que hizo enmudecer al local. Quedó completamente desnuda en medio del escenario, sonriendo, los brazos en alto, las piernas cruzadas, la luz de los reflectores acariciando su cuerpo perfecto. El público le brindó una ovación sostenida, sazonada con gritos y silbidos. No era en verdad rubia, pensó Cayetano antes de apagar el cigarro y sorber de su vaso.

—Nadie sabrá que usted me reveló su paradero –insistió cuando terminaron los aplausos.

—No tengo ni idea de dónde vive.

—Si Tamara era empresaria, le creo que pudo desaparecer de la noche a la mañana de Bolivia, pero no que pudo liquidar tan rápido sus bienes.

—¿Y qué tengo yo que ver con eso?

Cayetano cruzó los brazos sobre la mesa, se afincó las gafas en la nariz y miró serio al abogado.

—Usted debe saber quién le llevaba los balances.

Cuando la rubia falsa hubo desaparecido tras las cortinas del escenario, un hombre mayor, calvo y esmirriado, salió a recoger con desgana las prendas del suelo.

—Comentan que es su padre –dijo Adelman mirando al tipo con escepticismo–. Yo no me trago esa pamplina.

—No me cambie de tema, Simón. El contador de Tamara Sunkel tiene que conocer su paradero —repuso Cayetano con un nuevo cigarrillo entre los labios, pero no alcanzó a encenderlo, pues sintió que el aire viciado del local apenas llegaba hasta sus pulmones—. Y no me va a decir que no sabe cómo dar con ese contador...

54

–¡Menos mal que llamaste! –exclamó impaciente el poeta–. La curiosidad no me deja pegar ojo. Me espera otra noche de insomnio. Cosa de viejos. Debe de ser para que uno se despida del barrio de los vivos. Matilde anda en Isla Negra, así que podemos hablar. ¿Cómo marchan los asuntos en La Paz?

Aunque era tarde, Cayetano había llamado a La Sebastiana pues presentía que el poeta necesitaba hablarle. No esperaba encontrarlo de tan buen humor. Mejor: se apuró a contarle las novedades.

–Le tengo una buena noticia: la mujer que buscamos vivió aquí.

–¿Y ahora dónde está?

Afortunadamente Neruda parecía haber recuperado el optimismo. Le explicó los resultados de la jornada, aunque no le mencionó el nuevo cambio de identidad de Beatriz. Ahora el poeta casi daba la impresión de divertirse con sus andanzas, como si estuviese leyendo una novela policiaca con él de protagonista.

–De la embajada de la RDA me hicieron llegar un folleto con la cartelera del Berliner Ensemble –le contó–. Incluye fotos de los actores de *Galileo*, con Tina como Virginia, pero no se la distingue bien. ¡Y qué seudónimo se fue a buscar! Bueno, esos modos grandilocuentes se pierden con la edad. ¿Sabes que de joven le puse a un libro "Tentativa del hombre infinito?".

Se había alegrado de encontrarlo con mejor ánimo, pero aquel humor frívolo le chocaba. Entristecido, lo dejó hablar sin prestarle atención. Solo había visto a Tina una vez, pero al recordarla le pareció marcada por una soledad definitiva, irremediable. Trató de no pensar. Entonces, al inclinarse para desanudar sus zapatos, sintió que la sangre se le iba de golpe a la cabeza y una angustiante opresión le crecía en el pecho, mientras un cansancio profundo, como si hubiese envejecido de repente, se apoderaba de él. Se recostó en la cama sin soltar el auricular. Un zumbido le taladraba los sesos.

—¿Estás escuchándome, muchacho?

—Sí, lo escucho don Pablo —Cerró los ojos. Los oídos se le taparon como si buceara en la profundidad tibia de las aguas del Malecón habanero.

—En todo caso teníamos que hablar, porque esta tarde, cuando el sol caía por Playa Ancha despidiendo destellos nacarados, volví a quedarme dormido como esos viejos de mierda que comienzan a roncar en cuanto se sientan en un sillón. ¿Y sabes qué soñé?

—No, don Pablo.

El cuarto giraba alrededor suyo como un carrusel enloquecido. Sintió náuseas y frío. Abrió los párpados y contó las manchas de humedad que parecían nubes sucias surcando el cielo del cuarto. Más allá vio las cortinas de tela desteñida, y el espejo sin azogue de la cómoda que le devolvía la imagen de un Cristo crucificado sobre su cabeza. Todo giraba sin cesar.

—Claro, qué tonto soy, Cayetano. Cómo ibas a saberlo. Es que me la paso soñando.

Después del desaprensivo desenfado que le había mostrado antes, el repentino tono conciliador lo animó a hablar.

—Es normal, don Pablo, no se preocupe. En la medida en que avanzamos, aumentan su ansiedad y la mía. ¿Cómo va el tratamiento?

Pero don Pablo, en el fondo, debía de estar muy mal.

—No me trates como a niño —aspiró profundo, molesto, y agregó—: Tú sabes que esto no tiene arreglo. Así que no hay motivo para que me vengas con preguntas huevonas ni mentiras piadosas. Es una suerte que seamos mortales.

Se lo dijo con una rabia que afirmaba lo contrario, pero él le respondió que tenía razón; de cualquier modo, apenas lograba escucharlo. Apagó la luz. El cuarto giraba ahora como el carrusel de una película de Hitchcock que había visto en el teatro Mauri. Sentía la garganta seca y lo sacudían escalofríos. La puna, coño, la puñetera puna le estaba pasando la cuenta. Se acordó de las advertencias del indio del aeropuerto. ¡Ahora ni el té de coca lo salvaría!

—En fin, soñé que estaba sobre las tablas de un teatro, que era actor como Tina y representaba a Eneas —continuó el poeta, con la misma desesperada arrogancia—. ¿Te acuerdas de Eneas, Cayetano?

—Más o menos, don Pablo.

—No solo hay que leer a Simenon, muchacho. Eneas es el troyano que dejó su patria porque Júpiter le ordenó ir a Italia a fundar Roma. En el viaje pasó por Cartago, donde se enamoró de la reina Dido, una mujer que lo arriesgó todo al enamorarse de él. Cuando él se va, ella se suicida. Eso está en la *Eneida*, Cayetano. En cuanto termines con Simenon, lee por lo menos a Virgilio y a Homero.

—En cuanto se me pase esto, lo haré.

—¿Estás bien?

—Sí, don Pablo —le dolían los huesos, le castañeteaban los dientes y tenía el cuerpo empapado de un sudor frío y pegajoso. El detective era él. Neruda no intentó averiguar más.

—Pues yo era Eneas y caminaba por el mundo de los muertos, y vi la sombra de Dido, mi antigua amante. Y, sin saber cómo, empecé a recitar de memoria las palabras de Eneas, que acabo de hallar en *La Eneida*: "Ah, trágica Dido: ¿fue verdad entonces la nueva del mensajero que me vino a decir que tú eras muerta y fenecida a hierro? ¿Y fui yo, ¡ay dolor!, la causa de tu muerte? Por las estrellas te juro, y por los dioses, y por la fe, si la hay, en lo más hondo de la tierra, que forzado abandoné tu litoral, oh Reina". ¿Me escuchas, Cayetano, te das cuenta de lo que estaba ocurriendo en mi sueño?

—Por supuesto, don Pablo, continúe.

–"Con su imperio ineluctable me obligaron los mandamientos de los dioses que ahora me obligan a viajar por estas sombras, por estos parajes cubiertos de moho y por esta noche profunda: ni pude creer jamás que de mi partida tú habías de concebir dolor tan fiero. Detén el paso y no te sustraigas a mi vista. ¿Hacia dónde huyes? Es lo postrero, por querer del hado, esto que te digo…".

Escuchó que sus lentes se estrellaban contra el suelo, y el ruido lo devolvió al cuarto del hotel paceño, a esa extenuante conversación con el poeta, a aquel texto enrevesado que le leía o le recitaba desde La Sebastiana.

–¿Te das cuenta? –preguntó Neruda–. Eneas soy yo, y Dido es Beatriz. Eso significa que mi historia fue narrada hace dos mil años por Virgilio. Pero hay más: si fui Eneas, entonces me aproveché de Dido, cuando ella era joven y dichosa junto a un hombre decente. Llegué a su patria, la seduje con mi aire cosmopolita y mi torbellino de palabras, y la convertí en una casada infiel y luego la abandoné a su suerte. A lo mejor Beatriz ya no vive, Cayetano, y yo tengo que hacerme a la idea de morir con el sentimiento atroz de que la utilicé y de que jamás averiguaré la verdad.

Por fin caía la máscara, aunque la voz, como otras veces, seguía siendo dramática, representando la tragedia de Pablo Neruda con su inconfundible y único protagonista. Pero Cayetano había aprendido a ver detrás del telón.

–Don Pablo, es de noche y usted está cansado. Trate de dormir, mejor. Verá que mañana, con el sol asomando por los Andes, todo se verá de otro color.

–Me veo a mí mismo ahora como esa persona de la que hablaba sor Juana Inés de la Cruz: Un ser que "es cadáver, es polvo, es sombra, es nada…".

Era demasiado, casi patético. No lo había visto así antes, no hasta ese punto. Ni quería verlo tampoco.

–Don Pablo, basta.

—No es Beatriz mi única Dido, Cayetano. También lo fueron Josie Bliss, la maligna de los celos viscerales y el puñal refulgente. Y María Antonieta Hagenaar Vogelzang, la madre de la hija que repudié.

Ya no había límites. Imposible distinguir la confesión del recitado.

—Don Pablo, ¿a quién quiere espantar?

No lo oía.

—Y después fui Eneas con Delia, de quien prescindí cuando estaba vieja, y ya no podía rehacer su vida con otro hombre. La traicioné mientras ella llevaba clandestinamente mis manuscritos de un sitio a otro, arriesgando su vida por mí. Y le pagué dejándola por una mujer treinta años menor, con quien ella no podía competir ni en juventud ni en belleza. He sido un Eneas, Cayetano, un inescrupuloso, un hijo de puta. La fuga ha sido mi arte, lo acabo de comprender en esta hora de mi crepúsculo. Estoy condenado a morir recordando todo el quebranto que causé mientras buscaba mi felicidad. Nadie más desconsiderado que aquel que solo persigue su dicha. ¿Me escuchas, Cayetano? ¿Cayetano…?

55

—¿Se refiere a la señora Tamara Sunkel, de Santa Cruz, doctor Adelman? —preguntó el contador. Era un hombre mayor, de ojos pardos sitiados por arrugas profundas.

—Exactamente. La que adquirió el Antofagasta.

La oficina del contador Elmer Soto Ebensberger estaba en el entrepiso de un edificio céntrico, nada lejos del Palacio Quemado. El barrio hervía de puestos de comida y vendedores ambulantes, en su mayoría indígenas, que ofrecían de cuanto hay en mantas desplegadas sobre las veredas.

El contador predilecto de la colonia alemana de La Paz dejó su escritorio atiborrado de planillas, y pasó a una sala contigua donde sus empleados examinaban facturas. Cayetano y Adelman esperaron en silencio, mirando hacia los edificios de enfrente, a medio construir, pero ya habitados en la planta baja.

El contador retornó a su oficina con varios cuadernos de tapas negras.

—¿Usted se refiere a Tamara Sunkel Bauer, la alemana, verdad? —preguntó ojeando unas páginas

—Hablo de la mujer del coronel Antonio Sacher.

—Que en paz descanse. Entonces nos referimos a la misma persona.

—Al señor Brulé le interesa ubicarla por encargo de un antiguo amigo de ella.

279

—Fue cliente mía durante una época, doctor Adelman. Pero no sé si pueda yo serle útil —murmuró Soto Ebersberger mientras su índice recorría el cuaderno—. Encantadora mujer, desde luego, fina y reservada. Extraordinariamente puntual en sus pagos.

—¿Estamos hablando de esta mujer, verdad? —Cayetano le enseñó la foto de Beatriz tomada en Santa Cruz.

El contador la estudió unos instantes, y luego dijo con aire doctoral:

—De ella misma. Y ahí está con el coronel.

—Su esposo.

—No por la ley —corrigió Soto Ebersberger, y entrelazó sus manos. A su espalda colgaba de la pared un Cristo ensangrentado, de baquelita—. No estaban casados como Dios manda. Lo sé porque yo hacía las declaraciones tributarias solo de ella.

Cayetano guardó la fotografía en su chaqueta.

—Se marchó hace tiempo del país, ¿verdad?

—Así es.

—De forma sorpresiva y misteriosa…

—De un día para otro, más bien. Pero no diría que de forma ilegal —esgrimió una sonrisa condescendiente—. Le iba bien aquí. Rentas atractivas, se codeaba con la elite, perfil bajo. La muerte del coronel debe de haberla destruido.

—¿Por eso se marchó?

—Me imagino. Y como era extranjera, prefirió irse.

—¿Entonces el accidente determinó la desaparición de la señora Sunkel?

—Supongo, porque fue un accidente raro. El Dodge Dart del militar se despeñó en El Alto. Le falló la dirección. Y eso que era un coche último modelo. Circularon varias interpretaciones sobre el accidente.

—¿Por ejemplo?

—Que fue una venganza política —sus ojos se anclaron en los de Cayetano.

—¿Venganza por qué?

—Bueno, los rumores dicen que el coronel fue quien cazó al Che. Su fuerte era recolectar información. ¿Entiende?

—Sí, algo conozco sobre Sacher. ¿Y dónde está la señora Sunkel ahora?

—Es la pregunta del millón, señor Brulé.

—Pero si tenía inversiones, no puede haber desaparecido de Bolivia de la noche a la mañana —Cayetano se atusó las puntas del bigote.

—Usted pasa por alto un detalle: como buena alemana, ella preparó las cosas con calma y buena letra —Soto Ebensberger se puso solemne—. Liquidó todas sus propiedades antes de irse.

Cayetano encendió un cigarrillo, lo aspiró profundo y expulsó el humo hacia la ventana.

—¿No le dejó alguna dirección antes de irse? Si usted era su contador, debe de haberlo hecho. Siempre quedan cosas pendientes en materia tributaria.

—Uno le debe discreción a sus clientes.

—Don Elmer, es un asunto de vida o muerte —terció Adelman.

—A usted tampoco le gustaría, doctor…

—El cliente del señor Brulé agoniza, don Elmer.

Se puso de pie y caminó a la oficina contigua. Regresó con un cuaderno de empaste rojo.

—Realmente, doctor, solo por tratarse de usted… Al marcharse, la señora tuvo a bien dejarme sus datos para una transferencia de última hora por la venta de un terreno. No creo que le sirva al señor Brulé, pues era una dirección temporal. Hicimos la transferencia, enviamos una copia de la operación, pero nunca recibimos acuse de recibo.

—¿Qué dirección le dio? —preguntó Cayetano.

—Dejó un c/o a nombre de Maia Herzen.

—Maia Herzen —masculló—. ¿En qué lugar?

—En Santiago de Chile. Pero han pasado cinco años de eso, señor Brulé. Dudo que hoy pueda encontrar allí a Tamara Sunkel Bauer.

56

El tren de aterrizaje del Lan arrancó polvo a la pista del aeropuerto de Santiago de Chile la mañana del diez de septiembre de 1973. Desde el galpón de la terminal, después de recuperar su maletín, Cayetano llamó a la casa del poeta en Valparaíso, donde nadie le respondió. Intentó ubicarlo después en La Chascona, en el barrio capitalino de Bellavista, pero allí le dijeron que se hallaba en su casa de Isla Negra, frente al Pacífico.

Probó allí. Con mala suerte. Una voz de hombre le avisó que el poeta dormía, que lo intentara más tarde. Por pura curiosidad preguntó por Alicia, pero le respondieron que no la conocían. Decidió aprovechar la estadía en la capital para estudiar la dirección que el contador boliviano le había entregado en La Paz. Cogió un taxi y entró a Santiago. Las excavaciones del futuro metro en la Alameda eran ahora las trincheras y canteras para los simpatizantes y adversarios del gobierno de Allende, que se disputaban a palos y peñascazos las calles de la capital.

—Esto no da para más —comentó el taxista mientras pasaban frente al Palacio de La Moneda, protegido por efectivos, buses y carros antimotines policiales. La bandera al tope indicaba que Allende estaba en su despacho—. Usted, como turista, no se imagina lo que es esto, señor. El país se está yendo a la mierda.

Al otro lado de los cristales del Zodiac, Santiago era una ciudad anárquica y desabastecida, sitiada por un enemigo invisible. Había colas interminables ante los almacenes y supermercados y en las paradas de buses que ya no circulaban. Desde algunos edificios colgaban lienzos respaldando a Allende o bien exigiendo su renuncia. En las calles, donde neumáticos en llamas despedían espirales de pestilente humo negro, grupos de izquierda y derecha libraban enconadas batallas mientras las radiopatrullas hacían ulular sus sirenas entre los gritos y las bombas lacrimógenas, que emponzoñaban el aire de la ciudad. En las esquinas los carros antimotines y los buses del Grupo Móvil de Carabineros estaban listos para entrar en acción, a pesar de que algunos tenían los vidrios quebrados y sus ruedas pinchadas. Más allá, columnas de jóvenes de cascos, palos y banderas exigían la expropiación de *El Mercurio* y la radicalización de la reforma agraria. El taxista sorteó el caos del centro y subió por Vitacura hasta la intersección con la elegante calle Luis Carrera.

Le pidió que lo esperara unos minutos. Estaba ante la casa que cinco años atrás Tamara Sunkel había presentado al contador de La Paz como su dirección temporal en Chile. En 1968 pertenecía supuestamente a Maia Herzen, persona de confianza de Tamara, según Soto Ebensberger. La casa era sólida y de un piso, blanca, con techo de tejas, y se alargaba hacia el fondo, entre árboles y arbustos, con el Cerro Manquehue descollando por encima de su techumbre.

Tocó el timbre de la reja y aguardó contemplando una gran palmera en el jardín trasero. Al fondo vio dos automóviles estacionados: un Fiat 125-s blanco, y un sobrio Opel beige. Alguien debía de estar en casa, pensó. Ojalá fuese aún la residencia de Maia Herzen. Fisgoneó a través de un ventanal. Vio muebles de mimbre sobre un piso de cerámica, gomeros de hojas grandes y bruñidas, óleos y vasijas junto a una chimenea. De pronto notó las cartas que asomaban por la ranura del buzón. Las extrajo con disimulo.

La primera, de la compañía de gas, estaba dirigida a Maia Herzen. La segunda, la de teléfonos, también. Y la tercera tenía el mismo destinatario. Sonrió satisfecho mientras pasaba la yema de los dedos sobre la corbata lila de guanaquitos verdes. Era cierto que esta daba suerte.

Maia Herzen tenía que saber cómo localizar a Tamara Sunkel. Después llamaría al poeta para darle la grandiosa nueva. Tuvo la sensación de que se iba convirtiendo en un Maigret caribeño. Le daba lo mismo si le abrían o no la puerta, pues el asunto estaba resuelto, pensó sacando una cajetilla de cigarrillos bolivianos de un bolsillo. Encendió uno y aspiró el humo satisfecho, orgulloso de sí mismo. Neruda se pondría feliz. Tal vez se animaba a escribir más poemas. ¿Qué debía hacer ahora? ¿Irse a Isla Negra a contarle la novedad?

El motor de un automóvil lo devolvió a Santiago. Alguien llegaba a casa. Se alegró. Las aguas recuperan su cauce original, pensó mientras devolvía las cartas al buzón. Caminó hacia la calle con el cigarrillo colgando de una esquina de los labios, sintiéndose por primera vez detective de verdad. Fue ahí que se dio cuenta de que se trataba del taxi que acababa de traerlo del aeropuerto. Arrancaba a toda máquina por Luis Carrera, dejando atrás solo una estela de humo. Se cagó mil veces en el taxista y se despidió mentalmente de su equipaje y de la muñeca indígena que había comprado para Laura Aréstegui en el aeropuerto paceño.

57

Desperdició la mañana en una comisaría del Barrio Alto estampando la denuncia por la maleta. Para casos como el suyo los carabineros no disponían de tiempo, ocupados, como estaban, en combatir el mercado negro, ordenar las colas frente a los almacenes, e impedir el apedreo de los buses y camiones que aún circulaban. La huelga nacional indefinida del transporte y el comercio era un hecho, y llegaría, como lo anunciaban sus organizadores, "hasta las últimas consecuencias", lo que era un eufemismo para referirse al derrocamiento de Allende. El país estaba fatalmente paralizado y dividido.

No logró comunicarse con el poeta ni hallar un bus que se dirigiera a Isla Negra. Tampoco pudo encontrar pasajes a Valparaíso en Andes Mar Bus, Tur Bus ni Cóndor Bus, y el último tren al puerto había salido ya de la estación Mapocho. No había nada que hacer como no fuese alojarse en un hotel.

Con el dinero que le quedaba, se instaló en el hotel Gala, en las inmediaciones del Palacio de La Moneda. Eran pasadas las nueve de la noche del diez de septiembre, cuando salió a comer. La plaza de Armas estaba desierta. Halló una fuente de soda vacía, donde le prepararon un perro caliente sin mayonesa ni chucrut, y un café aguado. Mientras comía deprisa se sintió uno de esos miserables personajes que deambulan por los andenes de las estaciones en la película *Doctor Zhivago*. Regresó al hotel. A lo lejos escuchó explosiones y balazos. La radio entregó noticias alarmantes. Los líderes opositores exigían la renuncia del mandatario, la entrega del poder al presidente del Senado y la convocatoria a nuevas elecciones. Las emisoras gubernamentales, por otro lado, alertaban sobre el peligro de una guerra civil. Supo que no podría conciliar el sueño y volvió a pasear. Necesitaba hablar con el poeta de lo que ocurría en el país y, sobre todo, de la noticia que le reservaba.

Una neblina espesa y fría, impregnada de olor a pólvora, copaba las calles. Vagó por el centro con desaliento hasta que de pronto, al doblar una esquina, vio aparecer, como la imagen de un velero fantasma surgiendo de la camanchaca, La Moneda iluminada. Cruzó la plaza de la Constitución ante el palacio presidencial, que navegaba majestuoso, envuelto en una calma irreal, y entró al hotel Carrera. Le apetecía un trago fuerte. El bar estaba lleno de corresponsales extranjeros, diplomáticos, espías y caballeros de traje y corbata, que insistían en que al país lo salvaría solo un gobierno militar. En medio de las conversaciones que iban y venían por sobre las mesas, a veces como cuchicheos, otras a gritos, se sirvió dos rones dobles al hilo, que pagó con los últimos dólares del poeta, y se quedó mirando por unos instantes las noticias del canal opositor.

Era evidente que las cosas habían empeorado desde su primer viaje. El general Augusto Pinochet encabezaba ahora el Ejército, un hombre que en el pasado se había distinguido por su apoliticismo y lealtad al Gobierno y la Constitución, pero que no era ni la sombra ni tenía el carisma del general Carlos Prats. La Fuerza Aérea enfrentaba turbulencias internas, y algo semejante ocurría al parecer en la Marina de guerra, que iniciaría al día siguiente operaciones conjuntas con la flota estadounidense frente a la costa chilena. Las cámaras del noticiario mostraban un desabastecimiento generalizado de alimentos, colas, desórdenes callejeros y ataques terroristas de la derecha, las tomas de fábricas por los obreros y de tierras por los campesinos, las aguerridas manifestaciones de izquierda y derecha. Casi todos los buses y camiones del país estaban estacionados en unos terrenos costeros ubicados al norte de Valparaíso. Dormían allí desprovistos de sus piezas esenciales para que nadie pudiera conducirlos. La huelga opositora, respaldada por los partidos opositores y los empresarios, y financiada por Washington, solo cesaría si Allende renunciaba. Mientras los partidos de la Unidad Popular exigían al presidente mano dura contra los golpistas, la oposición daba por fenecido todo diálogo con el mandatario. El país, pensó Cayetano con otro ron en las manos, avanzaba indefectiblemente hacia el despeñadero, y nunca más volvería a ser el mismo.

Salió imbuido de un sentimiento de profunda amargura al vestíbulo con el fin de coger aire y despejar la mente. Al mirar por los ventanales divisó de nuevo La Moneda. Era efectivamente una gran nave de plata con las velas hinchadas por la brisa nocturna. Había también luz en la oficina del presidente, en el segundo piso, a la izquierda de la entrada principal del palacio. Eso significaba que Allende seguía allí trabajando.

—Se nota que Allende no se quiere ir de La Moneda —había comentado un parroquiano calvo, de barba y traje oscuro, acodado en la barra.

—Acabemos con ellos antes que ellos acaben con nosotros —había dicho otro, cosechando aplausos.

—Solo un comunista muerto es un buen comunista —el tercero, envalentonado, arrancó una ovación.

Decidió regresar al ambiente caldeado del bar y se sentó en un sillón de cuero, algo apartado de la barra. Es curioso, pensó mientras a su memoria acudían las secuencias del país en la anarquía: en ese hotel no había desabastecimiento. Ni de ron, ni de whisky, ni de sándwiches de ave o carne, ni tampoco de queso o salchichón. Era como si el sitio perteneciese a otra época y a otro país. Un mozo le endosó de pronto en la mano un vaso lleno que le pareció contener un respetable ron añejo, un gran añejo, para ser más exactos.

—¿Y esto? —preguntó extrañado.

—Un Bacardí siete años —dijo el mozo dándose ínfulas.

—¿Obsequio de la casa?

–Obsequio de alguien que lo espera afuera.

Cayetano bebió un sorbo largo con los ojos cerrados y gozosa voluptuosidad, se acordó brevemente de Karl Plenzdorf en su despachito de Berlín, y se puso de pie y siguió al mozo con el vaso en ristre y la curiosidad picándole la planta de los pies. Al otro lado de los cristales, más allá de los árboles de la plaza de la Constitución, sobre La Moneda, flameaba la bandera al tope contra la noche de septiembre.

–Tenga la bondad –dijo el mozo y le indicó hacia la mujer sentada delante del ventanal.

–¿Cayetano Brulé? –preguntó ella levantándose del asiento. Era alta, blanca, de cabellera clara–. Un placer conocerlo –agregó con una sonrisa medida–. Soy Beatriz. Beatriz viuda de Bracamonte.

58

Cayetano quedó estupefacto en ese vestíbulo con suelo de mármol, lámparas de cristal, cortinajes y espejos biselados. El mozo volvió al bar, desde donde todavía llegaba, aplacado, el escándalo de los parroquianos.

Era, no le cupo duda, Beatriz viuda de Bracamonte, la mujer que buscaba, la mujer de la cual el poeta se había enamorado décadas atrás en Ciudad de México. Sintió la emoción obstruyéndole el pecho. Su memoria no podía estar traicionándolo: era el rostro de la foto tomada delante del Club Social de Santa Cruz, que él había hurtado del departamento berlinés. Tantas veces había estudiado esos rasgos que los guardaba nítidos en la memoria. Esbelta y bien conservada, de mirada resuelta, Beatriz seguía siendo una mujer atractiva.

—El placer es mío —masculló él procurando disimular la sorpresa, y estrechó su mano.

—¿Puedo saber por qué me busca? —preguntó ella. Sus ojos, de pronto inquisidores, lo intimidaron.

—¿Cómo sabe que la busco?

—Estuvo hoy en mi casa. Supongo que no quería hablar con mi esposo.

Era la prueba de lo que había supuesto, concluyó aliviado. Años atrás, en 1969, la Tamara Sunkel de La Paz se había convertido en Santiago de Chile en Maia Herzen. No existía una Maia Herzen. Maia Herzen era Tamara Sunkel, o la misma Beatriz viuda de Bracamonte.

—Efectivamente. Fui yo.

—¿Por qué me busca? —insistió seria.

—Porque tengo un mensaje para usted —repuso alisándose la corbata estampada.

—¿Puede ser más explícito, por favor?

—Tal vez si le digo que aún la recuerdan en la escuela a orillas del lago Bogensee, me entienda mejor.

—No sé a qué se refiere.

—Y que en La Paz un contador todavía espera que le confirmen la recepción de un giro…

—Salgamos mejor a dar una vuelta —propuso ella con aplomo—. Tengo el coche cerca.

Bajaron las escalinatas y el portero vestido de mariscal les abrió la puerta con una reverencia profunda. Abordaron el Opel estacionado frente al hotel. Era poco después de medianoche. Una calma engañosa envolvía Santiago, la calma previa a la tormenta, se dijo Cayetano. La mujer pasó frente a La Moneda y giró en la Alameda hacia el oriente.

—¿Conoce la Leipziger Allee de Berlín Este? —preguntó Cayetano.

Ella siguió manejando, como si no lo hubiese escuchado, luego preguntó:

—¿Para quién trabaja usted, Cayetano?

—Usted ya se lo imagina, de lo contrario no habría venido a verme. Acláreme primero, ¿quién es usted en realidad?

—Usted ya lo sabe. Yo llevo varios años en Chile.

—Pero antes vivía en La Paz, donde fue la mujer de un oficial boliviano y se dedicó a inversiones inmobiliarias. Y antes trabajó en Bogensee, y con anterioridad en La Habana. Y al comienzo vivía en Ciudad de México…

—Ya ve —sonó sarcástica—. Si lo sabe todo, ¿para qué pregunta?

—Porque veo demasiadas incongruencias. ¿A qué se dedica usted realmente?

El carro continuaba subiendo hacia el oriente. Después de dejar atrás el señorial edificio del club La Unión, pasó junto al frontis de la sede central de la Universidad de Chile, donde un rayado mural llamaba a enfrentar la sedición. Se cruzaron con varios *jeeps* del Ejército. En los terrenos de la Compañía de Cervecerías Unidas unos obreros alimentaban una fogata. Sus pancartas anunciaban que la empresa estaba en manos de los trabajadores. En la medida en que se internaban por las calles arboladas y los jardines del Barrio Alto, la capital chilena iba ofreciendo un aspecto menos lóbrego y desolado.

—La busqué por todo el mundo, Beatriz. Pero usted terminó encontrándome a mí. Me urgía verla porque don Pablo necesita hablarle.

—¿Don Pablo?

—No finja. Usted sabe a quién me refiero.

—No finjo. No lo veo desde hace más de treinta años. Sé que está enfermo.

—Y de cuidado.

—¿Por qué necesita verme? —su voz sonó indiferente.

—Solo me contrató para que la encontrara, Beatriz. El resto no es cosa mía.

—Sigo sin entender.

—Me imagino que quiere hablar sobre lo que ocurrió entre ustedes en los cuarenta, en Ciudad de México…

—¿Y por qué le ha bajado de improviso el amor por mí a estas alturas?

—Usted lo sabe.

—No. Yo no sé nada, Cayetano.

—Es por Tina. Tina Bracamonte.

—Un momento, un momentito —sonó crispada. Esperaban luz frente al semáforo de Eliodoro Yáñez—. No venga ahora con historias añejas. ¿Qué quiere él de Tina?

—Usted puede imaginarlo. Yo no soy quién para decir algo en todo esto.

Puso primera y aceleró. Le pareció que ella perdía el control sobre su persona y el motor del coche. Tomó una calle lateral a toda máquina, haciendo rechinar los neumáticos. Pasaron al rato frente la sede de la Universidad Católica, donde colgaban lienzos antigubernamentales y montaban guardia estudiantes con cascos y hondas.

—Están a punto de derrocar al Gobierno, y Pablo viene con estas preocupaciones —comentó ella—. ¿Ve a esos jóvenes derechistas que se tomaron la universidad en defensa de la democracia, que supuestamente amenaza Allende? Pues mañana, cuando los militares gobiernen con puño de hierro, correrán a ofrecerse como colaboradores. Mírelos y no los olvide. Hoy de zapatones, pantalones y parkas de campaña, con cruz al cuello y linchaco. Mañana andarán de terno y corbata justificando lo injustificable.

Condujo de nuevo, a gran velocidad, por la avenida desierta. Tras pasar por plaza Italia, donde la gente hacía cola junto a unas fogatas para entrar a la mañana siguiente a un supermercado, cruzaron frente a la sede de Patria y Libertad, que era una fortaleza ocre, con puertas y ventanas tapiadas. Una enorme araña negra, pintada en el muro que daba a la Alameda, intimidaba la noche santiaguina.

—Los nacionalistas —comentó Beatriz. Un lienzo anunciaba "¡Ya viene Yakarta!"—. Hoy se presentan como patriotas, mañana aplaudirán el asesinato y el encarcelamiento de chilenos. Después se lavarán las manos como Poncio Pilatos. Lo peor está por ocurrir, Cayetano, y ¿a Pablo se le antoja ahora hablar de algo que ocurrió hace decenios?

La escuchó criticarlo indignada, afirmar que era el mismo egoísta de siempre y que ya era tarde para rectificar la historia. A estas alturas, dijo, daba lo mismo cómo imaginaba él lo que había ocurrido entre ellos. Ya no había nada que hacer, los dados estaban echados y nadie podría modificar el pasado ni lo que este incubaba.

Veinte minutos más tarde llegaron al barrio de Macul, ante las rejas del Instituto Pedagógico, tomado por estudiantes de izquierda. También había fogatas en los patios, y vigilantes con cascos parapetados en los techos. Un lienzo verdirrojo del MAPU, exigía a Allende que avanzara sin transar. Uno rojinegro, del MIR, exigía formar milicias populares.

—¿Ve a esos muchachitos? —preguntó ella—. Todos hijitos de papá. Hasta 1968 estaban con el gobierno de Frei Montalba, a última hora, cuando vieron que Allende ganaría en 1970, se pasaron a la Unidad Popular. Hoy disfrutan como embajadores, ministros o interventores, y son más revolucionarios que nadie, como si lo hubiesen sido toda la vida. Si esto se viene abajo serán los primeros en ponerse a salvo, en renegar de todo y adaptarse a los nuevos tiempos. Son burguesitos que juegan a la revolución para calmar su conciencia. Los tranquiliza saber que más tarde sus familiares en la Iglesia, el Ejército, la justicia o el empresariado los sacarán de los embrollos en que se metan.

Volvieron al centro por calles desamparadas, a oscuras, tapizadas de baches y charcos. En alguna esquina vieron mendigos durmiendo bajo cartones, acompañados de perros vagos. Beatriz no respondía a lo que Cayetano le preguntaba. Y si él insistía con las indagaciones, ella le hacía caso omiso y continuaba perorando sobre el drama nacional y culpando al poeta de egoísta e irresponsable.

—Siempre lo fue —repitió—. Huyó de México cuando era el momento de aclarar las cosas. Reaparece ahora, cuando toda aclaración es superflua, inservible. No se puede ser así en la vida, Cayetano.

—La entiendo, Beatriz, pero usted aún no me aclara si Tina es hija de Ángel o del poeta —dijo de pronto, resuelto, Cayetano. La ciudad pasaba ante las ventanillas del Opel como en una película—. ¿Responde usted o respondo yo?

—Entonces será mejor que sigamos conversando, Cayetano. Y por su hotel no se preocupe, yo lo llevo de regreso a Valparaíso.

59

Bajo los reflectores del Opel la carretera a Valparaíso se iba enterrando como un sable en la garganta de la noche. Viajaban en silencio. El rumor del vehículo era el telón de fondo de los comentarios políticos que transmitían las emisoras. La crisis se había polarizado a un punto extremo, insostenible con un llamado del líder socialista Carlos Altamirano a infiltrar la Marina y a convertir al país en un Vietnam en caso de producirse un golpe de Estado. De vez en cuando divisaban hogueras alimentadas por campesinos que exigían la expropiación de los predios en los que trabajaban. Las noticias empeoraban: comandos militares provocaban a los obreros de las fábricas tomadas, las declaraciones de la oposición adquirían carácter sedicioso, y las respuestas de la izquierda, con excepción del presidente y los comunistas, asumían un tono radical.

Fue ese el instante en que los ojos de Cayetano tropezaron con la placa "Ejército de Chile", que descansaba sobre el tablero del vehículo.

—¿Del lado de quién está usted, Beatriz? —preguntó. En la oscuridad vio el brillo furtivo del fusil de un soldado apostado a un costado de la carretera. Lo asoció con la noche de hace muchos años en la que el poeta, a través de la gasa de un mosquitero, había alcanzado a vislumbrar el guiño asesino del puñal de Josie Bliss.

—¿Del lado de quién voy a estar?

—Si miro las cosas desde su estancia en La Habana y Berlín Este, usted debería simpatizar con el gobierno de Salvador Allende. Pero si las observo desde La Paz y Santiago, la veo a usted comprometida con la derecha. Usted es una contradicción ambulante.

—Las cosas son más complejas de lo que usted imagina y no siempre se presentan tal como son. Usted es joven, tiene buenos sentimientos y peca de idealismo. Por eso ayuda a Pablo a buscar la hija que añora haber tenido. Pero la vida es un iceberg, Cayetano, lo crucial es lo que no vemos.

—Suena bien, pero no responde a mi pregunta.

—A buen entendedor, pocas palabras.

—¿A qué se dedica en el Chile de la Unidad Popular? —insistió—. La construcción en Chile está detenida. Nadie levanta ni una mediagua, nadie invierte aquí. ¿De qué vive usted ahora?

Vieron pasar una caravana de *jeeps* y camiones con infantes de marina en sentido contrario. Venían de Valparaíso, iban a la capital. ¿Quién dirigía al país ahora?, se preguntó Cayetano. ¿Realmente Allende desde La Moneda, a esas horas con la bandera chilena en alto, o el poder estaba ya en otras manos?

—Afortunadamente dispongo de algunos medios —dijo ella—. No necesito trabajar. ¿Le convence?

—Su hija vive en Berlín Este bajo un apellido diferente al suyo. En Bolivia usted estuvo relacionada con un militar involucrado en el asesinato del Che. No creo que hubiese sido amiga del coronel Sacher si él hubiera sabido que su hija vivía en un barrio de la elite política germano-oriental.

Ella siguió conduciendo en silencio hasta Curacaví, donde detuvo el Opel frente a un restaurante vacío. La noche era una taza de café fría.

—Cayetano, escúcheme: aquí ya no hay nada que hacer —dijo al apagar el motor—. El Gobierno solo existe sobre el papel. El poder lo detentan ya los militares. El golpe es cuestión de tiempo.

—¿Cómo lo sabe? ¿Y por qué no hace algo en contra si cree saberlo con tanta certeza?

—¿Usted no entiende que la historia tiene su lógica, y que nadie puede violarla sin quemarse las manos y las pestañas? Lo que ocurre aquí desde hace tres años, no debió haber ocurrido. En las circunstancias mundiales de hoy es improbable que esto prospere. ¿Quién va a apoyar a Chile? Moscú está lejos, Cuba es pobre, y Nixon pasó a la ofensiva. Conozco las cosas desde dentro. ¿Me entiende? Además, para usted, como cubano, las cosas solo empeorarán. Hágame caso. Váyase de Chile.

—Me impresiona la certidumbre con que habla. ¿De dónde la saca? ¿Y quién le avisó que yo la buscaba? ¿Militares bolivianos o chilenos?

Se bajaron del automóvil y entraron en la atmósfera pálida del local. En un rincón ardía un fogón, y de una radio llegaba la voz de Víctor Jara cantando "Plegaria de un labrador". Se sentaron a una mesa y pidieron café.

—Conténtese con lo que puedo decirle —advirtió la mujer. En sus mejillas reverberaban las llamas de la chimenea—. Debe bastarle con saber que esto no hay quién lo salve, Cayetano.

—No seamos apocalípticos. Cuénteme mejor si la sospecha de don Pablo tiene fundamento.

Beatriz esperó a que el mozo vertiera el agua caliente en las tazas con café en polvo y se alejara. Después, con sonrisa leve y timbre inseguro, dijo:

—Saber eso no cambia la historia. ¿Qué saca Pablo con conocer a estas alturas la verdad? ¿Morir tranquilo? ¿Y qué pasaría con Tina? —jugó unos instantes con la cuchara entre los dedos—. Le trastocaría la vida. ¿Y para qué? ¿Y qué cambiaría para mí? ¿Qué sería diferente?

No pudo volver a arrancarla de su mutismo. Cuando entraron a Valparaíso por Santos Ossa, ella cogió por Colón en dirección al sur, subió por avenida Francia y al cabo de unos minutos corrían por la avenida Alemania, sinuosa y en penumbras.

—¿Aquí está la casa de Pablo, verdad? —ella detuvo el auto frente al teatro Mauri. La Alí Babá estaba cerrada, y el pasaje Collado se alargaba solitario con sus baldosas amarillas refulgiendo suaves bajo la farola de un poste. Bajo la marquesina del teatro un perro se rascaba las pulgas.

—Cuando viene a Valparaíso, se instala en La Sebastiana —dijo Cayetano—. Hoy está en Isla Negra, por la salud…

—Bajemos.

Atravesaron el pasaje Collado y ante ellos la bahía de la ciudad se desplegó como un inmenso acordeón de luces. A lo lejos las naves de la flota chilena se alejaban para ir al encuentro de la marina estadounidense. Era el mes de Unitas, las operaciones navales conjuntas de cada año. Cayetano y la mujer contemplaron Valparaíso en silencio. A sus espaldas, junto al jardín, se alzaba la casa de Neruda, maciza y fantasmagórica.

—Hay algo más que aún no entiendo —masculló Cayetano al rato.

—¿Qué le inquieta ahora, investigador?

Ella lo escudriñó con una mirada rigurosa, pero nada agresiva.

—¿Cómo fue que usted, de ingenua esposa del doctor Bracamonte, se convirtió, bueno, en lo que parece que es?

La mujer se sentó en la escalinata que baja hacia el plano de Valparaíso adosada a La Sebastiana, soltó un suspiro que él interpretó como de fastidio, y luego dijo:

—La causa política de Pablo me conquistó entonces. Yo era una muchachita, necesitaba creer en algo que me trascendiera, en una utopía.

—Y él se la brindó.

—En cierta forma él tal vez me creó.

Cayetano se acarició absorto los bigotes. Así que ella, al igual que él, era un simple personaje brotado de la fantasía del poeta, se dijo sin apartar la mirada de esa mujer espléndida y misteriosa, que dirigía su mirada hacia la bahía como si aguardara de ella algún mensaje. Así que el poeta no solo creaba versos, sino también personas de carne y hueso, aunque consideraba, erróneamente, que solo era capaz de ser padre de sí mismo. Tal vez esa mujer, y él mismo, y la bahía y todo cuanto ocurría en ese país dividido por los odios, e incluso sus indagaciones en Ciudad de México, La Habana, Berlín Este y La Paz no eran nada más que versos en el gran poema final de Neruda, pensó con un escalofrío.

—Tengo que volver a Santiago —dijo Beatriz al rato, y se puso de pie. Regresaron a la avenida Alemania. Cayetano le dijo que prefería caminar hasta su casa. Beatriz entró al Opel.

—Y no me dijo para quién trabaja —insistió Cayetano, atusándose de nuevo el bigotazo, inclinado ante la ventanilla del conductor.

—Lo hago para una buena causa, Cayetano —repuso seria—. Creo en algo, me comprometí con ello y por eso lucho. Siempre he luchado por la misma causa. Mi trabajo es como el de mi hija: actúo, me disfrazo, simulo ser quien no soy. No soy lo que parezco, soy siempre otra, Cayetano. ¿He sido clara? Creo que ahora entiende mis desplazamientos, mis nombres y por qué navego entre mundos contradictorios.

—¿Entonces usted es…?

—No puedo decirle lo que soy, porque siempre soy otra. Solo puedo decirle que no soy lo que parezco. ¿Es suficiente?

—¿Quién le avisó que yo la buscaba? ¿El abogado Adelman? —recordó las palabras de Neruda en el sentido de que la vida era un desfile de disfraces.

Beatriz posó las manos sobre el manubrio y sonrió. Luego respondió en voz baja:

—Me lo anunció un hombre de impermeable blanco —le dirigió una mirada cómplice—. Cuando vea a Pablo dígale que lo lamento, que no podemos vernos ahora. Cuéntele que mi hija se llama Tina en recuerdo de una mujer que él y yo admiramos mucho, una bella fotógrafa italiana.

—¿Tina Modotti?

—Efectivamente, la compañera de Julio Antonio Mella.

—Se lo diré.

—Y llévele esto —dijo ella entregándole una pequeña foto en blanco y negro—. Es Tina frente al Berliner Ensemble, el día de su primer ensayo en esas tablas.

La cogió con emoción.

—No se preocupe, la agradecerá.

—Y otra cosa. Aún más importante —agregó ella al arrancar el motor.

—Usted dirá…

—Cuéntele, por favor, que el segundo nombre de Tina es Trinidad.

—¿Trinidad?

—Sí, como el de su querida *mamadre*. Eso lo tranquilizará.

El Opel comenzó a alejarse lentamente y Cayetano echó a andar por el centro de la avenida, la foto en una mano, libre de equipaje, solitario en la noche porteña, sabiendo que nadie lo esperaba en casa y que al fin era dueño de la verdad. Sintió que lo embargaba un contradictorio sentimiento de emoción y regocijo. Eso de que Tina Feuerbach llevara el nombre de la *mamadre* de Neruda significaba solo una cosa, pensó con un estremecimiento que le nubló la vista. Apuró la marcha sobre el pavimento y por un instante, al volver los ojos hacia el Pacífico, tuvo la leve impresión de que la flota de guerra regresaba en medio de la noche a toda máquina con sus luces apagadas a Valparaíso.

60

Lo primero que hizo al día siguiente fue encender la radio del velador para escuchar las noticias. Radio Magallanes anunciaba que llovía torrencialmente en toda la zona central e Isla de Pascua. Le pareció anómalo que lloviera en septiembre. Abrió los ojos y al mirar por la ventana se topó con el cielo límpido y alto del Pacífico de comienzos de la primavera, cuando las fachadas de la ciudad se vuelven nítidas y refulgen como si alguien hubiese acabado de pulirlas con Brasso. Se levantó algo desconcertado. Algo no cuajaba en lo que afirmaba con insistencia el locutor de la emisora de izquierda.

Sonó el teléfono. Atendió. Era Laura Aréstegui, la profesora de literatura de la Universidad de Chile, en Playa Ancha.

—¿Viste lo que está pasando?

—Acabo de despertar. ¿Qué ocurre?

—Hay golpe de Estado…

—¿Qué dices?

—Se rebelaron las Fuerzas Armadas —exclamó agitada—. En la capital se formó una Junta Militar.

Comprendió por qué anoche le había parecido que la escuadra regresaba a puerto sin luces en vez de ir a reunirse con la flota estadounidense. Miró por entre las persianas. Las naves de guerra chilenas estaban a la gira en la bahía. Parecían de juguete. Iba a contarle a Laura que había presenciado el regreso secreto de los barcos, pero ella no estaba ya en línea.

Marcó varias veces su número, sin éxito. Entonces esperó a que entrara al menos la llamada de Laura. Esperó en vano. Intentó comunicarse con el número que Beatriz le había dejado para emergencias, pero fue infructuoso. El sistema telefónico parecía haber colapsado. Trató de contactar a Pete Castillo, y le ocurrió lo mismo. Paradójicamente una mujer atendió su llamado a La Sebastiana. Preguntó por el poeta. Le dijeron lo que suponía. No estaba.

—¿Dónde puedo localizarlo? Es urgente.

—No tengo idea.

—Soy Cayetano Brulé, amigo de don Pablo. Necesito hablarle.

—Don Pablo no está aquí ni en Santiago.

—¿Acaso en Isla Negra?

—Probablemente.

Mientras marcaba el número de Isla Negra, su teléfono quedó mudo. Encendió nervioso la radio de la cocina. Radio Magallanes informaba que los integrantes de la Junta Militar —generales Pinochet, Merino, Leigh y Mendoza— conminaban al presidente Allende a entregar el poder, pero que este se había atrincherado en el Palacio de La Moneda y resistía.

Cayetano se vistió con premura pensando en el par de cojones que tenía el mandatario. Cualquier presidente latinoamericano hubiese salido ya corriendo al aeropuerto para salvar el pellejo y las cuentas corrientes en dólares. ¿Y ahora?, se preguntó atenazado por el pánico. Su mujer era la encargada de mantener el contacto con los partidos de la Unidad Popular para urgencias como esa. Pero ahora Ángela Undurraga Cox estaría arrastrándose como un caimán por los pantanos de Punto Cero, bajo el sol achicharrador del Caribe, ensayando una guerra que nunca libraría. Cuando volviesen a verse, si es que había reencuentro algún día, ella diría que había tenido razón al exigir que armaran al pueblo para enfrentar la sedición. ¿Revoluciones sin armas? Solo en los cuentos de hadas, se mofaría. Escuchó el tableteo de las aspas de un helicóptero sobrevolando la ciudad, y se le vino a la memoria el día en que el presidente se despidió con un abrazo del poeta en La Sebastiana. Lo inmovilizó como una estocada la sola idea de que este cayese en manos de los militares. Le impedirían escribir y acudir a las sesiones radiológicas, quemarían sus manuscritos y el poeta moriría de tristeza, pensó. De algún modo debía llegar a Isla Negra antes que los militares para contarle a Neruda la noticia que le tenía. Tal vez ella lo ayudaría a resistir mejor la adversidad y a sobrevivir el fin del gobierno popular.

Buscó el vestón a cuadros hasta que recordó que lo había perdido en Santiago a manos del taxista. La Magallanes llamaba al pueblo a no dejarse provocar y a acudir a sus puestos de trabajo para defender a Allende. No entendió cómo podían defender a Allende sin armas. ¿Desde los puestos de trabajo? ¿Y con qué? Miró hacia la calle. Un camión de la Marina subía por la empinada Bartolomé Ortiz transportando infantes. Sus cascos brillaban bajo el sol matutino. Desde lejos llegó el eco de ametralladoras y pistolas, y por el sur, sobre Playa Ancha, un helicóptero dibujaba un gran círculo en el cielo.

Bajó corriendo por Diego Rivera en dirección al plan aspirando el aire tibio del Pacífico. Si no fuese por todo lo que ocurría, ese día de primavera podría ser espléndido, pensó. Alcanzó la plazuela Ecuador, donde las noticias habían interrumpido ya la rutina cotidiana. La gente volvía a sus casas a paso rápido, con el pavor y la incredulidad anclada en la mirada, mientras parejas de soldados copaban las esquinas. Cayetano siguió hasta la avenida Errázuriz, confiando en que alguien le diera jalón hacia Isla Negra. No sería una empresa fácil, pero había que intentarlo. Tal vez ese once de septiembre sería solo un nuevo veintinueve de junio, y Allende volvería a aplastar la intentona y a convocar por la noche al pueblo a celebrar la victoria en las calles y plazas del país, pensó.

Mucho más tarde un bus Sol del Pacífico se detuvo a media cuadra a dejar pasajeros, y él logró abordarlo. Se dirigía a Quinteros, dirección que le convenía, pues Isla Negra no quedaba lejos de allí. Los pasajeros viajaban en silencio, tensos y agobiados mientras el vehículo corría a lo largo de las aguas despeinadas del océano. Hacia el sur, en la bahía de Valparaíso, se recortaban aún los contornos precisos de los barcos de guerra de la Marina.

Nada más entrar a Quinteros, el microbusero dio por terminado el recorrido pues vivía allí. La gente se bajó resignada, sin chistar. Cayetano regresó a la carretera y siguió hacia el norte. Encontró una fuente de soda abierta junto a un parrón añoso y tupido. Pidió café y esperó a que pasara alguien por la carretera. La radio del local anunció que Hawker Hunters de la Fuerza Aérea bombardearían La Moneda si el presidente no se entregaba. Sintió que la boca se le secaba. No pudo dar crédito a lo que escuchaba. No podía ser cierto que mientras él se afanaba por llegar a la casa del poeta, aeronaves de guerra chilenas estuviesen a punto de bombardear el palacio de Gobierno con el mandatario adentro. Esto no era un nuevo veintinueve de junio, sino una tragedia horrenda, intuyó. Pero Allende no se rendiría, carajo, se dijo. Un presidente chileno jamás se rinde. Se acordó de nuevo del abrazo de despedida entre Allende y Neruda junto al helicóptero, y le vino a la cabeza la imagen de la gente asomada ese día a las ventanas, inundando calles y pasajes, celebrando el despegue de la nave. Ahora por la radio llegaban voces agitadas, el eco de estampidos y metralla, la sirena de bombas, carros policiales y ambulancias, el rugido de los jets en vuelo rasante. Era la guerra.

Pidió una cerveza o la bebida alcohólica que tuvieran. Hubiese querido hacer otra cosa, algo osado, heroico, pero las circunstancias lo condenaban nuevamente a la pasividad. La dependienta le trajo un vaso de pisco, que se bebió al seco, con manos temblorosas y una sensación de irrealidad frente al Pacífico reverberante. Una bandada de pelícanos pasó horadando con elegancia el cielo mientras las bombas caían en la capital. Ahora la emisora llamaba a los dirigentes de la Unidad Popular a entregarse en los cuarteles más cercanos. Escuchó una larga lista con los nombres de los ministros, gobernadores, parlamentarios, dirigentes vecinales y funcionarios que debían rendirse o serían aniquilados sin piedad. Su temor aumentó al escuchar que los extranjeros subversivos también debían presentarse en los regimientos y estaciones policiales. ¿Qué era él?, se preguntó. ¿Un simple extranjero, o un extranjero subversivo?

Pagó y dejó el local. Ahora necesitaba más que nunca un vehículo que lo llevara con urgencia a Isla Negra. No podía permanecer en la calle, a la intemperie. Mientras caminaba le llegaban a través de las ventanas abiertas de las casas de los campesinos, desperdigadas cerca de la carretera, noticias escalofriantes: tanques y tropas rodeaban La Moneda, la guardia presidencial de Carabineros se retiraba dejando al mandatario solo con sus guardaespaldas, se agudizaba un desigual intercambio de disparos entre militares y civiles defensores del Gobierno, y los Hawker Hunters volaban sobre Santiago con su carga mortífera de plomo y explosivos. Aquello era una pesadilla. En la víspera, él había visto La Moneda con su bandera flameando contra la noche. Ahora Allende y los suyos resistían detrás de sus viejos muros. Se sentó a la sombra de un espino, desconsolado. Una hora más tarde se detuvo junto a él una camioneta destartalada, henchida de cacerolas, ollas y grandes platos de cobre que resplandecían como soles.

—¿Adónde marcha el paisano? —era un gitano viejo, que viajaba solo en la cabina.

61

Se despidió del gitano no sin antes verse obligado a comprarle una sartén repujada y con remaches negros, y desembarcó frente a un kiosco pintado de verde, que expendía pan, verduras y bebidas. Había perdido el hilo de lo que ocurría pues la camioneta no tenía radio. Le cambió a la dueña la sartén resplandeciente por dos botellas de Bilz, y se sentó a esperar junto al camino. Del local llegaban marchas de la cadena de emisoras de la Junta Militar.

Al rato la mujer buscó aprisa otra estación. Cayetano reconoció la voz grave y calmada de Salvador Allende con ruido de metralla de fondo. ¡Allende estaba vivo! ¿Habían suspendido los bombardeos? ¿No sería acaso un nuevo veintinueve de junio y él anunciaba el retorno de la normalidad? No tardó en advertir su error. Allende resistía desde el palacio presidencial. Se estremeció de solo imaginarlo en La Moneda, bajo el asedio de tanques y aviones. Hablaba al país. Anunciaba que sería leal a su deber constitucional, y acusaba de traidores a los generales rebeldes, y de rastrero a César Mendoza, el jefe de Carabineros. Pero había algo inquietante en sus palabras: llamaba al pueblo a no sacrificarse, y anunciaba que pagaría con su vida la lealtad al pueblo, y que "la semilla que hemos entregado a la conciencia digna de miles y miles de chilenos no podrá ser segada definitivamente". Le pareció que era un mensaje de esperanza, de la esperanza futura de un hombre derrotado.

Desde Quintero llegó el eco de disparos aislados y ráfagas de ametralladoras, y luego un silencio desolador, pues la voz de Salvador Allende, después de afirmar que más temprano que tarde volverían a abrirse las grandes alamedas por donde transitaría el hombre nuevo para construir una sociedad mejor, y gritar "¡Viva Chile, vivan los trabajadores!", se desvaneció en el aire. La kiosquera manipuló las perillas de la radio con desesperación, tratando de recuperar la voz del presidente, pero solo pudo sintonizar un pito agudo y chicharriento, y después una marcha militar. No cejó, sin embargo. Siguió buscando afanosa en el dial, donde solo aparecían más y más estaciones transmitiendo bandos y marchas. De pronto la mujer se echó a sollozar delante de la radio y se enjugó las lágrimas con un pañuelo. Cayetano contempló aquello desde el otro lado de la carretera, bebiendo mecánicamente su bebida, sin palabras, sentado bajo el sol abrasador de la mañana. De pronto la kiosquera le dirigió una mirada y él hizo como si observase el cielo, el mismo cielo que a esa hora, setenta kilómetros al este, surcaban los jets que atacaban el palacio. Ahora la carretera fulguraba en un silencio interrumpido solo a ratos por disparos y el tableteo lejano de un helicóptero. Le pareció que el Pacífico estaba enardecido.

—Señor, mejor váyase a su casa —le gritó la mujer. Comenzaba a cerrar el local—. El toque de queda está por comenzar. Si lo pillan en la calle, lo fusilarán.

Cayetano miró el reloj y luego la carretera vacía. Bebió el último sorbo de la segunda botella. No había forma de llegar a parte alguna. Era impracticable lo que le recomendaba la kiosquera.

—¿Hay alguna pensión en Quinteros? —preguntó.

—Solo en verano. No en esta época.

Recordó a Margaretchen. Algo similar le había respondido semanas atrás ante su pregunta por un hotel en Bernau. Prefirió no pedirle alojamiento a la kiosquera. Bajo las nuevas circunstancias no se atrevería a brindárselo a un desconocido. Cruzó la calle, le compró una botella de agua Cachantún y echó a caminar confiando en que alguien lo llevara a Isla Negra antes de toparse con los militares. ¿Quién carajo lo había obligado a ir a vivir a ese último rincón del planeta? ¿No le bastaba acaso con lo que pasaba con la gente de su isla y la diáspora como para seguir buscándose líos? Mientras caminaba, pensó en Ángela, en que estaría escuchando con incredulidad y frustración las noticias sobre Chile. Llegaría placé al enfrentamiento, se dijo con sorna. Pensó también en Laura Aréstegui, la profesora de literatura que trabajaba en DIRINCO y soñaba con publicar un libro sobre Neruda. Y pensó en el poeta, que estaría en su casa de Isla Negra escuchando con agobio e impotencia lo que sucedía, aguardando ávido las noticias que necesitaba para morir tranquilo.

Iba por la carretera cuando escuchó el rumor distante de un vehículo en la distancia. El rostro se le encendió de entusiasmo. ¡Al fin! ¡Ahora llegaría hasta donde don Pablo para decirle que la hija de la casada infiel de Ciudad de México era efectivamente suya! Debe de ser el último Sol del Pacífico antes del toque de queda, pensó mirando feliz hacia la curva que se perdía detrás de los cerros. Seguro era el último bus que cruzaba ese paisaje árido y pedregoso, cuajado de cactus, boldos y espinos, flanqueado al oeste por la costa estremecida por las olas.

Cuando el vehículo estuvo más cerca, un escalofrío le recorrió la espalda y lo petrificó. Era un camión del Ejército. Cayetano oprimió la botella de agua entre sus manos, sin atinar a nada. El camión paró junto a él haciendo cimbrar la tierra. Iba colmado de prisioneros con las manos atadas a la espalda. Intuyó lo que le esperaba. Unos soldados con Máuseres le ordenaron treparse a la tolva. Arrojó la botella, que se hizo trizas contra un peñasco, y alzó las manos. Arriba se hacinaban hombres, mujeres y niños. Nadie le dijo nada. El kiosco ya estaba cerrado y el vehículo arrancó con un estertor y no tardó mucho en correr a buena velocidad por la carretera. A la derecha se elevaban los cerros fulgurantes, y a la izquierda ahora sí le pareció que el Pacífico se revolcaba furioso.

62

Lo dejaron en libertad dos semanas más tarde, extenuado, magullado y hambriento. Pero podía considerarse afortunado, pues no lo había pasado tan mal como otros. Llegó a sospechar que lo habían soltado por equivocación. Era la mañana cálida del domingo veintitrés de septiembre cuando salió del campo de concentración de Puchuncaví. Dante, el joven oficial que, fingiendo el papel del policía benevolente, lo había interrogado acusándolo de colaborar con la Embajada cubana, le anunció que debía dejar el país cuanto antes.

—Estamos levantando un Chile nuevo —le explicó el capitán de pelo castaño y manos grandes mientras lo acompañaba hasta el portón del campo de detención—. Se acabó esto como santuario de extremistas nacionales y extranjeros.

Nunca supo la razón por la cual lo hicieron prisionero ni por la cual lo liberaron. Algunos prisioneros comentaban que los militares actuaban guiados por listas suministradas por infiltrados, torturados y delatores. Por un tiempo supuso que lo había ayudado el padre de Ángela, el empresario capitalino, quien seguramente había apoyado el golpe. También especuló con que el apoyo podía haber emanado de la Embajada de Estados Unidos pues él, como exiliado cubano, llevaba pasaporte norteamericano. Y tampoco descartó la posibilidad de que le debiese la libertad a Maia Herzen, quien, a través de sus vínculos con los militares, hubiese podido darle una mano desde el anonimato. Cuando estuvo de nuevo en la carretera —el sol picaba con saña, las piedras encandilaban y los espinos se ondulaban en la distancia– ya sabía que Allende había muerto en La Moneda, que Pinochet encabezaba la dictadura y que los muertos, prisioneros y exiliados sumaban miles.

El chofer de un Sol del Pacífico lo llevó sin cobrarle hasta Isla Negra. Una vez allá, caminó deprisa y esperanzado hacia la casa del poeta, confiando en encontrarlo allí y en que nada malo le hubiese ocurrido.

–Se lo llevaron hace media hora a la capital –le anunció muerta de miedo la cuidadora cuando abrió la puerta. Las olas estremecían los roquedales y rociaban con una llovizna blancuzca la lancha y la antigua locomotora instaladas en el jardín–. Está mal, ya ni se levanta. El golpe militar lo derrumbó.

–Tengo que verlo. Ando con un mensaje urgente para él.

–Dudo que él lo reconozca –musitó la mujer secándose las manos en el delantal. Lo invitó a un par de huevos revueltos y una taza de té, y a que viera los estropicios causados durante el allanamiento militar. Caminaron entre los muros de los cuales colgaban óleos y mascarones de proa, entre muebles de encino, vitrinas con veleros y cristalería, anaqueles atestados de primeras ediciones y colecciones de conchas, piedras y botellas de colores, y desembocaron en un pasillo donde yacían tinajas quebradas en el piso, libros apilados y cuadros descolgados, como si alguien, debido a la premura, no hubiese alcanzado a llevárselos–. Don Pablo va en una ambulancia a Santiago –precisó la mujer.

–¿A qué hospital?

–Eso lo ignoro. Doña Matilde se lo llevó de urgencia. Salieron aprisa. No hubo tiempo para nada.

–¿Y Sergio, el chofer?

–Se lo llevaron los militares el mismo once. Igual que a mi marido –dijo llorando–. No sabemos nada de ellos.

Cayetano regresó a la carretera con la sensación de que todo estaba perdido y de que no alcanzaría a entregarle la noticia al poeta. Abordó un bus y pagó el pasaje con el dinero que le había dado la mujer, y se dijo que de alguna manera debía ubicar al poeta en la capital. No había recorrido medio mundo ni aclarado el enigma para sucumbir ahora, tan cerca de la meta. Aunque enfermo de cuidado, seguro que Neruda aguardaba sus noticias. ¿En qué hospital estaría ahora? Santiago tenía varios. ¿Y cómo preguntar por un hombre tan famoso sin llamar la atención de la Policía? Neruda era la aguja, Santiago el pajar, se dijo, contento de la metáfora que empleaba. Pero después, cuando el micro avanzaba por la carretera flanqueada por álamos y aromos en dirección a la cordillera de los Andes, pensó que el poeta hubiese calificado de desgastada esa metáfora. Cuando vio pasar camiones con prisioneros, se estremeció de temor y compasión, y recordó sus días en el campo de Puchuncaví. Él sabía qué esperaba a esos hombres y mujeres. Se rumoreaba que fusilaban en juicios sumarios a los simpatizantes de Allende y que a muchos, aunque costara creerlo, los lanzaban al Pacífico desde helicópteros, atados a trozos de rieles para que jamás saliesen a flote.

Una hora más tarde el micro se detuvo en un control militar. Una cola de vehículos esperaba la inspección de portaequipajes y documentos de identidad. Aquello iría para largo porque cumplían concienzudos su tarea. En el bus nadie se atrevió a hacer comentarios. Fue entonces cuando Cayetano divisó una ambulancia a la cabeza de la cola. Solo podía tratarse del vehículo del poeta, concluyó esperanzado. Se bajó del micro y corrió por delante de los carros detenidos. Desde lejos creyó reconocer la cabellera tupida de Matilde, que dialogaba con un oficial mientras unos soldados examinaban por las puertas traseras el interior de la ambulancia. ¡Estaban interrogando al poeta, los cabrones!, se dijo enardecido y apuró el tranco y corrió alentado porque al fin vería de nuevo a don Pablo.

—¡Alto! ¡Alto! —le gritaron, pero siguió corriendo, sordo a las órdenes. Le faltaban metros para llegar a la ambulancia, cuando un soldado le propinó un empujón y lo hizo aterrizar de bruces en el pavimento. Perdió los espejuelos.

—¿Adónde vas, desgraciado? —gritó alguien. Sintió una patada en los riñones y un culatazo contra el hombro derecho.

Alzó la cabeza y se encontró con la boca negra de un Máuser. No alcanzaba a distinguir el rostro del soldado. Intentó coger sus anteojos, pero una bota le aplastó la mano. Tuvo que permanecer con una mejilla pegada al asfalto caliente mientras recibía puntapiés y le preguntaban por qué corría.

—Quiero hablar con el enfermo de la ambulancia —explicó adolorido, magullado.

La presión de la bota fue cediendo lentamente hasta que sus dedos pudieron tantear el suelo y coger las gafas. Estaban intactas. Menos mal, se dijo escupiendo guijarros. Se los calzó con torpeza y pudo distinguir la silueta de la ambulancia, los rostros de los soldados alrededor de ella, y los brotes de esa primavera que latía en la zona central. Otra andanada de patadas le recordó el trato en el campo de Puchuncaví.

—Se espera disciplinadamente, huevón. Aquí reina el orden ahora —le gritó un oficial de pistola al cinto—. ¿Por qué tanto interés en el viejo de la ambulancia?

—Porque es un amigo.

—¿También escribís mariconadas?

—Quiero decirle adiós. Se nos muere.

—Pues aquí no se corre —repuso el oficial mirando hacia el vehículo, que reanudaba la marcha—. Además, ya se fue. ¿Dónde tienes tu equipaje?

—Ando sin equipaje, mi capitán —repuso imitando el sonsonete chileno. Si descubrían que era cubano, terminaría detenido otra vez. En Puchuncaví un prisionero, actor del Instituto de Teatro de la Universidad de Chile, le había enseñado a disimular su acento caribeño. También le había recomendado afeitarse el bigote, cosa que él jamás haría, pues lo consideraba parte no negociable de su identidad—. Yo viajo en el micro que está al final de la cola, mi capitán.

—Pues, ahora te vuelves allá y esperas tu turno como corresponde, maricón. Ya tendrás tiempo de buscar al poeta en Santiago.

—La capital es muy grande, mi capitán. Si se me va ahora, no volveré a encontrarlo nunca.

—¿Y no cuentan que es tan famoso el poeta? Pues si es famoso, no debiera de costarte nada dar con él. ¡Ya, te fuiste de vuelta al micro, atorrante concha de tu madre!

63

Llegó a Santiago treinta minutos antes de que comenzara el toque de queda, y encontró habitación en un hotel para parejas de las inmediaciones de la estación Mapocho. En una fuente de soda cercana se sirvió un Barros Luco con mucha palta y dos cervezas, y regresó al establecimiento eructando con disimulo entre las prostitutas sentadas en los dinteles de los tugurios. Ofrecían pasar con uno el toque de queda completo a precio de promoción. Al parecer les iba mal, porque todos volvían temprano a casa y pocos podían ausentarse de ella toda una noche.

La abundancia había regresado a los escaparates gracias a la libertad de precios decretada por el nuevo régimen. Ya no existía el mercado negro. Estaban de vuelta, pero a precios siderales, el pan, la mantequilla, el arroz, la harina, el aceite, los tallarines, el pollo y hasta la carne. Comía quien podía pagar los nuevos precios, por eso ahora la ciudad mostraba un rostro agobiado, cohibido, como si la hubiesen despojado del deseo de vivir. A medida que la tarde declinaba, patrullas militares iban ocupando esquinas, plazas y callejones y se parapetaban detrás de sacos de arena que apilaban como paredes. En cuanto la oscuridad se adueñó de la capital, comenzaron a escucharse ráfagas de ametralladoras, el tableteo de helicópteros y, de vez en cuando, el estrépito de salvas de fusiles.

Están fusilando en juicios sumarios, le había dicho la cuidadora de la casa del poeta. Preferían hacerlo de noche para que los disparos intimidaran a la población. Caminó varias cuadras con el ánimo de volver al hotel sorteando las postas militares, hasta que desembocó en la Veintiuno de mayo, que se alargaba solitaria y gris, como pintada a carbón por un artista melancólico. De pronto divisó un *jeep* militar doblando una esquina. Entraba justo a su calle. Se estremeció de imaginar que lo detendrían de nuevo, y ahora andaba sin documentos. Se adosó a un muro, a la expectativa, sin tener idea de cómo escabullirse.

Alguien tocó un vidrio a sus espaldas. Giró sobre sus talones tenso, aterrado. El *jeep* seguía aproximándose. En cuestión de segundos lo verían. Soltó un resoplido de alivio. Quien hacía el ruido era un monito mecánico, vestido de huaso, grande como un chimpancé verdadero. Golpeaba acompasadamente con un bastón de madera la vidriera de la tienda en la que Cayetano, sin darse cuenta, había encontrado refugio momentáneo. Era una fábrica de sombreros y turbantes de nombre curiosamente bolivariano: Sombrerías Americanas Unidas. El *jeep* continuaba acercándose. Cayetano se arrodilló en el suelo, encogiéndose junto a la puerta del local. El vehículo pasó con su motor ronco, los soldados mirando distraídos el monito, que golpeaba triste la vidriera con su bastón.

Llegó empapado de sudor al cuarto del segundo piso del hotel. Había tenido que correr las últimas cuadras porque comenzaba el toque de queda. Espió a través de los visillos de la ventana. La calle estaba en calma, sus adoquines húmedos, las casas a oscuras. Un helicóptero volaba bajo sobre los techos. Cayetano pudo distinguir el rostro del soldado a cargo de la ametralladora artillada en la puerta de la nave. El militar escrutaba la ciudad abrazando su arma, cejijunto, adusto. Definitivamente las novelas de Simenon nada hablaban ni sabían de circunstancias semejantes, pensó mientras se acostaba vestido, temblando de frío o miedo, ya no lo sabía, y apagaba la lamparita del velador. Las tramas del belga, por bien armadas que estuviesen, pertenecían a un territorio ajeno al suyo, eran literatura, mundos ficticios hilvanados con oficio por la fantasía de un escritor afamado. Sin embargo, aquello que él afrontaba en esos instantes era la realidad cruel, implacable y caótica de América Latina, un mundo con una trama sin autor conocido ni guión preestablecido, donde todo era posible.

A medida que avanzaba la noche, aumentaron las balaceras, los gritos de alto en las calles y el rechinar de neumáticos de carros pasando con secuestrados. No pudo conciliar el sueño. Temía que la Policía llegara a su cuarto. De pronto escuchó que la construcción se estremecía. Se puso de pie y se acercó a la ventana. Vio camiones que pasaban con la tolva repleta de prisioneros, escoltados por *jeeps* militares. Encendió la radio a pilas que le había prestado el recepcionista, pero en las estaciones resonaba solo "Lily Marlén".

Volvió a acostarse y la cama rechinó bajo su peso. Se cubrió con una frazada de hilo, manchada y maloliente. En todo caso, era mil veces preferible pasar la noche allí que en el piso de cemento de Puchuncaví. Pensó en los prisioneros, en que los transportaban como ganado al matadero, en sus familiares, en que serían torturados y morirían, en que todo aquello no podía ser cierto. En la incertidumbre de esa noche añoró tres cosas: que no allanaran el hotel, que amaneciera pronto y que pudiese llegar donde el Poeta.

Unos vehículos pesados se detuvieron frente a su cuarto haciendo crujir la estructura del hotel. Cayetano comenzó a sudar. Creyó que el corazón se le escapaba por la boca. Se acercó sigiloso a la ventana. Afuera había un camión con prisioneros y dos *jeeps* del Ejército. Un reflector iluminó de pronto la fachada de la casa de enfrente mientras unos soldados comenzaban a patear una puerta hasta que abrió una mujer mayor en enagua. La apartaron de un empujón y entraron a la vivienda. Volvieron más tarde arrastrando a dos jóvenes en calzoncillos y camisetas. Los subieron a culatazos al camión, apagaron el reflector y se largaron. La mujer quedó afuera, tirada ante la puerta de su casa, gimiendo desconsolada. Un vecino la condujo al rato de vuelta a su vivienda. Después una quietud de cementerio enmudeció al barrio.

A la mañana siguiente Cayetano se levantó con una sensación de desgarro e impotencia. Se lavó la cara, se secó con un diario viejo que encontró bajo la cama y bajó al primer piso, donde el recepcionista tomaba una taza de té arrebujado en una manta. La salita estaba en penumbras, los postigos aún echados.

—Se llevaron a los cabros de al frente —comentó el empleado—. La pobre vieja salió esta mañana a buscarlos. No sabe que nunca más volverá a verlos.

Cayetano llamó a Laura Aréstegui, que le respondió de inmediato. Le preguntó cómo estaba. Ella respondió que nada mal, aunque temía que llegasen por ella en cualquier momento.

—¿Por qué no te vas a otro sitio?

—¿Y qué saco? Dime mejor si puedo ayudarte en algo.

—Necesito ubicar al poeta.

—Creo que te has vuelto loco. Deja eso por el momento. Hay que andarse con cuidado.

—Necesito hablarle.

—Dicen que enterraron a Salvador Allende en un nicho sin nombre de Viña del Mar. Vigilan el cementerio para evitar manifestaciones.

—Lo escuché en las noticias. Necesito ver al poeta…

—Parece que lo internaron en la Clínica Santa María, en Santiago. Ten cuidado, interrogan a quienes lo visitan.

64

Había soldados con ametralladoras apostados frente a la clínica. De los cerros cercanos soplaba la brisa primaveral perfumada con eucaliptus, y el sol brillaba con empeño. En la ventanilla de información preguntó discretamente por el cuarto del poeta.

—Tercer piso —le dijo la recepcionista mientras le apuntaba el número en un papel.

Subió al tercer piso y caminó por el pasillo buscando el cuarto. Un hombre de pelo corto, traje oscuro y gafas de sol, le preguntó qué buscaba. Temió que fuese un policía y le dio otro número de habitación.

—Siga por donde va. La encontrará a su derecha.

Simuló seguir sus instrucciones, pero se devolvió en cuanto creyó que nadie lo observaba. Después se detuvo ante el cuarto del poeta. ¿Golpeaba, o directamente entraba? Golpeó y se quedó esperando el "adelante", pero no llegaban voces del interior. El poeta debía de estar solo, pensó, lo que le convenía. Podría contarle de inmediato, y sin testigos, todo lo que había averiguado sobre Beatriz y su hija. Al conocer el segundo nombre de Tina deduciría la verdad, se alegraría y quizás hasta podría sobrellevar mejor esas semanas.

Volvió a golpear. El pasillo continuaba desierto. Tal vez el poeta dormía, se dijo. Pulsó suave la manilla y la puerta cedió bien lubricada. La cama estaba vacía, las sábanas en desorden y no había nadie en el cuarto. Sin embargo, olía a la loción francesa que se aplicaba el poeta.

Entró y cerró la puerta a sus espaldas. A lo mejor estaba en el baño. Pero esa puerta estaba abierta y el lugar a oscuras. Creyó que lo mejor era esperar, tal vez lo estaban sometiendo a radiaciones.

Una enfermera entró a la pieza.

—¿A quién busca? —preguntó con rostro huraño.

—Al poeta.

—Lo tienen ahora en el primer piso.

—¿En qué habitación?

—Mejor pregunte en el pasillo —respondió mientras descolgaba la botella de suero de la torre metálica ubicada junto a la cama.

Bajó las escaleras y desembocó en un pasillo donde varios pacientes en bata esperaban en silencio delante de una mampara. Lo miraron como a un intruso.

—¿Dónde puedo encontrar al señor Neruda? —le preguntó a una enfermera. Desde la ciudad llegaron disparos y sirenas policiales.

Ella indicó hacia el final del pasillo.

—Lo tienen un piso más abajo.

El subterráneo olía a humedad y flotaba en penumbra. Los letreros de las puertas eran ilegibles. Trató de abrir algunas, pero estaban cerradas con llave. Aspiró el aire rancio del lugar tratando de controlar su frustración. Pensó que las puertas cerradas, las sombras gélidas y el eco escalofriante de sus tacos sobre el concreto eran una metáfora del Chile de esos días. Siguió caminando. El poeta no podía estar lejos. En ese nivel aplicaban radioterapia. Un trecho más allá tropezó con una cama arrimada a la pared. Alguien reposaba en ella. Volvió a escuchar estampidos lejanos rasgando la mañana, luego volvió el silencio.

—Disculpe —le susurró al paciente acostado—. ¿Dónde puedo encontrar a don Pablo Neruda?

El paciente no le respondió. Dormía. Dormía de espaldas, plácidamente, sin importarle el sitio en que lo tenían. Decidió seguir buscando, pero de pronto creyó olisquear la loción del poeta.

—¡Don Pablo! Pero, ¿qué diablos hace usted aquí?

El poeta seguía durmiendo.

—Don Pablo, ¿por qué me lo tienen aquí? Soy Cayetano. He vuelto. Le traigo las noticias. Las mejores que usted puede imaginar. ¿Me escucha, don Pablo?

El poeta seguía durmiendo. Acababa, al parecer, de salir de la radioterapia. Siempre le ocurría lo mismo, recordó. Después del tratamiento quedaba extenuado y dormía horas sin que nada ni nadie pudiera despertarlo. Él mismo solía decirlo: después de la sesión no me importunen. No le quedó más que armarse de paciencia, porque estaba deseoso de contarle las nuevas de un solo viaje. Sin embargo, fue al palpar el dorso de su mano cuando la frialdad lo espantó. Fue como si hubiese recibido una descarga eléctrica. Volvió a tocar su mano. Estaba fría. Completamente fría. Como el mármol. Le buscó el pulso. En vano. No lo encontró. Notó su rostro ceniciento y su pecho inerte. Cayetano rompió a llorar, a llorar desconsoladamente ante el cuerpo del poeta. Había llegado tarde, y Neruda se había ido sin conocer el resultado de la misión que le había encomendado. Acercó tembloroso su rostro al del poeta, sintió una opresión horrenda en el corazón, y se dijo que tal vez lo confundía con otra persona. Se limpió las lágrimas con la corbata de los guanaquitos estampados y escrutó de nuevo su rostro en la penumbra. Los grandes párpados cerrados, la frente amplia y lisa, las mejillas con los lunares y las patillas, el mohín de alivio asomado en la comisura de los labios, las manos enlazadas sobre al abdomen, su querida chaqueta a cuadros, los zapatos de suelas gruesas… era él.

—Don Pablo, don Pablo, coño, ¿cómo que no me esperó? Si usted tenía razón. Su intuición de poeta no lo engañaba. ¿Por qué no me esperó? ¿Se imagina como hubiesen sido las cosas si se hubiese aguantado un poquito más? Coño, don Pablo, ¿por qué carajos se me fue?

Escuchó de pronto entre sus sollozos el eco de pasos bajando por una escalera. Temió que fuesen los militares.

—Es por aquí —escuchó decir a un hombre.

Posó ambas manos sobre las del poeta, le estampó un beso en la frente y le introdujo en el bolsillo superior de la chaqueta el retrato de Tina Trinidad, que su madre le había entregado al despedirse en Valparaíso. Después apuró el paso por el corredor a oscuras, con las lágrimas rodándole por las mejillas.

65

Cuando se asomó a la mañana siguiente por Bellavista, donde se alza la casa del poeta en la capital chilena, Cayetano Brulé advirtió de inmediato el desplazamiento de la gente por las calles sinuosas del barrio y la presencia de soldados en traje de combate en las esquinas. Era cierto, entonces, lo que en la víspera le había contado Pete Castillo, que andaba fondeado en Valparaíso, sin barba, de pelo corto y traje y corbata: el funeral tendría lugar ese lunes.

No le había resultado fácil coger un Andes Mar Bus para volver a Santiago. El día anterior, tras dejar la clínica, había intentado comunicarse con Maia Herzen, pero nadie atendía su teléfono. Decidió regresar a Valparaíso. La ciudad respiraba tensa y en silencio, y por la noche hubo balaceras. Laura Aréstegui se había vuelto inubicable, las persianas de la fuente de soda de Hadad seguían echadas, y la flota permanecía atracada al molo de abrigo.

Se había topado con el Pete por casualidad en un cafecito de La Pérgola de las Flores. Estaba apenas reconocible, pálido y asustado. Mientras tomaban café, él le había dicho que planeaba asilarse en la Embajada de Finlandia, y le había pasado el dato del entierro de Neruda. Luego se habían separado. Al día siguiente Cayetano Brulé bajó temprano al plano de la ciudad, se sirvió algo en el Bosanka hojeando los diarios permitidos —los de izquierda habían sido clausurados—, y abordó el bus junto al edificio verde-amarillo de la Pacific

Steam Navigation Company. Vestía su mejor traje, camisa blanca y la corbata lila de guanaquitos verdes.

En cuanto se bajó en la terminal de la estación Mapocho, cruzó el río a la altura de la Escuela de Derecho, y se internó por Bellavista. La mañana santiaguina estaba fresca y el cielo grisáceo. Unos jóvenes recubrían con cal los murales revolucionarios de la Brigada Ramona Parra bajo la mirada atenta de una patrulla de soldados. Están borrando la memoria de la ciudad, pensó Cayetano, y se azoró al comprobar que hablaba como el poeta, y se dijo que en verdad la poesía era contagiosa. Del patio interior de la Editorial Quimantú, ascendía una humareda negra hacia el cielo. Quemaban los libros editados en tiradas masivas bajo el gobierno de la Unidad Popular. Las llamas devoraban no solo *Historia de la revolución Rusa*, de Trotsky, *El manifiesto comunista*, de Marx y Engels, y *Así se templó el acero*, de Ostrovsky, sino también novelas de Julio Cortázar, de Juan Rulfo y de Jack London.

Si por la mañana la visión gris y agitada de la capital lo había intimidado, en Bellavista, un moderado optimismo alentó su alma. La melancolía del barrio se trastocaba en una solidaridad apenas disimulada entre quienes acudían a darle el último adiós al poeta. Lo emocionó la presencia de hombres y mujeres, obreros y estudiantes que, a pesar de llevar grabados en el rostro el miedo y el insomnio, portaban claveles y algún libro de Neruda en las manos. Un helicóptero volaba rasante sobre sus cabezas.

Al alcanzar la calle Fernando Márquez de la Plata se dio cuenta de que no podría acercarse a la residencia del poeta porque una muchedumbre compacta copaba ya la calle. La gente miraba hacia la casa de cemento fumando y murmurando, oteando el cielo y los alrededores. Por el adoquinado fluía un agua turbia, viscosa. Alguien comentó a su espalda que los militares habían desviado un canal para inundar la propiedad de Neruda. No solo habían saqueado las casas de Santiago e Isla Negra, sino también La Sebastiana, afirmaba otro. Y un tercero murmuró que los militares habían ingresado a la residencia del presidente Allende, en la calle Tomás Moro, y habían tenido la vileza de mostrar ante la televisión el clóset donde guardaba sus ternos y la pequeña bodega donde almacenaba sus vinos. Cayetano introdujo las manos en su chaqueta con la sensación de que algo grave, impreciso, sangriento, podía ocurrir esa mañana. Le pareció que aumentaba el número de soldados y carabineros que vigilaban la mayor manifestación celebrada después del golpe.

Y, de pronto, como obedeciendo una orden secreta, arrancaron los aplausos. Vacilantes e inaudibles en un inicio, fuertes y decididos después, atronadores más tarde. Cayetano miró hacia la casa del poeta y la piel se le erizó. Un grupo franqueaba la puerta cargando un ataúd color café. Detrás, con la cabeza baja, iba Matilde. La gente comenzó a corear el nombre del poeta y a aplaudir como si asistiesen a uno de sus recitales. "¡Compañero Pablo Nerudaaa!", gritaba una voz trémula desde algún sitio. "¡Presente! ¡Ahora y siempre!", respondía la masa al unísono, con la emoción transfigurando sus rostros, arrancando lágrimas y voces roncas. "¡Compañero Pablo Nerudaaa!", repetía alguien más allá, y la marea portentosa que inundaba ahora las calles del barrio, respondía: "¡Presente!". Y otra vez el nombre de Neruda, intercalado con el de Allende, y otra vez las respuestas a coro y los aplausos, y entonces alguien volvió a gritar "Compañero Pablo Neruda…", y Cayetano, sin poder contenerse, respondió con toda la fuerza de sus pulmones: "¡Presente! ¡Ahora y siempre!".

Gritando, aplaudiendo, sollozando, abriéndose paso a empellones, se acercó al cajón. Los vivas a Neruda, a Allende y a la Unidad Popular continuaban, desafiando a los militares, apabullándolos. Ya nadie se amilanaba ante sus armas ni uniformes. Eran los soldados quienes sentían ahora miedo. Enardecidos, los asistentes gritaban y aplaudían bajo el cielo primaveral. El helicóptero reapareció como un moscardón desesperado sobre los techos y las chimeneas, pero se alejó raudo hacia el cerro Santa Lucía. Rápidamente fueron en aumento el clamor y la osadía de las consignas, tanto como si se tratase de una manifestación política celebrada en los días gloriosos de la democracia ya perdida.

Cayetano rozó con la punta de los dedos el féretro bruñido que contenía el cuerpo del poeta en el instante preciso en que lo introducían en el carro funerario. Antes de que la muchedumbre volviese a expresarse, Cayetano dirigió sus ojos hacia Matilde, y podría haber jurado que ella le había sostenido la mirada durante unos segundos interminables, una mirada amable y triste al mismo tiempo, como si con ella quisiese expresarle un reconocimiento postrero y cómplice hacia su misión detectivesca. ¿Sabía ella en verdad quién era él, y por qué lo había contratado su esposo, o él solo imaginaba que ella fijaba sus ojos en los suyos?, se preguntó inseguro mientras la veía caminar con paso vacilante y aire ausente, rodeada de amigos, hacia un automóvil diplomático que la esperaba con las puertas abiertas. En ese momento, súbitamente, sin aviso alguno, la marea humana lo separó de la viuda y volvió a cerrarse como las aguas del mar bíblico, robándole la silueta de Matilde, y a él no le quedó más que sumarse al cortejo que echaba a andar y fluía por unas calles en las que de pronto ya no había soldados ni carabineros, sino solo hombres, mujeres y jóvenes de civil que coreaban cantos y consignas pletóricos de esperanza.

66

De la radio del Café del Poeta llegaba ahora, recia e inconfundible, la voz de Juanes cantando "La camisa negra", y Cayetano Brulé terminó de beber aprisa su cortado ya frío puesto que, sin darse cuenta, los recuerdos lo habían sumergido por largo rato en una orfandad y melancolía devastadoras.

Los restos del poeta yacían desde los años noventa junto a los de Matilde en el jardín de su casa de Isla Negra, contemplando el Pacífico. De Margaretchen nunca más volvió a escuchar, a pesar de que el Muro de Berlín había caído diecisiete años atrás, y podría haberla visitado. Tampoco sabía nada de Tina Trinidad. Y también le había perdido la pista a Beatriz, quien, según algunos rumores, había terminado sus días en un estrecho apartamento prefabricado de un barrio obrero de Zwickau, sola y jubilada de una institución disuelta tras la desaparición de la RDA, en 1989. Trazos de información conseguía a veces de Markus, que vivía en Berlín Este y viajaba ofreciendo charlas sobre su dilatada experiencia como espía, y de Ángela Undurraga, su ex mujer, sabía que residía ahora en Manhattan, que estaba casada con un magnate de Wall Street, dedicada a la defensa de los animales y la promoción de comida vegetariana. Y pensar que todo había comenzado en Valparaíso, pensó, en aquella nublada mañana de invierno en la que sus nudillos habían tocado a la añosa puerta de La Sebastiana.

Ahora la ciudad emergía ante él entre los bocinazos de los colectivos, los gritos de los vendedores ambulantes, las canciones de los mendigos, y el paso estrepitoso de los micros. Nada y mucho había cambiado en la ciudad en tanto tiempo. Ahora había hoteles *boutique*, restaurantes sofisticados y atractivos cafés para los turistas. Había calles con fachadas limpias y pintadas, locales con menús en varios idiomas, y también una bohemia variopinta y agitada, que bailaba hip hop y rap, pero que aún escuchaba con nostalgia a los Beatles, el Gitano Rodríguez y los Blue Splendors, a Inti Illimani, Los Jaivas y Congreso. Y la casa de Neruda era ahora un bello museo frecuentado por visitantes de todo el mundo. La esperanza parecía alentar nuevamente a los porteños, y la ciudad resucitaba y se reinventaba sobre los escombros dejados por las grandes estrategias fallidas y los políticos corruptos. Puso sobre la mesa la propina para la *goth* y salió del Café del Poeta hacia la avenida Errázuriz, agobiado porque se le había hecho demasiado tarde.

Por fortuna, un taxista con ínfulas suicidas tardó apenas quince minutos en dejarlo frente al imponente edificio de oficinas de la avenida 8 Norte, en Viña del Mar. Era la una y veinte. La filial de Almagro, Ruggiero & Asociados se encontraba en el piso dieciocho. Subió en el ascensor, franqueó una pesada puerta de alerce y entró a un salón amplio y bien iluminado, con óleos de Matta y de Cienfuegos. A través de los cristales divisó el Pacífico, el casino y las playas llenas de veraneantes de Reñaca.

–¿Los señores Almagro y Ruggiero? –preguntó–. Soy Cayetano Brulé, me esperaban a mediodía…

–Cómo no –la secretaria descolgó el teléfono con premura–. ¿Don Pedro Pablo? Acaba de llegar el señor Brulé.

Ella lo hizo atravesar una puerta con manillas de bronce y se halló de improviso en una oficina con aire acondicionado y de estilo minimalista: parqué de mañío, mesa con sillas de respaldo recto, un escritorio con ordenador de pantalla plana, sillones de cuero. De pie, sonriendo junto a la mesa, había dos hombres, sesentones, en camisa blanca y corbata de seda. A juzgar por la elegancia de la oficina y la indumentaria, la vida les sonreía desde un palco privilegiado, y seguramente abajo les aguardaba un Mercedes Benz o un BMW con chofer de uniforme, pensó Cayetano. La secretaria salió cerrando la puerta a sus espaldas.

Le pareció reconocer vagamente al hombre de la barba.

—No te equivocas, Cayetano —le dijo este estrechándole con efusividad la mano—. Soy Pedro Diego Almagro. Nos vimos una noche, hace mucho, en la época de la Unidad Popular, en la fábrica Hucke, cuando hacías guardia. ¿Te acuerdas?

Evocó el temblor de las viejas máquinas de la fábrica, el barrido de los reflectores de un *jeep* militar sobre el adoquinado húmedo y frío, el eco de disparos lejanos, un martillo que debía golpear en señal de alarma. ¿Pero él, Pedro Diego, quién era?

—Yo estudiaba arquitectura —continuó Almagro. Se acarició la barba y Cayetano pudo admirar la impecable esfera blanca de su Pathek Philippe. Tú buscabas a alguien que supiera algo de Pablo Neruda. Te sugerí que hablaras con una prima mía.

—¿Con Laura Aréstegui?

—Efectivamente.

—¿Entonces eres Prendes? ¿El comandante Camilo Prendes? —exclamó sin poder disimular su incredulidad.

—¡El mismo, en carne y hueso, Cayetano! No sabes lo que me alegra volver a verte. Te ves bien, más grueso y con menos pelo, desde luego, pero eres el mismo. ¡Qué años locos aquellos! —comentó Almagro tocándose las mancuernas doradas—. Entonces yo era Prendes, me creía guerrillero y dirigía la toma de la fábrica. Claro, después vino el golpe y nos fuimos al exilio, tú sabes. Por favor, siéntate. Yo volví a La Sorbonne, desde luego, donde había estudiado en los sesenta. ¿Te acuerdas?

—¿Y qué pasó con Laura? —Cayetano no se sentó. Paseó, en cambio, la vista por el óleo de una Habana Vieja pintada por René Portocarrero, que colgaba de una pared blanca—. Nunca más supe de ella.

—Pues bastante bien, con un restaurancito en un barrio de Varsovia. Terminó exiliada en Polonia, la pobre. Tras la caída de Jaruzelski, se quedó allá. No le va mal, pero no volvió nunca más a la literatura. Así es la vida. Pero, ¡qué alegría de verte, Cayetano! —insistió Almagro acariciándose de nuevo la barba.

—Tú y yo también nos conocemos —afirmó el otro con voz grave. Llevaba su melena rematada en cola de caballo y una corbata damasco con prendedor de oro. Cultivaba su innegable semejanza con Richard Branson, el rubio propietario de Virgin Airlines—. Soy Anselmo Ruggiero Manfredi. Me acuerdo perfectamente de ti, porque fue la primera vez en mi vida que hablé con un cubano. He seguido tu carrera profesional por el diario local —puntualizó mostrando una impecable dentadura blanca—. Un placer estrechar la mano de un sabueso tan distinguido. ¿Te acuerdas de mí?

—Mentiría si dijera que sí —Ruggiero le estrechaba nuevamente la mano, ahora con la efusividad de un levantador de pesas—. Por más que lo miro, no puedo asociarlo con nadie…

—Hace algunos años no habría sido conveniente recordarte las circunstancias en que nos conocimos, pero las cosas han cambiado mucho… por fortuna.

—Aún no lo reconozco. Ayúdeme…

—Septiembre de 1973. Carretera de Valparaíso a Isla Negra. ¿Te suena?

Cayetano vio la carretera oscilando en la distancia, bajo el sol, el kiosco al otro lado de la ruta pavimentada, la mujer escuchando por radio el bombardeo de La Moneda. Luego se le vino a la memoria el camión atestado de prisioneros que se acercaba. Se mordió los labios sin poder recordar a Ruggiero, que le presionaba su índice contra la corbata de guanaquitos verdes, sonriendo.

—A ti te subió al camión un compañero mío —precisó—. Te llevaron a Puchuncaví. Allí quedaste bajo mis órdenes en una sala fresca, por cuya ventana se veían los boldos y los aromos en flor, y el cielo limpio y nítido de septiembre.

—¿El Dante? —musitó Cayetano con estupor. Ahora comenzaba a asociar al hombre con el joven oficial que lo había interrogado en el campo de Puchuncaví. Representaba al interrogador comprensivo. No lo había maltratado, a diferencia de Salinas, que lo abofeteaba para que confesara dónde ocultaba las armas. Recordó en voz alta la cita del "Infierno", escrita en un cartón gris clavado en la puerta de su oficina—. *"Lasciate ogni speránza…*

—*voi ch' entrate…"*. Pero, ¿quién no fue poeta en su juventud, Cayetano? —exclamó Ruggiero lanzando una carcajada, abriendo mucho sus ojos, rojo de emoción—. Quien no fue poeta cuando joven, no lo fue porque era un desalmado.

—¡Claro, ahora sé quién eres, coño! ¡El Dante! Las vueltas de la vida, carajo. Nos encontramos de nuevo, y de nuevo en tu oficina. Pero esta vez en tu oficina en democracia, Dante. —repuso Cayetano, pensativo—. Ya veo cómo cambian las cosas en este país, coño.

—Al final, solo te quedaste unos días con nosotros —agregó Ruggiero mirando de soslayo a Almagro—. Fue por tu propio bien. La carretera estaba peligrosa. Eliminaban a gente por quítame de ahí esas pajas. Y ya ves, nuestra intervención te sirvió de algo. Hoy estás aquí, en un país renovado y reconciliado, próspero y moderno, convertido en un profesional irremplazable de la investigación privada.

—No me eches tantas flores, Dante.

—Por cierto, tenías entonces un padrino envidiable…

—¿A qué te refieres?

—A que después de unos días nos ordenaron dejarte en libertad. La orden vino de Santiago. No solo nosotros fuimos afortunados, Cayetano —comentó Ruggiero soltando otra carcajada estentórea.

—¿Quién dio esa orden?

—Nunca lo supimos. Pero venía de arriba. De muy arriba. Eres un lince, Cayetano, un lince.

Almagro y Ruggiero sonreían con las manos en los bolsillos, las corbatas relampagueando, las dentaduras albas y fulgurantes.

—Ahora los recuerdo perfectamente —dijo Cayetano incómodo, preguntándose con amargura quién habría intervenido entonces en su favor—. No había olvidado lo ocurrido, solo los rostros de ustedes. Cambiamos mucho en treinta y tres años.

—Pues bien, me parece estupendo que podamos seguir colaborando después de, digamos, este largo paréntesis, Cayetano —recapituló Almagro—. Es señal de que el país se reconcilia. Con mi socio, que se retiró hace mucho del Ejército, fundamos esta consultora internacional hace algún tiempo. Y nos va estupendo. Y lo decimos con orgullo —se llevó una mano al pecho—, tenemos casi los mismos años que la democracia, y gozamos de los mejores contactos con el Gobierno y el empresariado, con los ministerios y la oposición. Representamos a nuestros clientes de forma leal y responsable. Tú entiendes. Y no podemos quejarnos. Quien desea conseguir algo del Gobierno, independientemente de la convicción política que profese, sabe que debe pasar antes por AR&A. Nosotros tenemos las llaves que necesitan…

—Disculpen, pero aún no capto mi papel en todo esto.

—Te lo explico de inmediato —añadió Almagro—. Escucha, hace poco creamos una empresa nueva. Comenzamos negociando con tu isla, y ahora lo hacemos con todo el antiguo mundo comunista. Tampoco podemos quejarnos.

—Pero, explícale claramente por qué lo invitamos… —terció Ruggiero, impaciente.

—Entremos entonces al área chica —dijo Almagro cruzando los brazos—: Nos gustaría contratarte para una misión de confianza absoluta. De los honorarios ni te preocupes, que sabemos ser extremadamente generosos con nuestra gente. AR&A es siempre fiel a su lema cardinal: "Por un mundo sin exclusiones". Siéntate cómodo, relájate y escucha, por favor. Pero, dime, ¿no te apetece antes un buen Chivas Regal en las rocas, Cayetano?

6 de junio de 2008
Nueva York-Iowa City